清工筆彩繪插圖《聊齋圖說》之〈黃英〉(一)

清工筆彩繪插圖《聊齋圖說》之〈黃英〉（二）

清工筆彩繪插圖《聊齋圖說》之〈黃英〉（三）

清工筆彩繪插圖《聊齋圖說》之〈黃英〉（四）

清工筆彩繪插圖《聊齋圖說》之〈阿英〉（一）

清工筆彩繪插圖《聊齋圖說》之〈阿英〉（二）

當代大師馬瑞芳

品讀聊齋志異

有意思的聊齋

妖卷

馬瑞芳——著

總序
中華傳統文化經典《聊齋志異》

二十一世紀，中華傳統文化大熱，中宣部及國家相關文化部門組織實施了多個傳統文化傳承發展重點項目，我有幸參與了其中兩個。一個是中國作家協會組織實施的《中國歷史文化名人傳》叢書出版工程，組織當代一百餘位作家給在中華文化發展史上產生過重大影響的一百餘位歷史文化名人撰寫傳記；另一個是由中宣部支持指導、文化和旅遊部委託國家圖書館組織實施的《中華傳統文化百部經典》編纂專案，從文學、歷史、哲學、科技、藝術五大門類挑選百部經典作品，深入淺出地進行解讀。這兩個重點專案中，有關蒲松齡和《聊齋志異》（以下簡稱《聊齋》）的分冊都由我承擔。

到二〇一七年年底為止，我出版的關於蒲松齡和《聊齋》的書已有二十多種。常有讀者問：「您是從什麼時候開始讀《聊齋》的？」十年前，易中天教授也問過這個問題。我當時半開玩笑地回答：「我在娘胎裡就開始讀。」因為母親的嫁妝書箱裡有《聊齋》，我小時候常聽母親講《聊齋》故事。母親告訴我們七兄妹：勤奮讀書，誠信做人，敬老愛幼，會有好報；耍奸取巧，損人利己，就會遭殃。我印象最深的是《聊齋》人物細柳，她的兩個兒子好逸惡勞，細柳便用「虎媽」的方式教育他們，結果一個兒子考中了進士，一個兒子成了富商。母親總結這個《聊齋》故事說：「自在不成材，成材不自在。」母親用這十個字教育我們七兄妹，一九六五年之前把她的七個子女都送進了全國重點大學。「自在不成材，成材不自在」這十個字，我一輩子都忘不了。

因為母親的影響，我對《聊齋》有特殊的情感，而《聊齋》對傳統文化的意義是我畢生研究的動力。廣大讀者對《聊齋》的瞭解可能多來自影視傳播的內容，其實，很多看似和《聊齋》無關的內容，也和《聊齋》有著千絲萬縷的聯繫。例如二〇一七年年底，日本作家夢枕獏的《妖貓傳》在中國大紅，而《妖貓傳》就是模仿《聊齋》寫成的。《聊齋》早在江戶時代（一六〇三—一八六八）就傳入日本，在日本可謂家喻戶曉，很多日本作家——例如芥川龍之介——都學過蒲松齡。其實，在世界範圍內，不僅暢銷書作家學《聊齋》，經典作家也學《聊齋》，馬奎斯、波赫士等拉丁美洲魔幻現實主義大師把蒲松齡當作榜樣，中國的諾貝爾文學獎得主莫言也自稱是蒲松齡的傳人。我認為蒲松齡最重量級的承傳者是曹雪芹，《紅樓夢》在小說主題、哲理內蘊、詩化形式、形象描寫等方面都受到《聊齋》的影響。

《聊齋》受到古今中外文學家的青睞，絕不僅僅是因為內容獵奇。過去，人們習慣性地認為《聊齋》是談鬼說狐的閒書，其實它是中國傳統文化的重要承襲者。世界各大百科全書介紹《聊齋》時都稱它為短篇小說集，法國大百科全書卻說《聊齋》達到中國古代散文的藝術高峰。為什麼這樣說？因為《聊齋》是用文言文寫成的。文言文是古代官方和民間約定俗成的書面語言，只有熟讀詩書的人才能運用自如。用文言文寫作，不僅要講究嚴格的古漢語語法，要有豐富的辭藻和飛揚的文采，而且要能把經史子集裡的典故信手拈來。《聊齋》引用上千種經典，近萬條典故，文字不僅典雅嚴整，而且生動活潑，清新自然，富有詩意，真正把文言文寫得出神入化，讀起來賞心悅目，聽起來音韻鏗鏘。所以，它既有小說的特點，同時兼具散文的特色，對於寫作的人群來說，是不可多得的借鑑佳品。

《聊齋》在課堂上有怎樣的地位？著名作家孫犁先生說過一句很有哲理的話：「文壇上的尺寸之地，文學史上的兩三行記載，都是不容易爭來的。」而在各種文學史上，不管是社科院主編的，還是教育部主編的，《聊齋》都占了整整一章。一九六〇年，我考進山東大學中文系，我們不僅要學《聊齋》的文學史必修課，也要學好幾門《聊齋》的選修課。《聊齋》也出現在初高中[1]語文課本必讀篇目裡，初中語文課本選取了〈狼〉、〈山市〉這種《聊齋》中精金美玉般的散文，高中語文讀本選取了《聊齋》中最好的故事之一〈嬰寧〉。而以前收錄在高中語文課本裡的〈促織〉，我認為選的版本並不好，值得探討。

《聊齋》對大眾讀者有什麼啟發呢？數百年來，《聊齋》在每個時代都有大量忠實粉絲，時至今日，讀者的熱情仍然高漲，既是因為《聊齋》談狐說鬼，構建起一個撲朔迷離

1 編者註：中等教育。中國學制稱為初中、高中。台灣為國中、高中。

的瑰麗世界，令人著迷，也是因為它的故事裡充滿發人深省的人文關懷。蒲松齡在講述一個一個引人入勝的故事時，用他的視角向讀者傳遞：在荊天棘地的社會中，人如何生存？在舉步維艱的情況下，人如何發展？怎樣面對人生逆境困境，怎樣置之死地而後生？怎樣把人的潛能發揮到最大限度？怎樣對待「愛情」、「財富」、「地位」這三個永恆的人生難題？總而言之，就是人為什麼活著？人生的路怎麼走？《聊齋》人物的人生閱歷、喜怒哀樂、悲歡離合，對我們現代人仍有啟發，仍能起到借鑑作用。這也是《聊齋》被選入初中、高中、大學課本的原因。無論是少年，還是而立之年，無論是到知天命，還是步入耄耋之年，每個人都可以從《聊齋》的虛幻世界找到對現實人生的種種解答。

北京大學吳組緗教授曾說：「對於《聊齋》，我們應當一篇一篇加以分析評論。因為每一篇作品都是一個有機的藝術整體，各有自己的生命；我們必須逐篇研究，探求其內在的精神和藝術特色。」二〇一八年，我在喜馬拉雅講《聊齋》，選講百餘篇膾炙人口的名篇，保持經典的原汁原味，一篇一篇細講，裡邊一些畫龍點睛的名言，其實是早就活在老百姓的日常生活中的。現在，我把所講的內容按照鬼、狐、妖、神、人的主題編為圖書，以饗讀者。感謝喜馬拉雅價值出版事業部負責人陳恒達，天地出版社副社長陳德，天喜文化公司總編輯董曦陽，以及各位編輯的辛勞。

＊本書黑白插圖選自《詳注聊齋志異圖詠》；彩色插圖選自《聊齋圖說》，由蒲松齡故居提供，在此謹致謝忱。

序
千姿百態妖精靈

凡是動物、植物、器物變化成人，跟人交往，就叫妖精，或精靈。孫悟空常說「捉個妖精耍子」，其實他也是妖精——猴妖。中國古代小說裡，蒲松齡創造的妖精種類最多，大自然有什麼生物，他就相應創造什麼「亦物亦人」、「亦妖亦人」的精靈。千姿百態的精靈，由蟲、鳥、花、木、水族、走獸幻化而成，從天上，從水中，從深山密林，從蠻荒原野，為尋求摯愛真情，紛紛來到人間，譜寫出一個個具有特殊意趣、好玩動聽的故事。

人花相愛的《聊齋》故事成為中國古代小說極富詩情畫意的名作。

白居易說「少府無妻春寂寞，花開將爾當夫人」，是美麗的想像；宋代林逋說「梅妻鶴子」，是精神寄託；唐明皇說楊貴妃是「解語花」，是對善解人意的美人的高度概括。《聊齋》於是創造了各種花「解語」，把牡丹、菊花、荷花變成士子賢妻：

葛巾豔麗，像花大瓣繁的紫牡丹。**香玉**淒美，像冰清玉潔的白牡丹。

黃英俊爽，像笑迎秋風的懸崖秋菊。

荷花三娘子清新，像出淤泥而不染的芙蓉。

除了人花相愛，一個個帶著翅膀的精靈，也彩翼翩翩地向人間飛來：

〈**綠衣女**〉，綠蜂配偶被鳥吃掉，她變成「**綠衣長裙，婉妙無比**」的少女做書生愛侶，因曾受挫折，低調膽小，擔心愛情不能長久。

〈**阿英**〉，鸚鵡因主人對幼子說餵鳥「**將以為汝婦**」，就到仙境修煉成嬌婉善言的美女，回人間恪盡妻責，兌現「婚姻之約」。

「獐頭鼠目」本是形容不良者的常用語，《聊齋》卻全面翻案，〈**花姑子**〉寫活了重情重義的香獐精，〈**阿纖**〉寫活了善良勤勞的高密老鼠精。

〈**西湖主**〉，大自然中又兇惡又醜陋的揚子鱷幻化成秀美公主，給有放生之德的陳生帶來富貴的神仙生活。

〈**白秋練**〉，一老一小兩條美人魚，小的幻化成愛詩少女，用聰明智慧爭取愛的權利，老的用生命保護女兒的愛情。

〈**素秋**〉，粉白如玉的智謀才女乃書中蠹魚所化，她用幻術在紈絝丈夫面前保持清白，用幻術驅走搶奪自己的惡人，又用幻術幫助結義兄嫂逃過兵災。

傳統道德認為，人和人相處有兩條重要法則：一是一言既出，駟馬難追；二是受他人恩惠，哪怕付出生命也要報答。蒲松齡按理想主義構想，創造出一批重然諾、重情誼、講義氣的精靈，他們有時以精靈形象出現，有時以自然形態出現：

〈**八大王**〉，巨鱉醉漢因受馮生放生之恩，豪爽地將「鱉寶」相贈，幫馮生換回潑天富貴。

〈**鴞鳥**〉，貪官倒行逆施，敲詐良民，黎民有冤沒處訴，貓頭鷹出現，高歌「貪官剝皮」，唱出百姓心聲。

〈**趙城虎**〉，老虎誤吃老太太的兒子，承諾給老太太養老送終，像兒子一樣依戀老太太。

草木頑石也溫情煦煦：

〈**橘樹**〉，受小女孩兒愛護的橘樹以累累果實報答，以憔悴無花哀離別。

〈**石清虛**〉，太空石與愛石者心心相印，巧妙保護自己，也保護愛石者。

精靈故事不僅描繪愛情，也不僅謳歌友情，還寄寓人生教益：〈**鴿異**〉，即使為中華美鴿之最，也免不了被貴官丟進湯鍋。〈**黎氏**〉，沒品行的士子隨便領個蕩婦回家做繼妻，結果後娘化狼，吃掉子女。狼變後娘的事是想像，狼一樣的後娘卻真實存在……

二十世紀西方小說家喜歡寫人的異化：卡夫卡將人異化為大甲蟲，馬奎斯讓人長出豬尾巴……而蒲松齡早在三百年前就開始寫人的異化，不為好玩，不為獵奇，不為花樣翻新，只是借此闡明社會倫理。《聊齋》中的精靈故事，像變幻莫測的萬花筒，一篇一樣式，一篇一內涵，帶來閱讀新奇感。《聊齋》精靈不像《西遊記》中的妖精那樣三頭六臂、踢天弄井，他們一直像平常人般生活，關鍵時刻，異類身分才會暴露。讀精靈故事，感受的是人生的窮通禍福，現實的愛恨情仇。

異類可以變化成人，人能不能變化成異類？〈**向杲**〉給出了巧妙解釋：向杲的哥哥為豪富莊公子所殺，官府受賄，告狀不靈；莊公子又雇了保鏢，向杲親自動手報仇也沒成功，於是道士給他披上一件袍子，向杲變成獸中王，把仇人的腦袋弄了下來！

《聊齋》精靈千殊萬類，人文關懷貫穿始終，備受讀者喜愛。

目錄

繁體版體例說明

1.《當代大師馬瑞芳品讀聊齋志異》，當篇行文提及《聊齋志異》原文時，以標楷體特別標示。

2.本套書註釋，若無特別標註，皆為原版註釋，繁體版註釋則標明「編者註」。

01 葛巾
紫牡丹嫁錯郎

大自然有多少種花？數不清。如果花也分等級，牡丹該排在第一位，在中國被稱為「國花」。古代詩人寫了無數詠牡丹的詩，其中李白的《清平調》最著名，「一枝紅豔露凝香」，寫出了牡丹的豔、牡丹的香，以及露水覆蓋下牡丹的動人美姿。劉禹錫《賞牡丹》：「庭前芍藥妖無格，池上芙蕖淨少情。唯有牡丹真國色，花開時節動京城。」詩中「真國色」三字擲地有聲地講出了牡丹的國色天香與豔冠群芳。「姚黃魏紫」中的「紫」就是指紫牡丹葛巾。

中國有兩個牡丹之鄉：山東曹州（今菏澤）和河南洛陽。蒲松齡用一個別緻的愛情故事調侃：洛陽牡丹甲天下，是洛陽人常大用從曹州把牡丹花神帶回家的結果。蒲松齡用牡丹花神葛巾做小說女主角，人物美，氛圍美，構思美，語言美，是《聊齋》中最美的小說之一。

洛陽常大用愛牡丹，聽說曹州牡丹有名，非常嚮往，二月恰好有事到曹州去，便借園子住下。牡丹還沒開花，他只能每天在花園徘徊，呆呆地盯著牡丹的幼芽，盼著它開放。

他寫了一百首《懷牡丹》詩。沒多久，牡丹含苞欲放，他的路費卻快花光了，只好把春天穿的衣服送到當鋪，繼續癡癡地等待牡丹開花。

一天淩晨，他來到花圃，發現一老一少兩個女子。他懷疑是富貴人家的家眷，馬上退回居處。晚上再去，又看到那少女，穿著宮廷服飾，豔麗至極。常生目眩神迷，轉而想：人間怎能有這麼美的女子？他急忙返回去搜尋，剛轉過假山，就看到少女正坐在一塊石頭上。她見常生跑來，大吃一驚。老婦護住少女，斥責常生說：「狂生想幹什麼？」常生直挺挺跪到地上，說：「娘子一定是神仙！」常大用懷疑美女是神仙，可見在他心中，「神仙」可以接受，花妖卻存點兒疑問。這是蒲松齡埋下的伏筆。老婦呵斥：「胡說八道，就該捆起來送進縣衙！」常生怕極了。女郎微微一笑，對老婦說：「走吧。」說完，繞過假山而去。常生返回時，腳都邁不動了。這裡緊接著出現了一段經常被《聊齋》研究者引用的心理描寫：

> 意女郎歸告父兄，必有詬辱之來。偃臥空齋，自悔孟浪。竊幸女郎無怒容，或當不復置念。悔懼交集，終夜而病。日已向辰，喜無問罪之師，心漸寧帖。而回憶聲容，轉懼為想。如是三日，憔悴欲死。

多麼層次分明、細緻真切的心理描寫！常生先是猜想女郎回去後如果告訴父兄，詬罵和淩辱肯定會隨之而來。他後悔剛才太冒失，接著又偷偷地慶幸少女沒有生氣，也許不會告訴父兄。想來想去，又後悔又害怕，忐忑不安，一夜沒睡好，竟然病倒了。第二天，快到中午了，也沒人來向他問罪，常生漸漸安心，卻一個勁兒想念那宮妝美女美麗的面容、迷人的聲音，不再恐懼，反而害起了單相思，憔悴得要死。

第三天，點燈時分，僕人已睡熟，那位老婦忽然進門，手上端著一個瓦盂，走到常生跟前，說：「我家葛巾娘子親手調和了一碗毒藥湯，你趕快把它喝了！」女主角的名字出現了。花間美女名叫「葛巾」？紫色牡丹也叫「葛巾」呀！常生知道了美女芳名，卻沒將其與牡丹花聯繫起來。蒲松齡在塑造常大用時，沒有賦予他多大的聰明才智，而是讓他有點兒笨笨的，還有點兒認死理，這也是最後造成悲劇的原因。

常生對老婦說：「我與娘子向來沒有怨恨嫌隙，何至於將我賜死？既然是娘子親手調和的，與其讓我相思成疾，還不如喝了娘子賜的藥，死掉算啦！」說完端起瓦盂，一飲而盡。老婦笑了，接過瓦盂，走了。常生覺得喝下的東西微帶藥味，涼涼的，香香的，不像是毒藥。一會兒，只覺得幾天來鬱悶至極的肺腑豁然開朗，原本昏昏沉沉的腦袋變得清清爽爽。常生酣然睡去，醒來時，太陽已把窗戶照得通紅，病魔似乎從他身上溜走了。

葛巾美麗體貼，她這是在用牡丹精髓給常大用治病。常生越發懷疑葛巾是神仙，只是沒機會跟她進一步相識，只好在沒人的地方，想像葛巾站在那裡，坐在那裡，自己再對著那位置虔誠地跪拜，嘟嘟囔囔地跟葛巾傾訴衷情，向她禱告。

有一天，常生到花圃去，忽然在茂密的樹林裡，迎面遇到葛巾，大喜，立刻跪在地上。葛巾拉他起來，常生嗅到她異香遍體，就抓住她白嫩異常的小手站起來。常生覺得葛巾肌膚柔軟細膩，自己的骨頭都要酥了。正想說話，卻聽到老婦走來，葛巾向南指指，說：「夜裡用花梯翻過牆頭，四面都是紅窗的，就是我住的地方。」說完急忙離去。常生悵然若失，魂飛天外。

到了夜裡，常生搬架梯子爬上南牆，牆那邊已預先放了梯子，他攀著梯子下來，果然看到一個四面紅窗的屋子。只聽屋裡傳來下棋聲，常生只好翻牆回去。過了一會兒，他又翻過牆去看，圍棋聲還在響。他走近紅窗偷看，發現葛巾跟一位素衣美人正在下棋。他只好又返回來。翻了三次牆，已是三更天。常生趴在牆這邊的梯子上等待，聽到老婦從房間出來，說：「梯子，誰放到這裡的？」便喊丫鬟過來把梯子搬走了。常生爬上牆頭，想下去卻沒了梯子，只好煩悶地回去了。

第二天晚上，常生總算進了有紅窗的房間，只見葛巾呆呆地坐著，像是在想什麼，看到常生，滿面含羞。常生向她作揖說：「我福氣薄，恐怕跟神仙沒緣分，沒想到也有今夜呀！」說完就擁抱葛巾，覺得她細腰纖纖，氣息如蘭。葛巾推拒說：「怎麼能這麼快就這樣？」常生說：「好事多磨，遲了怕受到鬼的嫉妒。」話還沒說完，就聽到遠處有人說話。葛巾忙說：「玉版妹子來啦！你先藏到床底下吧。」常生於是鑽到床下。不一會兒，玉版進來笑著說：「敗軍之將，還敢再戰嗎？我已經泡好茶，特地來邀你挑燈夜戰。」葛

〈葛巾〉

巾說：「睏了，想休息。」玉版再三邀請，葛巾就是不動。玉版說：「你這麼戀戀不捨，難道有男人在你房間不成？」硬拉著葛巾走了。常生匍匐著從床下爬出來，懊恨至極。他在葛巾的枕頭、床席上搜尋，想找件她佩戴的東西，奇怪的是，這麼美麗的姑娘，房間裡竟沒有化妝盒！「**室內並無香奩**」，這處細節描寫特別妙！尋常女子需要化妝品，葛巾本身是花，當然不再需要任何化妝品了。常生只找到一柄水晶如意和一塊香氣撲鼻的紫色巾帕，便揣到懷裡，翻牆回去了。他整理了一下衣服，只覺葛巾身上的香氣還在，心中越發傾慕，但有了鑽床底的教訓，再想到可能因此給抓住送官查辦，就不敢到葛巾那兒去了。

隔了一夜，葛巾果然來了，笑著說：「我向來以為你是至誠君子，竟不知道原來是盜賊！」葛巾巧言倩語，開口解頤，開玩笑般地點出常生把水晶如意拿走了。常生說：「確有此事。我之所以偶然幹點兒不是君子的事，就是希望自己能如願以償。」說完就把葛巾緊緊地抱到懷裡，替她解開衣服上的紐結。葛巾的玉體裸露出來，熱乎乎的香氣四處流動。

蒲松齡寫常生跟葛巾來往，幾次寫到她的香，她的軟膩。香是花的特點，軟膩是青春美少女的特點，蒲松齡把這兩個特點天衣無縫地結合起來，又一次顯示了亦人亦物的寫法。第一次，常生嗅到葛巾「**異香竟體，即以手握玉腕而起，指膚軟膩，使人骨節欲酥**」，這是寫葛巾的皮膚像玉一樣柔美，又自帶香味。常生擁抱葛巾，感受是「**纖腰盈掬，吹氣如蘭**」，不僅有纖細的形體之美，還有蘭花般的香氣，仍著眼於「香」。等到常生把葛巾「**攬體入懷，代解裙結。玉肌乍露，熱香四流，偎抱之間，覺鼻息汗熏，無處不馥**」，既是男子對美女肌體的感受，又蘊含人臥花叢的感受，妙！《聊齋》中的性描寫既雅致，又富有詩意，還符合亦人亦花的特點。《聊齋》寫性著眼於「美」，跟《金瓶梅》不同。《金瓶梅》寫性，固然對人物性格起作用，但常著眼於「淫」。這是蒲松齡所不贊成的，他甚至在晚年作品〈夏雪〉中直接把《金瓶梅》稱為「淫史」。

常生跟葛巾幽會，偎抱間感到她異香撲鼻，於是說：「我本來認為你絕不是凡人，而是神仙，現在越發知道我的判斷不錯。承蒙你屈尊紆貴跟我相好，真是三生石上註定的緣分。但恐怕你像天仙下嫁，最後不得不分手。」葛巾笑笑，說：「你過慮了。我不過是離魂倩女，受到愛情的驅動罷了。這件事要保密，否則搬弄是非的人顛倒黑白，我們遭受的禍害只怕比好離好散慘得多啦。」常生答應了她，但還是懷疑葛巾是神仙，一個勁兒地詢問葛巾的姓氏。葛巾說：「你既然認為我是神仙，那仙人又何必把姓名告訴別人？」常生又問：「老太太是誰？」葛巾說：「是桑姥。我小時受她照顧，對她不像對待一般下人。」看來，桑姥是牡丹花叢中的一棵大桑樹。葛巾說「**妾少受其露覆**」，「露覆」兩個字很妙，是大自然中一棵碩大的桑樹給牡丹花擋風遮雨，也是現實生活中一個富有社會經驗的老媽媽保護缺少社會經驗的少女。

葛巾既像牡丹花那樣美麗誘人，又像牡丹花那樣穩重端莊，當她知道常生對自己確實是真情、深情、癡情時，既敢於讓常生踰牆相從，受到玉版妹子的所謂干擾後，又敢於主動到常生的住所去。牡丹有情更動人。葛巾準備離開，對常生說：「我那裡耳目眾多，不可在這裡久留，我抽空再來。」分手時，她向常生討水晶如意，說：「這是玉版妹子留下的。」常生問：「玉版是誰？」葛巾說：「是我堂妹。」又是素衣女郎，又是堂妹，當然是一朵白色的牡丹花了。

葛巾走後，她接觸過的被子、枕頭都染上異香。從此，葛巾隔兩三夜就來一次，常生迷戀她，不再想回家，但錢袋空空如也，就打算把馬賣掉。葛巾說：「你因為我花光了錢，又典當了衣服，實在不忍心。你再把坐騎賣掉，離家一千多里路，怎麼回去？我有些積蓄，可以拿出來給你添到盤纏裡。」常生說：「感謝你的深情，我粉身碎骨也難回報，如果再用你的錢，還怎麼做人呢？」葛巾再三要求常生接受，說：「算借給你吧。」

葛巾拉著常生的胳膊來到一棵桑樹下，指著一塊石頭，說：「搬走它！」常生搬走石頭。葛巾從髮髻上拔下金簪，向土裡刺了幾十下，說：「扒開它！」常生扒開一層土，看到下邊有個甕口。葛巾把手伸到甕裡掏出約五十兩銀子。常生制止她，她不聽，又拿出十幾錠銀子。常生強迫她放回去一半兒，又把甕重新埋好。這裡已經顯露出葛巾的神奇了，但是憨厚的或者說有點兒愚笨的常生，好像還沒意識到。一天晚上，葛巾對常生說：「近日有些流言蜚語，得好好計畫一下。」常生說：「我一切聽你的，刀鋸斧鉞也不怕。」葛巾計畫和常生一起逃走，讓常生先回家，約好兩人在洛陽會合。常生打點行囊回家。他到家時，葛巾的車馬已到家門口。巧不巧？這也是神仙的力量。兩人登門拜見父母，跟家人見面。四鄰驚奇常生娶了美妻，都來祝賀，卻不知道他們是從曹州逃回來的。常生擔心私奔的事被發現，葛巾卻特別坦然，說：「我是大戶人家的女兒，當年卓文君與司馬相如私奔，卓王孫也沒把司馬相如怎麼著，不用擔心。」

葛巾看到常生的弟弟常大器，對常生說：「弟弟有慧根，他的前程會超過你。如果我妹妹玉版給你弟弟做媳婦，倒算一對佳偶。」常生開玩笑般地請葛巾做媒。葛巾說：「要讓玉版來，派兩匹馬拉輛車，桑姥跑一趟就夠了。」常生害怕他們二人逃走的事因此被發現，不敢照辦。葛巾立即派車讓桑姥去。幾天後，桑姥到了曹州，讓車夫停在路邊等著，自己則趁夜色進入街巷。過了很長時間，桑姥帶了一個少女回來，上車向洛陽出發。她們晚上就睡在車裡，五更天再起來趕路。葛巾計算好日子，讓大器盛裝迎到五十里外，恰好跟桑姥、玉版相遇。大器親自趕馬車回來，馬上舉行了隆重的婚禮。常家兄弟都得美婦，家境也一天天富起來。

一天，幾十名騎馬的強盜闖入常家。全家爬上樓。強盜們把樓團團圍住。常生從樓上問強盜：「你們跟我們家有仇嗎？」強盜說：「沒有。只是有兩件事相求：一是聽說兩位夫人是世間沒有的美人，請賜我們一見；一是我們五十八人，每人要五百兩銀子。」說完，就搬木柴堆在樓下，用放火要脅。家人嚇壞了。葛巾打算和玉版下樓，常氏兄弟制止，她們不聽。二人穿上最漂亮的衣服，往樓下走，在離地三級的臺階上站住，對強盜說：「我們姐妹是天上仙女，暫時來到塵世，怎會怕強盜？倒想賜給你們一萬兩銀子，只怕你們不敢接受。」強盜們向二人磕頭，連連說「不敢不敢」。姐妹二人剛打算退回樓上，一個強盜說：「這是騙人的把戲！」葛巾聽了，回身站住，說：「你們想做什麼？趕緊打主意，還不算晚。」強盜們你看我，我看你，誰也說不出一句話。姐妹二人從容上樓，強盜仰著頭，直到看不見她倆了，才一哄而散。

葛巾對常大用，一不問他的門第，二不問他的財產，三不問他家住在什麼地方，只要證明他對自己是真心的，是癡情的，就邁出果敢的一步，先是以身相許，後是毅然私奔。她還向常大用贈送銀子，並把妹妹許配給他弟弟。常大用遇到葛巾，真是無處不美，無處不善，無處不順，人財兩得，連入室搶劫的強盜都在仙女一樣的常家美婦跟前退避三舍。然而，常大用本人卻出問題了。什麼問題？猜疑。

過了兩年，姐妹各生了一個兒子，才漸漸透露說：「我們姓魏，母親受封曹國夫人。」常生懷疑：沒聽說曹州有姓魏的大戶人家呀！再說，大戶人家連丟兩個女兒，為什麼從來不追問？常生找了個理由又去了曹州，到處尋訪，發現名門望族中沒有姓魏的。於是他仍借住到上次住過的仕紳家，忽然看到牆上有贈曹國夫人的詩，就詢問主人：「曹國夫人在哪裡？」主人領他走到一株房檐高的牡丹前，說：「這就是曹國夫人。」常生驚訝地問：「牡丹花為什麼叫『曹國夫人』？」主人說：「這株牡丹在曹州名列第一，大家就給取了這個封號。」常生問：「這株牡丹是什麼品種？」主人回答：「葛巾紫。」

常生明白了，也害怕了，懷疑妻子是花妖。他回到家，不敢直接跟妻子對質，只述說他在曹州如何看到贈曹國夫人的詩，觀察妻子的反應。葛巾風姿綽約、溫柔善良，卻眼裡容不下沙子，一聽馬上皺起眉頭，變了臉色，招呼玉版抱著兒子過來，對常生說：「三年前，我感激你對我的思念，才獻身報答。現在你既然猜疑我，怎麼可以繼續生活在一起？」說完，她和玉版將懷裡的兒子遠遠地擲出去，兒子一落到地上就消失了。常生驚愕地再看時，葛巾、玉版都不見了。他悔恨極了。幾天後，兒子墜落的地方長出兩株牡丹，一夜之間長出一尺多高，當年就開了花，一株紫色，一株白色。花朵像茶盤大小，豔美異常。再過幾年，兩株牡丹更加茂密，形成花叢，分株移種，又變出新品種，沒人能知道它們的名字。從此，洛陽牡丹甲天下。

〈葛巾〉和〈香玉〉有對應關係。〈香玉〉中，黃生愛牡丹，對牡丹花，愛；變花妖，仍愛；成了花鬼，更愛。黃生是愛情「達人」，常生則「未達」。常大用雖然喜歡牡丹花，喜歡美麗的葛巾，可在知道葛巾就是牡丹，二美為一時，卻非但不慶幸自己傻人有傻福，反而杞人憂天，語含猜忌，最終導致溫柔善良的花妖葛巾決然離去。常大用的腦袋不是進了水，就是給門夾了，這麼好的妻子，比普通人美，比普通人善，比普通人好，比普通人能讓家業昌盛、子孫綿延，在人世間打著燈籠也找不到。你就接受她是花妖，永遠愛她這個花妖，有什麼不好？偏要猜疑，結果鬧了個不歡而散。

常大用像個最不稱職的演員，愚蠢、不開竅，把一部本來嬌妻佳兒、花好月圓的大團圓喜劇，演成了妻離子散、雞飛蛋打的悲劇。其實，現實生活中像常大用這樣的人，經常可以遇到。本來是好不容易遇到的真愛、非常美滿的結合，卻偏偏不好好珍惜，不是雞蛋裡挑骨頭，就是瞎猜忌，結果賠了夫人又折兵。強盜的劫奪都不能將人搶走，猜忌卻讓自己徹底失去了花妖夫人和傳宗接代的兒子。常大用，有什麼用？一點兒用也沒有，該叫「常無用」！

愛情生活中最珍貴的是什麼？是美麗，是富有，還是狂熱的迷戀？都不是，是互相信任，是相愛不疑。這就是紫牡丹葛巾的愛情悲劇給我們的啟示。

從〈葛巾〉可以看出，蒲松齡既善於寫人物，也善於構思情節，語言還特別優美。這篇小說跌宕起伏，千回百轉，寫常大用遇到葛巾後的心情，先是思念，接著自悔孟浪，後又轉懼為想，憔悴欲死；寫葛巾的聰慧，明明是她對常大用鍾情，卻惡作劇似的叫桑姥送去「毒藥」，這既展示了她的人情美，又展示了她的牡丹花神法術。兩個初戀對象開始是受到桑姥的阻撓，後來受到玉版的「干擾」，所謂「好事多磨」。在這些矛盾過程當中，桑姥的富有經驗、思慮周詳，玉版的開朗、爽快、幽默，又襯托了葛巾的癡情、鍾情、雍容、含蓄。強盜的出現，把兩位花神的臨危不懼、落落大方寫了出來。

蒲松齡在前面的描寫當中，一再用葛巾無處不在的香氣暗示她的花神身分，中間則用贈曹國夫人的詩歌暗指她的花神身分，最後又讓葛巾和玉版的兒子落地成花，一紫一白，朵大如盤，徹底完成了淑女向花的轉變。這種構思實在太曲折、太美妙了。〈葛巾〉是描寫牡丹花神的小說，既像牡丹花那樣美麗香豔，又像牡丹花那樣富有詩情畫意。《聊齋》

點評家但明倫認為〈葛巾〉是《聊齋》中文筆最活的小說：

此篇純用迷離閃爍、夭矯變幻之筆，不惟筆筆轉，直句句轉，且字字轉矣。文忌直，轉則曲；文忌弱，轉則健；文忌腐，轉則新；文忌平，轉則峭；文忌窘，轉則寬；文忌散，轉則聚；文忌松，轉則緊；文忌複，轉則開；文忌熟，轉則生；文忌板，轉則活；文忌硬，轉則圓；文忌淺，轉則深；……事則反復離奇，文則縱橫詭變。

蒲松齡自己怎麼看這篇小說？異史氏曰：「**懷之專一，鬼神可通，偏反者亦不可謂無情也。少府寂寞，以花當夫人，況真能解語，何必力窮其原哉？惜常生之未達也！**」用白話來說就是：「內心懷著堅定不二的志向，鬼神都可以溝通，那在風中搖曳的花兒也並不是什麼無情之物。白居易當年感到寂寞的時候，以花當夫人，常生的夫人是真正能說話的解語花，何必一定要對她的來歷追根究柢？可惜常生其人不夠曠達！」可能正是因為對常生「未達」的遺憾，蒲松齡又構思了同樣是牡丹花神愛情故事的〈香玉〉，也是《聊齋》的頂峰之作，寫出了徹底的「達人」黃生，而〈香玉〉也影響了《紅樓夢》的寶黛愛情。

蒲松齡真是才大如海，妙筆生花。

02 香玉

白牡丹的生死戀

《聊齋》花神的愛情故事，詩情畫意，好看至極。

《聊齋》中，花與花不同，花神故事，篇與篇也不同。

常生的猜疑造成了他與紫牡丹花神葛巾的愛情悲劇。蒲松齡說，真正的愛情能感天地、泣鬼神，只要真心相愛，就不要管對方的身分，哪怕是鬼神也無妨。古代大詩人肯把大自然中的花當成夫人，常生遇到真能說話的花神，又何必追究她的來歷？太不明智了。「惜常生之未達也」，「達」有通情達理的意思，更有曠達的意思，還有想得開、想得透的意思；而「未達」，就是猜疑、想不開。

作為跟「未達」的常生的鮮明對照，〈香玉〉呈現了一個生動的「達人」黃生。黃生愛上香玉，知道她是白牡丹花神後，不僅不猜疑，反而更愛。花神變成花鬼，他也照樣愛，死後還要變成牡丹的連理枝，追隨白牡丹花，完成「花以鬼從，而人以魂寄」的動人愛情故事。前人寫「三世情」，香玉和黃生寫下「癡愛六部曲」。這一點，直接影響到《紅樓夢》裡寶黛的三世情，《聊齋》裡的牡丹花神叫「香玉」，《紅樓夢》裡賈寶玉也曾戲稱林黛玉為「香玉」，她們身上都有天然的香氣。林黛玉的前身靠賈寶玉的前身用雨露澆灌得以存活，並修煉成絳珠仙子，正如白牡丹花神復活是靠她的情人用中藥澆灌。誰說文言短篇小說就不能為白話長篇小說所借鑑？〈香玉〉是一篇情節、人物、語言都達到極致的《聊齋》佳作。白牡丹香玉在戀人黃生面前先後以四種姿態出現：花、花神、花魂、花中美人，都得到了黃生的熱愛，而且越來越愛。

第一次是真實的花。膠州黃生在勞山下清宮[2]讀書，院了裡有一棵一丈多高的白牡丹和一棵兩丈多高的耐冬，一白一紅，花開時璀璨如錦。黃生喜歡牡丹花，就在牡丹花旁讀書，跟花長相伴。

第二次是牡丹花神和耐冬花神。一天，黃生從視窗遠遠看到有位白衣少女在牡丹花叢中忽隱忽現，心中疑惑：道觀哪兒來的女人？急忙跑出去，白衣少女已不見了。他藏在樹叢中等著。白衣少女又跟一位紅衣少女來了，兩人都是國色天香。她們將要走近黃生時，紅衣少女忽然往後倒退，說：「有生人！」黃生一下子跳出來，兩個少女飛快逃跑，衣裙飄拂，香氣彌漫。黃生追過短牆，已不見少女們的蹤影。黃生很奇怪：這地方怎麼會有這麼漂亮的女子？文中寫少女「**袖裙飄拂，香風流溢**」，用香風暗點她們是花神現身。黃生

2 勞山下清宮：勞山，現在一般作「嶗山」，位於山東省青島市嶗山區。下清宮，現稱「太清宮」，為嶗山道教祖庭。

在耐冬樹上題詩一首：「**無限相思苦，含情對短窗**[3]。**恐歸沙吒利，何處覓無雙？**」

這首五言絕句，表達了黃生對花神的嚮往之情，並善良地希望花間美人千萬不要落到壞人手裡。前兩句「無限相思苦，含情對短窗」，直接抒發黃生對花間美人的思念之情；後兩句用了兩個唐傳奇中的典故，表達黃生對花間美人的良好祝願和傾心嚮往。

「恐歸沙吒利」的典故來自唐代許堯佐《柳氏傳》：柳氏與韓翃相愛，安史之亂中，二人不幸離散，番將沙吒利在戰亂中霸占了柳氏。之後虞候許俊設計將柳氏救出，與韓翃團聚。

「何處覓無雙」的典故來自唐代薛調《無雙傳》：王仙客和劉無雙本有婚約，其後發生戰亂，無雙入宮做了宮女，俠客古押衙用藥讓無雙假死，將她從宮中救出，與王仙客團圓。古押衙為表明絕不洩露二人祕密的忠心，事成以後拔刀自殺。黃生把這兩個故事聯繫到一起，表達對少女的關懷和神往，大意是：我想念那無雙似的美女，你可千萬別落到沙吒利手裡。

黃生回到房間，白衣少女突然走進來。黃生又驚又喜，忙起身迎接。

白衣少女笑著說：「你剛才氣勢洶洶的，像個強盜，沒想到卻是風雅瀟灑的文學之士，所以不妨跟你相見。」

---

3 短窗：也有版本為「短缸」。

黃生請教少女的姓名和家庭情況。

「我叫香玉，被道士關在山裡，不是我的本願。」「哪個道士？我替你洗刷恥辱。」

「不必啦，他倒不曾逼迫我。我借機能跟風流文士長久幽會，也挺好。」

「穿紅衣服的是誰？」「我的結拜姐姐絳雪。」

說完，二人便欣然入眠。等到醒來時，東方已經出現了曙光。香玉急忙起床，說：「只顧快活，忘記天亮了。」穿好衣服又說：「為了答謝你的詩，我和了一首，請不要見笑。」接著念道：「**良夜更易盡，朝暾已上窗。願如梁上燕，棲處自成雙。**」

大意是：美好的夜晚過得很快，不知不覺晨光已照到窗上，我願意跟你像梁上燕子一樣，雙飛雙宿，永遠在一起。

黃生握住香玉的手，說：「妳容貌秀美，靈心慧性，讓人愛得生死都不顧了。妳離開一天，就像離別千里。千萬抽空再來呀。」

從此香玉夜間必來。黃生常讓她帶絳雪過來，香玉說：「絳雪姐姐清心寡欲，不像我這麼癡情。我慢慢勸她，你別著急。」一天晚上，香玉神情淒慘地來了，說：「你得隴望蜀，現在咱們卻要分手啦。」黃生問：「妳到什麼地方去？」香玉擦著眼淚說：「命中註定，很難說清。你的詩成預言了。『**佳人已屬沙吒利，義士今無古押衙**』，說的就是我。」

黃生問：「到底怎麼回事？」香玉不說，只一個勁兒嗚咽。兩人整夜不能入睡，天濛

〈香玉〉

濛亮，香玉就走了。第二天，即墨縣一個姓藍的人到下清宮遊覽，喜歡上白牡丹，就將它掘出來帶回家了。

黃生恍然大悟：香玉原來是白牡丹花妖。他悵然若失，惋惜不已。黃生明白自己愛的是牡丹花神後，愛得更深了。幾天後，聽說移到藍家的白牡丹枯萎了，黃生寫了五十首哭花詩，天天對著牡丹花穴哭泣。有一天，他遠遠看到絳雪在牡丹花穴邊擦眼淚，就慢慢走近她，絳雪也不躲避。黃生拉住她的衣袖，兩人對哭起來。過了一會兒，黃生請絳雪到房間去，絳雪就跟他去了，感歎說：「從小一起長大的姐妹，再也見不到了。你哀傷，我悲痛，淚墮九泉，香玉或許會因為我們的真情而復活。可是死了的人，神和氣都已經消散，怎麼可能回來跟我們一起說說笑笑？」

黃生說：「是我命薄，妨害了情人，當然也沒福氣消受兩位美人。過去我常托香玉請妳，怎麼不肯到我這兒來？」

絳雪說：「十個書生有九個是薄情郎，沒想到你卻這麼癡情。我跟你交朋友，是重視感情交流，男歡女愛的事我不能做。」說完，就向黃生告別。

黃生說：「香玉走了，我睡不著，吃不下，妳在這裡多停留一會兒，能緩解我對香玉的懷念，怎麼這樣絕情？」絳雪於是留下來陪黃生過了一夜，第二天就走了。

黃生開始見到兩位美人，香玉跟他成了情人，他還想再請另一位美人來相會，當時的黃生還存在著「多情書生，雙美俱得」的想法。牡丹花香玉被挖走並枯死後，絳雪來安慰黃生。絳雪和香玉是結拜姐妹，香玉已死，絳雪本來很容易就能夠取而代之，但她沒有這樣做。她明確地跟黃生說：「**妾與君交，以情不以淫。若晝夜狎昵，則妾所不能矣。**」蒲松齡開始一種新筆墨：寫黃生和香玉的生死之戀，黃生和絳雪的生死友情。絳雪雖然偶爾跟黃生住到一起，但只是起到安慰香玉戀人的作用，而癡情的黃生得新不忘舊，對香玉一時一刻也不能忘記。絳雪既是「良友」，則不宜描寫她和黃生歡愛，蒲松齡便一筆也不寫，非常講究分寸。

絳雪之後幾天都沒再來。黃生在清冷的雨聲中對著幽暗的窗子，苦念香玉，在床上翻來覆去，眼淚打濕了枕席。他爬起來寫了一首詩：「**山院黃昏雨，垂簾坐小窗。相思人不見，中夜淚雙雙。**」正在吟哦時，忽聽窗外有人說：「作詩不能沒人唱和。」聽聲音，是絳雪。黃生打開門請她進來。絳雪和道：「**連袂人何處？孤燈照晚窗。空山人一個，對影自成雙。**」黃生的詩表達了對愛人香玉綿綿不絕的思念，絳雪的詩則表達了對好友與姐妹的思念。黃生聽了絳雪的詩，眼淚立即流下來。從此，每當黃生百無聊賴時，絳雪就會來看他，一起喝酒、聊天、寫詩。黃生說：「香玉是愛妻，絳雪是好友。」他常問絳雪：「妳是院裡的第幾株花？早點兒告訴我，我把你抱回家種上，免得跟香玉一樣給惡人奪走，讓我遺恨百年。」絳雪說：「故土難離，告訴你也沒什麼益處。你連妻子都不能保全，何況朋友？」黃生不聽，拉著絳雪的胳膊到院子裡，每到一株牡丹花下，就問：「這是妳嗎？」絳雪不說話，只是捂著嘴笑。

黃生臘月底回家過年，待到二月，忽然夢到絳雪來了，她傷感地說：「我有大難，你趕快到下清宮來，還能見一面，晚了就來不及了。」

黃生驚醒後，急忙命僕人備馬，披星戴月地趕到勞山。原來，道士要蓋房子，有棵耐冬樹妨礙蓋房，工匠正準備動手砍掉。黃生知道他夢到的就是耐冬，急忙制止砍樹。到了夜晚，絳雪來感謝他。黃生笑著說：「你從前不肯對我說實話，難怪會遭受這次磨難！現在我知道妳的底細了，妳如果不肯到我這裡來，我就點上艾炷烙那耐冬樹根。」坐了一會兒，黃生說：「現在面對好朋友，越發想念美豔的妻子，好長時間沒哭香玉了，妳能跟我一起去哭嗎？」兩人對著牡丹花穴，直哭到一更天快過，才回房間。

幾天後，絳雪笑著走進房間對黃生說：「告訴你一個好消息，花神被你的真情感動了，允許香玉在下清宮復活。」黃生問：「什麼時間？」絳雪說：「不知道具體時間，肯定不遠了。」精誠所至，金石為開。香玉死後，黃生「**冷雨幽窗，苦懷香玉，輾轉床頭，淚凝枕簟**」。他跟好友絳雪一起懷念香玉，沒有見異思遷，沒有移情別戀。黃生的癡情感動了天上的總花神，允許香玉再次來到他身邊。而絳雪接著又是兩夜沒來，黃生就跑到耐冬樹下，用力搖動樹幹，撫摩樹身，連聲呼喚，很長時間都沒回聲。他回到房間，點著艾炷，想拿它去燒樹根。絳雪一下子衝進來，奪下他手中的艾炷說：「真是可惡！」突然，香玉腳步輕盈地進來了。黃生熱淚奪眶而出，一手抓住香玉，一手抓住絳雪，三人相對悲泣。黃生和香玉的又一世情開始了，這次出現在黃生面前的香玉是牡丹花的鬼魂。「**香玉**

盈盈而入」，「盈盈」二字用得太棒了！「盈盈公府步，冉冉府中趨」、「盈盈樓上女，皎皎當窗牖」，盈盈，是儀態美好貌，又帶著點兒飄飄忽忽的意思，像一朵雲，像一股煙，總之不是正常人的步態，而是靈魂的步態，這樣寫花的鬼魂形態真是妙哉奇哉。

蒲松齡用詞準確優美，「盈盈而入」，魂遊也。花而神，花而魂，巧思迭出，形容臻妙。花枯萎了，花神居然可以讓它再變成花魂！花的鬼魂形態寫得活靈活現，似乎真實存在一般。跟花魂打交道的黃生有種特殊感覺，「**生覺把之而虛，如手自握**」，他覺得握著香玉的那隻手空無一物，好像自己握著空拳。「**偎傍之間，彷彿以身就影**」，兩個情人像平時那樣相依相偎時，黃生感覺彷彿靠在自己的影子上。黃生很痛苦，他希望有個實實在在的愛人。香玉也很痛苦，她希望能跟黃生真真實實地相愛。香玉對黃生解釋說：「過去我是花神，身體是凝固的；現在成了花魂，靈魂只能是飄散的了。現在我雖然來跟你相聚，你不要以為是真實的相聚，看成是做夢就好啦。」

蒲松齡實在是太會琢磨事，太能琢磨事。他寫人和鬼魂相愛，不管是連瑣和楊于畏，還是聶小倩和寧采臣，男主角從來沒有過握手像握空拳，擁抱像「以身就影」的感覺，到了黃生這裡，花魂飄飄忽忽的，握手像空無一物，偎傍像「以身就影」，《聊齋》文筆真是超脫綺麗。

絳雪說：「妹子來了太好了，我快要被妳家男人糾纏死了。」說完就告辭走了。

黃生跟香玉說說笑笑都像她生前一樣，但互相偎依時，黃生沒有實實在在的感覺，因此悶悶不樂。香玉也非常懊惱，說：「你用白蘞碎末和著硫磺泡水，每天給我的花根澆上一杯，明年的今天，我就可以報答你的恩情了。」

賈寶玉和林黛玉是三世情，第一世情，林黛玉是靈河岸邊三生石畔的一株絳珠仙草，因得到賈寶玉前身神瑛侍者甘露澆灌，得以長存歲月，修煉成絳珠仙子。而《聊齋》花神香玉的復活也靠黃生澆灌，《紅樓夢》中三世情的這一設定，不是明顯從《聊齋》而來的嗎？不同的是，《聊齋》中是用中藥泡水，而中醫藥又是蒲松齡擅長的。蒲松齡寫的《農桑經》被寫進中國農業史，他因此得到一個「農學家」的稱號。蒲松齡懂得如何種花。香玉讓黃生給自己澆灌的中藥是白蘞碎屑和少許硫磺，白蘞是可以治療腫塊的藥，硫磺是有殺毒作用的天然礦石。李時珍《本草綱目》寫到如何種植牡丹：「凡栽花者，根下著白蘞末辟蟲，穴中點硫磺殺蠹。」〈香玉〉中的這段描寫完全符合《本草綱目》的要求，符合農學要求。

香玉花魂出現後第二天，黃生發現，白牡丹已發芽。他按照香玉所說的，每天澆硫磺白蘞水培育，又做了個雕花護欄保護白牡丹。

香玉再來時，非常感激他。黃生怨恨絳雪總不來，香玉說：「我能把她請來。」香玉跟黃生挑著燈籠來到耐冬樹下，取一束草自下而上量樹幹，量到四尺六寸處，便用手按住，讓黃生用兩隻手一起搔抓。不一會兒，絳雪就從樹後走出來，笑罵道：「這丫頭，助紂為虐啊！」多有趣的描寫，喬木亦有胳窩而且怕癢，妙哉。二人手把手回到房間。香玉說：「姐姐不要怪罪，麻煩姐姐替我陪伴郎君，一年後，就不再打擾妳啦。」

黃生看那株牡丹花芽，一天天長大，十分茂盛，春天將完時已二尺多高。黃生回家時，就拿錢給道士，讓他一早一晚照看。四月，黃生回到下清宮，看到白牡丹上有朵花含苞待放。他站在花旁流連忘返，忽然，只見花苞搖搖晃晃地好像要開，不一會兒，已經開放，像盤子大小，花蕊中坐著一個三四指長的小美人。轉眼間，美人從花蕊中飄然而下，原來是香玉！她笑容滿面地說：「我忍受著風風雨雨等你，你怎麼來得這麼晚呢？」牡丹花神復活，是古代小說最美麗的片段之一：

次年四月至宮，則花一朵，含苞未放；方流連所，花搖搖欲拆；少時已開，花大如盤，儼然有小美人坐蕊中，裁三四指許，轉瞬間，飄然已下，則香玉也。笑曰：「妾忍風雨以待君，君來何遲也？」

多美妙的鏡頭，電影、電視、動畫，不管怎麼表現都美極了、妙極了的鏡頭。但明倫評：「種則情種，根則情根，苞則情苞，蕊則情蕊。」

香玉跟著黃生進入房間。絳雪也來了，笑著說：「天天代替別人做媳婦，現在幸好退而變成朋友了。」三人又說又笑又吟詩，直到半夜，絳雪才離去。香玉和黃生像過去一樣恩愛。

後來黃生乾脆搬到勞山長住。白牡丹已經長得像手臂般粗。黃生常指著牡丹說：「我將來要把魂寄留在這裡，就在妳的左邊。」香玉和絳雪笑了，說：「可不要忘了啊！」

十幾年後，黃生病了。他的兒子來到下清宮，對著他哭，黃生笑了，說：「這是我重生的日子，不是我死亡的日子，有什麼可悲哀的？」接著對道士說：「將來有一天，白牡丹旁邊如有紅芽長出來，一下子長出五片葉子的，那就是我。」黃生的兒子用車把他接回家，一到家他就死了。第二年，白牡丹旁邊果然長了株肥大的紅芽，五片大葉子。道士覺得奇怪，給它澆水。三年後，它長到幾尺高，枝幹盈握，就是不開花。老道士死後，他的弟子說：「這株紅芽不開花，砍掉吧！」接著，白牡丹、耐冬樹也都憔悴而死。這個「**花以鬼從，人以魂寄**」（花以鬼的形式追隨戀人，人以魂的形式追隨花神）的動人愛情故事就這樣落下了帷幕。湯顯祖說過：「情不知所起，一往而深。生者可以死，死可以生。生而不可與死，死而不可復生者，皆非情之至也。」杜麗娘為情而死，為情復生，成千古絕唱。黃生和香玉為了愛情，可以義無反顧地選擇死亡，可以費盡周折地選擇重生，生生死死，癡情不變。前人的愛情小說經常寫三世情，〈香玉〉則完成了前人從未寫過的癡愛六部曲：

第一部，黃生愛大自然的牡丹花；
第二部，黃生愛幻化成少女的花神；
第三部，黃生愛變成鬼魂的牡丹花神；

第四部，黃生愛由花魂復活的花神；

第五部，黃生變成紅芽跟白牡丹長相依；

第六部，白牡丹為黃生化身的紅芽殉情枯萎。

古代詩詞、小說描寫忠貞不渝的愛情常用比翼鳥、連理枝作比。楊玉環和李隆基在長生殿發誓：「在天願作比翼鳥，在地願為連理枝」；六朝小說中的韓憑夫婦生前不能相聚，死後墓地上長出的兩棵樹枝葉交錯，鴛鴦在樹上啼鳴；樂府詩裡的劉蘭芝和焦仲卿以死同封建家長抗爭，最後也變成了交頸鴛鴦；梁山伯和祝英台一起化成蝴蝶。黃生和香玉之戀，從人愛牡丹花到人變牡丹的連理枝，再到花的殉情，太不尋常了。

牡丹花神香玉和黃生是古代愛情小說中大名鼎鼎的人物。勞山下清宮也因為他們成了著名景點。一九九六年，我描寫中外學生愛情的長篇小說《藍眼睛黑眼睛》由中央電視臺王扶林導演執導拍攝電視連續劇時，王導演就選中了下清宮拍攝外景。在十七世紀人與花神愛情故事的發源地，拍攝一九八〇代中外大學生的異國之戀，也算巧中之巧吧。

黃生明知香玉是花妖、花魂，反而愛得更深切、更執著，二人為了愛，可以生生死死，癡情不變。蒲松齡在篇末發表感慨：「**情之結者，鬼神可通。花以鬼從，而人以魂寄，非其結於情者深耶？一去而兩殉之，即非堅貞，亦為情死矣。人不能貞，猶是情之不篤耳。仲尼讀《唐棣》而曰『未思』，信矣哉！**」仲尼，是孔子的字。《唐棣》是《論語．子罕》引用的古逸詩：「『唐棣之華，偏其反而。豈不爾思？室是遠而。』子曰：

『未之思也，夫何遠之有？』」孔子認為用「室是遠而」解釋「豈不爾思」沒有說服力。因為真正的感情不會因為距離而出問題，假如真的想念，遙遠的距離算得了什麼呢？蒲松齡用孔子這個典故，是為了說明「情之結者，鬼神可通」。這段話用白話來說，就是：「感情到了極致時，鬼神也可相通。白牡丹死後化成鬼魂追隨黃生，黃生死後將靈魂依託在白牡丹之側，難道不是他們的感情深到了極致的結果嗎？黃生的紅芽一死，香玉和絳雪也隨之殉情，即使不說是堅貞，也是為愛情而死。人不能守貞，是因為他的感情不夠深厚。孔子讀完《唐棣》詩後說：『沒有思念，又有什麼遠不遠的呢？』確實如此啊！」

〈香玉〉人物美、情節美、語言美，以巧妙構思給《紅樓夢》的三世情以重要啟示。它不僅是《聊齋》中最有名的作品之一，放到整個中國小說長河中也出類拔萃。

03 黃英

菊花仙做了CEO

《聊齋》寫書生和花神的愛情故事，最奇特的莫過於〈黃英〉。這篇小說其實是寫菊花癡馬子才跟菊花神黃英姐弟之間的趣事，跟一般愛情故事完全不同。

馬子才和黃英是恩愛夫妻，但文中有一絲一毫傳統小說的愛情描寫嗎？沒有。他們沒有一見鍾情，沒有兩地相思，沒有熱烈追求，沒有卿卿我我，沒有吃醋拈酸，沒有吵架鬥嘴，沒有父母棒打鴛鴦，沒有第三者插足……他們之間壓根兒沒有通常愛情故事中的任何糾葛，有的只是相當持久的強烈的思想交鋒，這種交鋒從結婚前就開始了，不過首先是在馬子才跟黃英的弟弟陶三郎之間展開的：愛菊人能不能賣菊致富？陶三郎認為，自食其力不為貪，販花為業不為俗。馬子才則認為這樣做褻瀆了高潔的菊花。黃英跟馬子才結婚後，夫妻也在這個問題上較勁，他們進一步的爭執是：男人和女人哪個是家裡「第二性」？如何正確看待丈夫和妻子在家庭中的地位，特別是經濟地位？說得直白一點兒，就是菊花神黃英做了全國知名鮮花企業的CEO，她的丈夫馬子才不自在了，覺得不符合他安貧樂道的秉性。怎麼解決？蒲松齡在講述這個愛情故事的同時，給出了蘊含豐富人生哲理的答案。

馬子才和陶家姐弟因為愛菊花而成為知交，其實是馬子才愛菊如狂，感動了花神下凡。馬子才酷愛菊花，為求好菊種跑千里路都不在乎。他聽說金陵有佳種，就從順天府千里迢迢跑到金陵，到處尋找菊花新品種，終於獲得兩株小嫩芽，如獲至寶，將它們像嬰兒一樣包裹好，雇車返回順天府。半路上，馬子才遇到一個青年，騎著一頭毛驢跟在一輛油壁車後面。這就是花神陶三郎和姐姐黃英。三郎是「**丰姿灑落**」、「**談言騷雅**」的翩翩美少年。「丰姿灑落」是形容美少年，也暗含著菊花瀟灑飄逸的風姿。三郎看到馬子才帶著菊花，就說：「其實菊花品種無所謂好和壞，關鍵在於如何培育。」接著就和馬子才討論如何培育菊花。這番議論與眾不同，令馬子才耳目一新，特別高興，問：「兄弟，你要到哪兒去？」三郎說：「姐姐不喜歡住在金陵，我們要搬到北方去。」馬子才立即熱情邀請：「何不住我家？我家雖然很窮，但是有茅廬可供你們居住。」三郎於是和姐姐商量。

黃英露面了，「**車中人推簾語，乃二十許絕世美人也**」。黃英跟馬子才，按說是愛情故事的男女主角，但他們之間沒有任何感情交流，馬子才沒有驚豔，黃英也沒有眉目傳情，只是對陶三郎說了句：「**屋不厭卑，而院宜得廣**。」房子小點兒、破點兒無關緊要，關鍵是院子要大，要有種菊花的地方。這是人的要求嗎？不，這是花的要求，是菊花的生存需要。馬子才這時還不知道自己遇到了花神，讀者卻能夠隱隱覺得這對姐弟跟菊花有著微妙的關係。為什麼？因為他們的姓名。

菊花不是經常被人叫作「黃英」或「黃花」嗎？歷史上最愛菊花的文人不是就姓陶

嗎？小學生都會背誦「采菊東籬下，悠然見南山」。而「東籬」是「市井」的反面，意味著高潔和風雅，意味著對俗世名利的不屑一顧。既姓「陶」，又叫「黃英」，意味深長！跟蒲松齡的其他小說不同，〈黃英〉一開始，就出現了一個靈魂般的隱形主角——菊花。必要時，它還會現出真身。這篇小說多不尋常！傲霜挺立的菊花，向來是中國文人高潔品性和高雅生活的象徵。屈原以「朝飲木蘭之墜露兮，夕餐秋菊之落英」表達道德的勤修；陶淵明不為五斗米折腰，辭去彭澤令，隱居躬耕，采菊東籬下；蒲松齡終生愛菊，垂暮之年還專程跑到濟南找菊種，他寫下好幾首菊花詩，如「堂中花滿酒盈觴，妙遣花香入酒香」、「不似別花近脂粉，輒教詞客比紅妝」。菊花最貼近蒲松齡的思想趣味，對「萬物皆可為小說家負弩前驅」的蒲松齡來說，他肯定要拿菊花琢磨點兒新奇事。終於，他獨出心裁地把菊花變成了〈黃英〉的隱形主角。小說不僅要講故事，還得說出點兒人生哲理、人生追求，當然是透過藝術形象妙趣橫生地說出來更好。

在「花癡」馬子才感動得花神來臨後，小說出現了第一個波瀾：花神當起了「企業家」，陶三郎跟馬子才產生了思想矛盾。

陶家姐弟跟馬子才一起回家，住在馬家南面的荒園裡。陶三郎每天到北院來幫助馬子才培育菊花，將已枯萎的菊花連根拔起，重新栽下，株株長得根深葉茂、花蕾滿枝。表面上看，陶三郎彷彿有獨家祕笈，其實是花神的法術。馬子才看著自家本來荒廢的後院變成姹紫嫣紅的菊花花圃，心裡十分高興，經常邀請陶三郎吃飯飲酒，三郎從不推辭，大方豪飲。馬子才的妻子也很喜歡黃英，看到陶家姐弟沒有經濟收入，常叫馬子才背上一斗米給陶家送去。兩家因為共同的菊花愛好，感情越來越深。馬了才覺得特別奇怪的是：陶家怎麼好像從來不生火做飯？讀者朋友，您說這樣的描寫是不是妙哉、趣哉？誰見過菊花煙熏火燎呢？

馬子才跟陶三郎的「蜜月期」很快過去了。為什麼？兩人的觀點產生了分歧。陶三郎對馬子才說：「你家本來就不富裕，我們還總這樣麻煩你們，豈是長法？為公之計，可以賣菊花來謀生。」馬子才以為耳朵出問題了：有沒有搞錯，賣菊花來謀生？他一向清高，聽到這番話，對陶三郎鄙視起來，很不高興地說：「我以為你是風流高士，應該能安貧樂道，現在竟把清雅的東籬變成追逐蠅頭小利的市井，實在是對菊花的侮辱。」

陶三郎笑著回答：「**自食其力不為貪，販花為業不為俗。人固不可苟求富，然亦不必務求貧也。**」話不投機半句多，馬子才不吭聲了，陶三郎起身離去。從此他不再到馬家來喝酒吃飯了。馬子才叫他，他才去一次。馬子才也種了些菊花，他丟棄的殘枝劣種，陶三郎都默默地撿了回去。

到菊花開放時節，馬子才聽到陶家門前熱鬧得像唱大戲，跑過去一看，原來都是來陶家買花的，車載肩負，門庭若市。那些菊花都是奇異品種，馬子才見所未見。陶三郎哪兒來那麼多、那麼好的品種，我怎麼不知道？他對我保密了嗎？馬子才準備登門問罪，陶三郎熱情相迎，拉著他的手到菊畦看菊花。馬子才看到原來的半畝荒地全部種上了菊花，沒有一寸空土。挖掉菊花的地方，剛插上別的枝條。滿眼紅的紅，白的白，大的大，小的小，都是他從來沒見過的異種。馬子才想：好啊，你陶三郎原來這麼貪財，把好品種都藏起來了。可是他仔細一看，才驚訝地發現，這些所謂的異種都是自己之前拋棄的劣枝！怎麼回事，枯枝劣種，經過陶三郎的手，都點鐵成金了？

陶三郎絕佳的種菊術證明了他「**種無不佳，培溉在人**」的高論。馬子才很佩服，也知道陶三郎沒有私藏任何優良品種。一個愛菊如命的人看到菊花在陶三郎這裡得到如此周到的培育，心裡很是欣慰。事實勝於雄辯，有天才的育花者，買菊者才能「**囂喧如市**」，讓盡可能多的人欣賞高潔的菊花。販花之業，何俗之有？馬子才有點兒開竅了。一會兒，房間裡喊「三郎」，陶三郎答應著進屋，轉眼間端出美酒佳餚，十分精美。馬子才問：「你姐姐怎麼不嫁人？」陶三郎說：「時候沒到。」馬子才問：「什麼時候？」陶三郎說：「再等四十三個月。」馬子才詫異：「這算什麼說法？」陶三郎只笑，不說話。陶三郎賣花的錢用來做什麼了？喝酒，像陶淵明一樣。陶三郎請馬子才喝酒，二人興盡而散。經過荒園變花園、棄枝變異卉的無言感化，馬子才和陶三郎前嫌盡釋，和好如初。

更奇怪的是，第二天，馬子才再到陶家去看，發現昨天剛插上的菊苗，已經長到一尺多高。還是那句話，表面上看，陶三郎彷彿有獨家祕笈，其實是花神的法術。馬子才哪裡知道真相，他苦苦懇求陶三郎把「揠苗助長」的絕活兒教給他。陶三郎回答：「**此固非可言傳，且君不以謀生，焉用此？**」妙言妙語！凡夫俗子怎能學到花神法術？花神絕技豈可

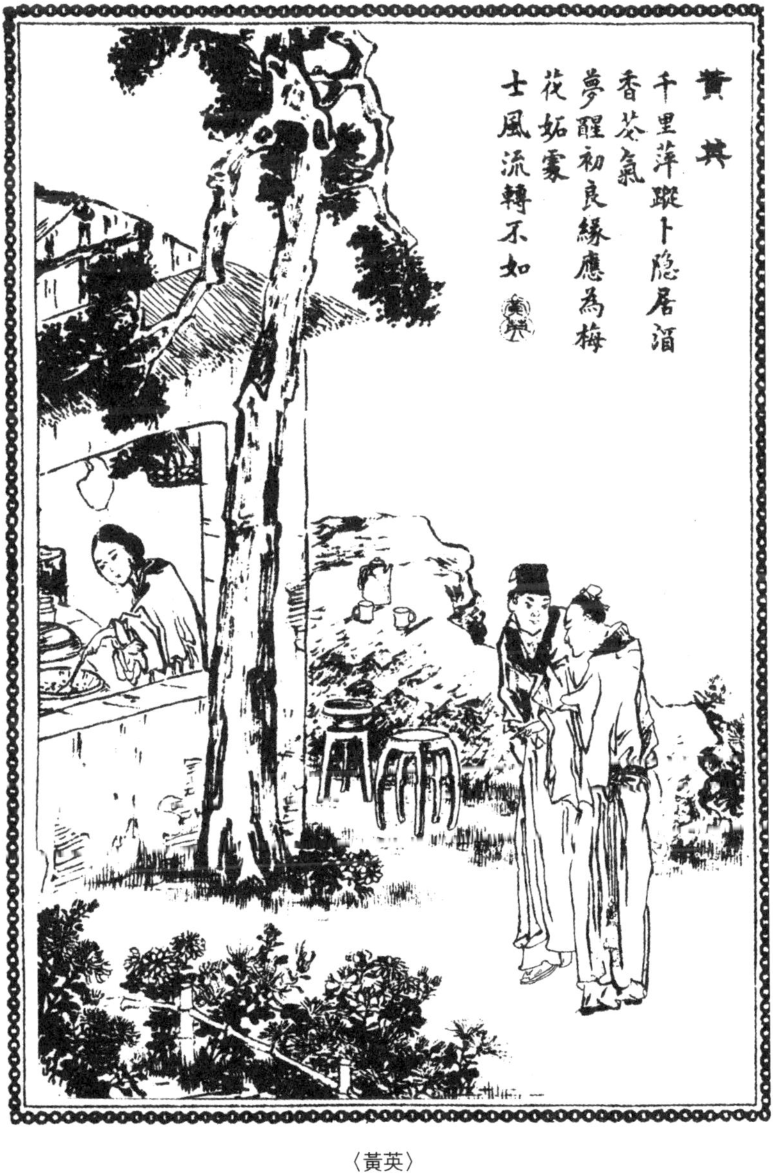
黃英
千里萍蹤卜隱居酒
香茶氣
夢醒初良緣應爲梅
花妬霎
士風流轉不如

〈黃英〉

傳給俗人？陶三郎善於言談，拒絕得有理、有據，且有禮貌。「不以謀生」，以子之矛攻子之盾，機智幽默，內含玄機。

此後，陶三郎的賣花事業蓬勃發展起來，他不在家裡經營小本生意了，而是辦起「鮮花超市」，「**於都中設花肆**」；他不再做本地小商小販的生意，而是辦起「連鎖店」，向外發展，從北到南，從順天府到金陵城，千里迢迢、大張旗鼓地賣花。更不可思議的是，「**去年買花者，留其根，次年盡變而劣，乃復購於陶**」。

陶家越來越富有了，第一年，蓋起新房；第二年，蓋起高屋。他也不跟馬子才商量，想建什麼就建什麼。漸漸地，過去的菊畦，都變成了陶家的房舍。陶三郎又在牆外買了一大片地，全種菊花。到了秋天，他把菊花裝上車運走了，第二年春天過去了還沒回來。

後來，馬子才的妻子生病去世了，他喜歡黃英，就托人透口信求婚。黃英聽了，微微一笑，好像同意了，但並沒有明確答應。馬子才不敢造次，只能等陶三郎回來。沒想到過去一年多，陶三郎也沒有消息。陶家的事業在黃英的經營下大踏步前進。黃英指導僕人種菊，然後賣出去，賺了錢又在村外買下二十頃肥沃良田。陶家甲第如雲，越發財大氣粗。黃英儼然成了一名女企業家。

最奇怪的事發生了：有客人從廣東帶來一封陶三郎寫的信，打開一看，原來是囑咐姐姐嫁給馬子才。看看寫信日期，正是馬子才妻子去世的那天！難道幾千里之外的陶三郎能夠料事如神？馬子才回憶起兩人在園中喝酒的時間，到今天，不多不少，恰好四十三個月！真是太離奇了！

馬子才把陶三郎的信拿給黃英看，問：「我把彩禮[4]送到什麼地方？」黃英說：「我不要彩禮。你家太簡陋了，想請你住到我家南院。」這豈不成了入贅？馬子才不同意，選好良辰吉日，把黃英娶回了家。黃英在牆上開了道門，從馬家可直接通到陶家南院。她每天從這道門到南院，指揮僕人幹活兒。馬子才恥於妻家富裕，常常囑咐黃英：「南院和北院的東西要分開登記，以防混淆。」而家中所需要的東西，黃英總是從南院拿來。不到半年，家中到處都是陶家的東西。馬子才派人一一歸還，並告誡說：「以後不許再從陶家拿東西用了。」可是不到十天，兩家東西又混到了一起。馬子才不勝其煩，黃英笑著說：「你這位『陳仲子』是不是太勞累了？」陳仲子是戰國時的清廉之士，黃英用他來調侃馬子才。馬子才聽了很慚愧，從此，一切家務都聽黃英的。

黃英於是招集工匠，買下材料，大興土木，兩家房舍合而為一，氣勢宏偉。之後，黃英遵從馬子才的意思，「**閉門不復業菊，而享用過於世家**」。她不再以賣菊花為業，但家裡的享用仍比貴族還講究。自命清高且窮慣了的馬子才，既不能忍受賣菊花來褻瀆「東籬」，也不樂意過仰仗妻財的華貴生活，埋怨黃英：「我三十年的清德，都被你帶累壞了。看看我現在這副樣子，完全是個吃軟飯的，沒有一絲一毫大丈夫的氣概。人們都希望

4 編者註：因地域不同說法不同，也有聘禮、聘金的說法。

越有錢越好，我只希望最好變成窮光蛋！」

黃英回答馬子才：「**妾非貪鄙；但不少致豐盈，遂令千載下人，謂淵明貧賤骨，百世不能發跡，故聊為我家彭澤解嘲耳。**」意思是說：「我並不是貪財的人，但如果我不把陶家變富裕一點兒，就會叫千年以後的人說：看到了吧？陶淵明那樣的文化人，天生一副貧賤骨，他們家百世也不能發跡。我做這一切，只是想讓我家陶公不致被後人嘲笑而已。」「**聊為我家彭澤解嘲**」是什麼意思？「彭澤」是陶淵明的代稱。黃英想說的是：我們陶家的老祖宗陶淵明之所以窮，並非沒有能力，而是沒將精力放到求取財富上，他這是不為，非不能也。我用自己的勞動、自己的能力發財致富，既能使自己過得好一點兒，又能為陶公爭口氣，堂堂正正，何恥之有？

黃英客氣而有分寸，句句在理地批評了馬子才以貧困自許的酸腐論調。她用歷來象徵高潔的菊花賣錢，以菊花致富，心安理得，並用實際行動改變馬子才「祝窮」的想法，結果馬子才只好認輸。

千萬不要小看這段看似尋常的夫妻之間的爭論。

馬子才說：「**僕三十年清德，為卿所累。今視息人間，徒依裙帶而食，真無一毫丈夫氣矣。人皆祝富，我但祝窮耳！**」這番話透露出兩種傳統觀念。

一種是傳統男性觀。封建社會[5]中，女性沒有社會生存能力，只能仰男人鼻息生活。而黃英不僅養活了自己，還養活了丈夫。馬子才卻非但不以她為榮，反而覺得自己男子漢大丈夫的自尊心受到了傷害，心裡很不舒服。

一種是傳統的重農輕商思想。在傳統士子眼中，金錢是汙人清白的「阿堵物」，躬耕南畝是清高，從商是追逐銅臭。陶家姐弟以賣菊為業，並向企業化、跨省區發展，是資本主義生產方式的萌芽。黃英的「**聊為我家彭澤解嘲**」，跟陶三郎的「**自食其力不為貪，販花為業不為俗**」大同小異，是新興資產階級人生觀的反映。馬子才則表現出傳統知識分子在商品經濟大潮前的困惑和不知所措。

所以馬子才和黃英之爭，不是夫妻之間的小口角，而是新舊思想的交鋒。吳組緗先生的《頌蒲絕句》精彩地點明了黃英和馬子才交鋒的含義：「封建之甚是小農，抑商政策致貧窮。黃英藝菊食其力，甲第連雲氣若虹。」

黃英的「東籬經」並沒有徹底解開馬子才的思想矛盾，他還是喋喋不休。具有大家氣度的黃英索性與馬子才分居：我在這邊愜意地享受富裕和文明，你在那邊盡情享受「清德」！於是，接著出現了一個十分滑稽可笑的場面：黃英給馬子才蓋了一間茅屋，還派了一個美婢陪侍，幾天後馬子才想黃英了，派人去請她，她卻不肯來，馬子才只好自己去找黃英。因為愛瓊樓裡的黃英，不愛茅屋裡的美婢，「祝窮」的馬子才不得不放棄心心念念

5 編者註：本套書中，「封建社會」一詞概指有科舉考試的時代。

的「清德」，向「祝富」的黃英遞降書順表。馬子才實在迂闊得近乎造作，迂腐得令人噴飯。這段夫妻思想的交鋒結束了，接下來就是花神的詩意現身。

馬子才到金陵辦事，恰逢菊花盛開的秋季，他經過花市，看到一家花店裡的菊花樣式新穎，懷疑是陶三郎種的。過了一會兒，花店主人出來，果然是陶三郎。兩人熱情地傾訴分手後的情景，馬子才邀請陶三郎跟自己回家。陶三郎說：「金陵是我的家鄉，我想在這兒娶妻。我積攢了些錢，請你帶給姐姐，我年底回去。」馬子才苦苦請求陶三郎回去，說：「家裡已經很富裕了，盡可坐享其成，沒必要再做生意了。」馬子才坐鎮花店，讓僕人將所有花降價銷售，幾天就全部賣光了，然後催促陶三郎整理行裝，賃船向北方進發。

一進家門，黃英已經替弟弟準備好一座院子，床榻被褥一應俱全，好像預先知道弟弟要回來似的。陶三郎從金陵回來，放下行李就去監督僕人幹活兒，大修庭園，每天跟馬子才一起下棋喝酒。馬子才要給他娶妻，他不願意。黃英便派了兩個丫鬟跟他住在一塊兒。三年後陶三郎有了女兒。陶三郎善飲酒，從沒喝醉過。馬子才的朋友曾生也是喝遍天下無敵手，他來拜訪馬子才，馬子才讓他跟陶三郎較量。兩人縱情豪飲，相見恨晚。從晚飯開始，一直喝到四更天，每人喝掉一百壺酒。曾生爛醉如泥，趴在座位上呼呼大睡。陶三郎站起來想回房睡覺，「**出門，踐菊畦，玉山傾倒，委衣於側，即地化為菊：高如人，花十餘朵，皆大於拳**」，一出門就踏在菊畦裡，身子傾倒，就地化成一株菊花，像人那樣高，上面開了十幾朵鮮豔的菊花，比拳頭還大。古代小說中的「人變物」，這是最美麗的描寫。

馬子才怕極了，跑去告訴黃英。黃英急忙趕來，說：「怎麼醉成這樣！」她拔出菊花，放到菊畦上，用陶三郎的衣服蓋著，告訴馬子才：「千萬不要看！」然後拉著他回去。第二天一早，馬子才到院子裡，只見陶三郎睡在菊畦邊。馬子才恍然大悟：黃英姊弟皆菊精也！

馬子才因愛菊引來菊花妖，卻一點兒也不怕人妖有別，恩愛、友愛如故。聊齋先生歎息〈葛巾〉中的常大用「未達」，而馬子才是個「達人」，知道妻子姐弟是菊精後，越發愛敬他們。他是真愛菊，也是真懂愛情。可惜他好奇心太重，又自以為是，很想照著黃英的辦法，自己玩一次人變菊、菊變人的魔術。陶三郎自從暴露菊精身分，越發豪飲，常把曾生請來喝酒，二人成了莫逆之交。

這天恰值百花生日，曾生來拜訪陶三郎，他的僕人抬了罈用藥浸過的白酒，兩人約好喝完這一罈。罈中酒將喝盡，兩人還沒多少醉意。馬子才偷偷往罈裡加了一大瓶酒，又被喝光。曾生醉得不省人事，他的僕人把他抬回家。陶三郎躺在地上，又變成了一株菊花。馬子才見慣不驚，按照黃英的辦法，把菊花拔出來，蓋上衣服，自己守在旁邊，觀察菊花是如何變成陶三郎的。等了許久，發現菊花葉子漸漸枯萎了，馬子才恐懼極了，急忙跑去告訴黃英。黃英說：「你殺死我弟弟了！」急忙跑去看時，那株菊花已根株乾枯。黃英悲痛至極，掐下花梗，埋到盆裡，帶回閨房，每天澆水。馬子才悔恨不已。過了幾天，聽說曾生已醉死了。盆裡的菊花漸漸發芽，九月開花，短短的枝幹，粉紅色花朵，嗅一下，有酒的香味，取名「醉陶」，澆上酒，就開得更加茂盛。而黃英直到終老，也沒有什麼異常。

這個愛情故事裡出現了根本不是描寫愛情卻最令人心曠神怡的一段：黃英「**痛絕，掐其梗，埋盆中**」，精心澆灌，「**花漸萌，九月既開，短幹粉朵，嗅之有酒香，名之『醉陶』，澆以酒則茂**」。陶三郎變成菊花，交代了黃英的花神身分，實在妙不可言。

菊花神黃英跟牡丹花神葛巾、香玉不同，無脂粉氣，有丈夫氣，人淡如菊，亦人爽如菊。黃英、陶三郎，姐弟一體，以俗為雅，變文人筆下的「黃花」為「致富花」，是古老東籬下綻放的蘊含著近代文明色彩的花朵。蒲松齡把馬子才「花癡兼迂闊君子」的形象和黃英姐弟「花神兼企業家」的形象寫得非常生動。三個人物，馬子才清高淡泊而不免迂闊；陶三郎豪放灑脫，聰慧熱情；黃英溫文爾雅，莊重沉著。三人關係以愛菊始，以花神現身終。他們的訂交、矛盾、復合，始終以菊花為中心。這篇小說是一部愛情故事，更是一部別緻的「菊花傳」。

黃英和陶三郎對馬子才而言，一為愛妻，一為良友。令人驚奇的是，蒲松齡寫良友，不寫范張雞黍般的死生之交，而寫朋友之間理念的天差地別；寫戀人，無一字涉情涉色，卻對戀人之間的思想交鋒津津樂道。此逸想，此筆法，在《聊齋》中找不到雷同者，在中國古代小說裡也絕無僅有，怪不得《聊齋》點評家馮鎮巒要說：「《聊齋》說鬼說狐，層見疊出，各極變化。如初春食河豚，不信復有深秋蟹螯之樂。」

蒲松齡為什麼能寫出〈黃英〉？跟他在西鋪坐館的經歷有很大關係。蒲松齡愛菊，他的東家畢際有是癡情「菊友」，可以說是蒲松齡的意外之喜。蒲松齡替畢際有到濟南尋找菊種，啟發了《聊齋》中〈黃英〉的構思，更是喜上加喜。

康熙三十年（一六九一），畢際有聽說濟南東流水某家有菊花佳種，便請蒲松齡帶著畢家的稀有菊花品種，前去交換。蒲松齡寫詩說這戶人家「菊畦恨不寬盈畝」，種了很多菊花，在山東首屈一指，卻既非達官貴人，亦不是讀書士子，而是做生意的。這戶人家住的五龍潭旁東流水，是舊時濟南商戶聚集之地。古代官員門前需要有通衢大道，便於走八抬大轎。經商者所居街道卻要窄隘，便於聚寶，免得財氣外溢。這戶東流水人家恰好「扉臨隘巷」，大門緊挨著一個很小的巷子。這家門前，有長者之車、達官之馬。他們來做什麼？難道都是像蒲松齡一樣來交換菊花的嗎？不可能。那就只有一個解釋：這些人是來買菊花的！「東籬黃花」可以賣錢？賣菊花可以發大財，就像這戶東流水人家？可以想像，終生愛菊的蒲松齡發現了賣菊花的CEO之後，是如何地百感交集。為刺史物色菊種而闖進菊花種植專業戶家，對蒲松齡來說，真是見世面、開思路，〈黃英〉由此破繭而出！〈黃英〉篇末出現「醉陶」，妙名，妙花，妙思。

這個品種的菊花是不是蒲松齡用畢刺史的菊花從東流水交換來的？可能是吧。一家財大氣粗的商戶，竟然影響到優美深邃的〈黃英〉的產生，這說明山東經濟的繁榮影響到了

《聊齋》的寫作。一九八〇年代我寫《聊齋志異創作論》時到北京大學請吳組緗先生題寫書名，並向他請教。吳先生說，研究《聊齋志異》既要一篇一篇細讀，不搞大而無當的「高屋建瓴」的分析，也不要局促於篇章之間，要知道時代背景對蒲松齡的重要影響。當時山東經濟發達，大運河穿境而過，京城數日可至，這樣的背景不可能不影響蒲松齡的思想和創作。吳先生的提醒，令我想到〈黃英〉、〈王成〉、〈劉夫人〉等不同篇章的創作和山東經濟的關係。二〇一二年，我第四次給蒲松齡寫傳記（《幻由人生：蒲松齡傳》），就把〈黃英〉的產生跟蒲松齡五十二歲時給畢際有尋找菊花的濟南之行聯繫了起來。

04 荷花三娘子
聚必有散花解語

〈荷花三娘子〉既創造了花解語的愛情故事，又闡述了「聚必有散」的人生哲理。男主人公宗湘若跟荷花三娘子的愛情高雅明媚，不過在這之前他還有一個放蕩任性的狐狸精女朋友，而荷花三娘子居然就是由狐狸精介紹給他的。人生何處不相逢？人生如何巧相逢？《聊齋》寫絕了。這就是赫拉克利特（Heraclitus）說過的：「不同的音調造成最美的和諧。」

古代文人喜歡拿花說事，蒲松齡寫荷花三娘子，首先想到的可能就是「出淤泥而不染」。美麗高潔的荷花仙子，是放蕩的狐狸精介紹給宗生的。

宗生秋天到田地巡查，看到莊稼濃密的地方不停搖動，他踏著田間小路過去一看，原來是一男一女在野合。見他過來，男的面紅耳赤，束好腰帶，狼狽地跑了。宗生看那女子長得非常漂亮，也想跟她親熱，可又羞於這種粗野的行為，就靠近她，替她拂拭身上的泥土，說：「你們的幽會很快樂吧？」女子只是笑，不說話，宗生解開她的衣服，只見皮膚細嫩得像脂膏，就上下摩挲。女子笑著說：「酸腐秀才！想怎樣就怎樣，一個勁兒亂摸做什麼？」宗生問：「你叫什麼名字？」女子說：「恩愛片刻，各奔東西，何必問名字？難道還要留下姓名來立個貞節牌坊？」

這段原文特別精彩，經常被評論家引作評價《聊齋》語言成就的範例，我的好友、著名散文家王充閭在中國作家協會開會時，還曾笑盈盈地給大家背誦過：

湖州宗湘若，士人也。秋日巡視田壠，見禾稼茂密處，振搖甚動。疑之，越陌往覘，則有男女野合；一笑將返，即見男子靦然結帶，草草逕去。女子亦起。細審之，雅甚娟好，心悅之，欲就綢繆，實慚鄙惡，乃略近拂拭曰：「桑中之遊樂乎？」女笑不語。宗近身啟衣，膚膩如脂，於是挼莎上下幾遍。女笑曰：「腐秀才！要如何，便如何耳，狂探何為？」詰其姓氏，曰：「春風一度，即別東西，何勞審究！豈將留名字作貞坊耶？」

宗生說女子是「**桑中之遊**」，意思是幽會，這是化用《詩經》中的「期我乎桑中」。狐狸精剛剛跟另一個男人野合，又馬上勾引宗生，語言挑逗放縱，全無女性應有的矜持自守。狐狸精告訴宗生「**要如何，便如何耳**」，鼓勵宗生，宗生卻說：「在野外草窠露水中恩愛，是山村粗野之人的愛好，我不習慣。以你的美麗，就是私相約會也應當自重，何至於這麼草率？我的書齋離這兒不遠，去我那裡吧。」女子說晚上過去，問清門戶標誌，便從斜路上離開了。一更剛過，女子果然來到宗生的書齋，兩人雲雨一番，感情融洽。後來兩人來往很長時間，也沒人知道他們的事。

有個寄居在村中寺廟的僧人見到宗生，驚奇地說：「您身上有股邪氣，最近遇到什麼事了？」宗生回答：「沒有呀。」過了幾天，宗生莫名其妙地病倒了。他的情人每天晚上都帶鮮美水果給他吃，殷勤地探問病情，像夫妻一樣恩愛，然而躺下後必定強讓宗生與她交歡。

宗生身體不舒服，心裡不耐煩，開始懷疑女子是妖精，於是說：「前些日子有個和尚說我被妖精蠱惑了，明天我就請他來驅妖。」女子聽後又驚又怕，宗生越發懷疑她。第二天，宗生派僕人到寺裡把自己的狀況告訴僧人。僧人說：「這是狐狸精。道行還比較淺，容易捉住。」於是寫了兩道符，交給僕人，囑咐說：「回去後拿個乾淨罈子放到床前，把這道符貼在罈口。等狐狸精被收進罈子，立即用盆蓋住，再把另一道符貼在盆上，放進盛著熱水的鍋裡，用烈火烹煮，不一會兒，狐狸精就死啦。」

僕人回來，按照僧人所說的準備好一切。半夜，女子來了，伸手到袖子裡取出金橘，正要到宗生的病榻前問候，忽然，罈子「嗖」的一聲把她吸了進去。藏在房裡的僕人跑出來，把罈口蓋嚴封好，貼上第二道符。剛要拿去烹煮，宗生看見撒在地上的金橘，想起女子跟自己的恩愛情誼，不由得心疼了，連忙告訴僕人：「把她放了吧。」僕人揭去符咒，掀開蓋子，女子從罈裡出來，狼狽不堪，給宗生磕頭說：「我大道將成，不料幾乎化為灰燼。你是仁慈的人，我一定報答你。」說完就走了。

幾天後，宗生病得奄奄一息，僕人去集市給他買棺材，遇到一個女子，問：「你是宗湘若的僕人嗎？」僕人說：「是。」女子說：「宗郎是我表兄，聽說他病重，我有包靈驗的藥，請你帶給他吧。」僕人便把藥帶回家交給宗生。宗生想：我並沒有表姐妹，肯定是狐女來報答我了。他服藥後，恢復了健康，心裡感謝狐女，就向空中作揖，希望再見一面。

一天晚上，宗生正關著門喝悶酒，忽然聽到有人用手指敲窗戶的聲音，打開門一看，竟是狐女。他拉著狐女的手向她表示感謝，請她喝酒。狐女說：「分手後，我對你的恩情時刻縈懷。為了報答你的厚地高天之恩，便給你物色了一個好伴侶。」宗生問狐女：「你給我找了個什麼人？」狐女說：「明天清早，你早些前往南湖，看到一位身穿雪白縐紗披肩的採菱女子，就趕快駕船追趕。如果把她追丟了，看見湖堤邊有株短幹蓮花藏在荷葉底下，你就把它採回家，用蠟燭的火燒花蒂，就能得到一個美麗的媳婦，還能健康長壽。」狐女說完便向宗生告別，宗生再三挽留，狐女說：「自從遭受那次大劫難，我猛然領悟大道，怎麼能因為男女枕席之愛，招得別人仇視和怨恨呢？」說完，一臉嚴肅地告別而去。看來，放蕩妖冶的狐狸精也有向正人君子轉化的可能啊！狐女對宗生已從採補男子精血進行修仙，上升到精神境界的道德完善，所以她拒絕再跟宗生有肌膚之親。她給宗生推薦純潔佳侶更加表現出她的覺醒的愛。

這個《聊齋》故事其實是由兩個相對獨立的故事組成的，前一個故事是狐狸精和宗生遵從享樂主義的情愛，後一個故事是宗生和荷花三娘子帶有詩情畫意的愛情。而荷花三娘子是由狐狸精向宗生推薦的。狐狸精對宗生做出八個字的預言——「**當得美婦，兼致修**

齡」，這是一個情節性預言。後面情節的發展也一一印證了這個預言。

狐狸精向宗生推薦的荷花三娘子，是花仙，荷花仙女。荷花本來就「出淤泥而不染，濯清漣而不妖」，由放蕩的狐狸精介紹荷花三娘子更加深了這層含義。狐狸精和荷花三娘子一邪一正，又以邪薦正、以邪趨正。狐狸精的改過平添了幾分親切，捨愛薦人又平添了幾分雅量。狐狸精巧舌如簧，荷花三娘子少言寡語，還有點兒木訥；狐狸精放蕩不羈，荷花三娘子矜持自重。兩個女性對比鮮明，故事也跌宕有趣。

宗生到了南湖，看見荷花叢中漂亮女子很多，其中有一位梳少女髮型、穿白色縐紗披肩的姑娘，真是絕代佳人。宗生催著船逼近她，忽然不見了少女的去向。他立即撥開荷花叢，果然看到一株紅蓮，長不過一尺，便把紅蓮折下來，帶回家。進門後，宗生把紅蓮放到桌子上，在一旁削蠟燭，打算點火燒花蒂，一回頭，紅蓮就變成那披紗美女了！宗生又驚又喜，立即下拜。少女說：「傻書生！我是妖狐，將要禍害你了！」宗生不聽。少女又問：「誰教給你這一套的？」宗生說：「我自己就能認出妳，還用別人教？」說著，便抓住少女的胳膊，少女隨著宗生的手變成一塊怪石，一尺多高，玲瓏剔透。宗生就把石頭供到案頭上，點上香，一邊拜，一邊祝禱。到了晚上，宗生鎖好門關好窗，怕那少女跑掉。早上起來一看，哪裡是石頭，而是一件縐紗披肩，遠遠地就聞到撲鼻的香氣。宗生把披肩摟到懷裡躺到床上。傍晚時，他起來點燈，等回過身來，垂髮少女已在床上！宗生高興極了，怕少女再變化，便苦苦哀求她不要再變。少女笑著說：「真是孽障！什麼人多嘴多

〈荷花三娘子〉

舌，教這個瘋小子把我糾纏死啦！」從此，兩人融洽和諧，而金銀綢緞經常盛滿箱子、櫃子，也不知道從哪裡來的。

荷花娘子懷孕十個多月，到了生產的日子，她進入房間，囑咐宗生關上門，不讓人進來，自己拿把刀，割開肚子，把兒子取出來，又讓宗生撕塊綢布，把肚子束起來。過了一夜，她的傷口就癒合了。這應該是全世界最早也最成功的剖腹產了。

又過了六、七年，荷花娘子囑咐宗生：「我前世欠你的都還完啦，就此告別吧。」宗生哭起來，說：「妳到我家時，我貧苦不能自立，靠著妳家裡才實現了小康，妳怎麼忍心跟我分手？妳又沒娘家沒親戚，將來兒子不知道母親是誰，太遺憾了。」荷花娘子也很傷心，說：「人生有聚必定有散，這是人之常情。兒子一臉福相，你也會長命百歲，還有什麼可追求的？我本姓何，如果你想念我，抱著我的舊物呼喚『荷花三娘子』，就能見到我。」說完掙脫宗生拉她的手，說：我去啦。」宗生吃驚地看時，她已飛過頭頂。宗生跳起來拽她，只抓到她的鞋子。鞋子脫手落到地上，變成一隻石燕[6]，比硃砂還紅，晶瑩剔透，像水晶一樣。宗生撿起來珍藏，再翻檢荷花三娘子初來時所披的白色縐紗披肩，還好好地放在那裡。每當想念她時，宗生就抱著披肩喊一聲「三娘子」，那縐紗披肩就變成荷花三娘子的樣子，俊秀的容顏，笑盈盈的眉眼，一切都跟從前一樣，只是不說話罷了。

6 石燕：遠古時期海生腕足類動物中華弓石燕及近緣動物的化石，因形似飛燕而得名，也可做中藥材。

杜少陵詩：「江碧鳥逾白，山青花欲燃。」荷花三娘子和她的「曹丘生[7]」狐女迴然不同，她矜持自重。宗湘若對她費盡心思追求：宗生在湖上看見披「**冰縠**」之「**垂髫人**」，立即乘舟追趕；「**垂髫人**」藏起來化為紅蓮；宗生按照狐女教的辦法燒花蒂，荷花變成美女，卻故意說自己是害人的妖狐，拒他於千里之外；宗生癡戀不已，美女又變石頭，化紗帔，最後才感念他熾烈、執著的追求，「**垂髫人在枕上**」。從湖中「**垂髫人**」到枕上「**垂髫人**」，是宗湘若苦苦追求的過程，也是荷花三娘子自珍自重的過程。荷花三娘子端莊嫻雅，沉默寡言，天真純潔，善良賢慧，對丈夫一心一意。她表面上是美麗可愛的妻子，骨子裡卻是清高爽麗的荷花。孩子六、七歲時，荷花三娘子跟宗生告別，說：「**聚必有散，固是常也**。」留下紗帔做自己的化身，飄然而去。

蒲松齡為什麼要讓荷花三娘子最後留下紗帔做自己的化身，讓宗生能抱到真真切切的荷花三娘子，看到妻子含笑的眉眼，感受到妻子歡樂的情緒，卻就是不能和妻子對話？是情到深處，不必說話，還是情到濃處，無話能表達？

清代《聊齋》點評家馮鎮巒寫道：「是耶非耶？立而望之。翩何珊珊其來遲？為誦《李夫人歌》。」這段評語找準了蒲松齡的藝術脈絡。漢武帝寵妃李夫人死後，漢武帝十分思念她。方士少翁說能請到李夫人的魂靈，便在夜晚點上燈燭，設上帷帳，擺上酒肉，讓漢武帝坐在別的帷帳內，遠遠看到一個好像李夫人的女子。漢武帝寫下詩句：「是耶非

7 曹丘生：漢朝辯士，曾到處稱頌俠士季布，使後者名聲大振。後人便以「曹丘生」作為引薦者的代稱。

耶？立而望之。翩何珊珊其來遲？」還「令樂府諸音家弦歌之」。漢武帝在想入非非又似是而非的狀態中完成了一次感情的洗禮。馮鎮巒認為，讓宗生最後抱著荷花三娘子留下的紗帔，是對漢武帝和李夫人相會的模擬再現。

〈荷花三娘子〉的手稿本篇末評論道，友人云：「『花如解語還多事，石不能言最可人。』放翁佳句，可為此傳寫照。」這個評論可能是蒲松齡朋友說的話，也可能是蒲松齡托朋友之名自己說的話。這幾句話說明，荷花三娘子的故事，是由陸游詩句聯想而創作的：花能說話，石頭能言，所以荷花三娘子亦花，亦人，亦仙。

初露面，是披白紗的採菱女，有純素之美；化為紅蓮，自是花中第一流；再變成「面面玲瓏」的怪石，逸秀清峭；最後留下的一隻鞋變成「內外瑩澈」的水晶般的石燕，幻化無窮。不管是荷花還是石頭，都可愛極了。花做夫人，又變幻出這麼多花招兒，《聊齋》男士豔福不淺。至於「聚必有散」的愛情觀，隱含著「兩情若是久長時，又豈在朝朝暮暮」的意思，是非常新穎的感情觀。

05 綠衣女
偷生鬼子常畏人

綠衣女「**偷生鬼子常畏人**」，意思是說一個曾經遭受愛情挫折的女子苟活於人世，常常害怕別人。〈綠衣女〉講的是大自然中的一隻小小綠蜂，彩翼翩翩為情來，到人世尋求真愛的故事。

這個故事，還要從一九九〇年代中國作協第五屆全國委員會某次會議說起。當時，北京委員和山東委員一個組，女作家都喜歡天馬行空地聊天。張潔、淩力都得過茅盾文學獎。我和張潔討論她的長篇散文〈世界上最疼我的那個人去了〉，和淩力討論《聊齋》。淩力問我：「你最喜歡《聊齋》裡的哪個女性？」我說：「當然是嬰寧。你最喜歡《聊齋》裡的哪個女性？」淩力說：「綠衣女。蒲松齡怎麼僅僅用六百多字就能寫出這麼妙的女性生存狀態？低調、膽小，總擔心愛情要結束，這形象太美了。」淩力的話啟發了我，這是當代卓有成就的女作家對《聊齋》中女性人物的解讀。我提醒淩力特別注意綠衣女唱的小曲，裡面大有玄機，埋藏了她的不幸命運。這個小曲說明小綠蜂曾在愛情上遭受挫折，所以才擔心和人世書生的戀情不能持久。

說來有趣，〈綠衣女〉寫的是我家鄉的一個書生的豔遇，「**于生名璟，字小宋，益都人**」。益都是哪兒？就是今天的山東青州，古九州之一。根據堯舜禪讓制度，不傳位給兒子，而傳位給賢人。堯傳位於舜，舜傳位於禹。大禹治水時的最大功臣叫益，禹起初決定傳位於他。益在青州建立京城，稱為益都。後來，因為禹有意識地培養兒子啟，啟在民眾中展現出了治國的能力，而益無此機會，沒有受到民眾的擁護，最終還是啟繼承了王位。益都雖然沒能成為國都，但這個地名卻保留了下來。

益都人于生在醴泉寺讀書，忽然聽到有女子在外邊讚歎：「**于相公勤讀哉！**」深山之中哪兒來的女子？于生正疑惑時，女子已推開門走進屋來，邊笑邊說：「**勤讀哉！**」于生驚訝地站起來，發現深夜來訪的女子，「**綠衣長裙，婉妙無比**」。這是蒲松齡特別擅長的亦人亦物、亦人亦妖的寫法。初看她確實是人，仔細想，又暗含某種生物特點，例如服飾。「綠衣長裙」是什麼？長裙是小綠蜂的翅膀，綠衣是顏色。「婉妙無比」，是婉麗美妙，世間沒人能比，也是暗示小綠蜂的細小。

于生一看，就意識到這肯定不是人世間的人，一個勁兒地問：「你住在什麼地方？」綠衣女回答：「你看我這個樣子是能吃人的嗎？為什麼要一再追問呢？」雖然拒絕回答，卻拒絕得溫文爾雅。于生明明知道來的是妖精，但很喜歡她，就與她睡到一起了。「**羅襦既解，腰細殆不盈掬**」，綠衣女解開綢製的衣服，腰細得用手合抱還很寬鬆。她的腰有多細呢？估計不到五十公分。這也是在暗喻小綠蜂的外形。從此綠衣女每天晚上都來，兩人一塊兒喝酒聊天。于生發現綠衣女懂得音律，就說：「你的聲音這麼嬌細，如果唱支曲子，必定叫人銷魂。」綠衣女說：「我不敢唱啊，怕你掉了魂兒。」于生堅持要她唱，綠衣女表示：「你要是一定叫我唱，那我就獻醜了。但是我只能小聲地唱唱，表示一下情意就行了。」說完用腳尖輕輕點著踏腳板，唱了支曲子：**「樹上烏臼鳥，賺奴中夜散。不怨繡鞋濕，只恐郎無伴。」**

這支曲子對理解綠衣女非常重要。《聊齋》研究專家通常解釋為：樹上烏臼鳥的啼鳴聲驚散了綠衣女和于生的幽會，她不擔心繡鞋濕了，只擔心情郎沒了伴侶。烏臼鳥是候鳥，外形像烏鴉而稍微小一點兒，北方俗稱「黎雀」、「鴉舅」。因為烏臼鳥五更天就開始鳴叫，所以牠把正在睡覺的情侶喊起來了。

《聊齋》研究專家在解釋綠衣女唱的小曲時，還喜歡引用南朝民歌《讀曲歌．打殺長鳴雞》：「打殺長鳴雞，彈去烏臼鳥。願得連冥不復曙，一年都一曉。」同床共枕的情人希望把啼曉的公雞打死，把五更天就啼叫的烏臼鳥用彈弓轟走，最好永遠是黑夜，最好一年只起一次床。這種解釋，廣大讀者一般都認可，但我這裡要做不同的解釋。為什麼？

二〇〇一年，在第二屆國際聊齋學討論會上，臺灣學者羅敬之先生跟我討論〈綠衣女〉。他提出了一個新解釋：綠衣女唱的小曲說明她本來是有伴侶的。她是小雌蜂，雄蜂半夜被烏臼鳥吃掉了，小雌蜂不得不到人間重新尋找伴侶。所以綠衣女是在于生深夜讀書時出現，而不是清晨出現。她失掉了一次伴侶，就總擔心她與情人會像上次一樣，很快情緣盡了，甚至她的生命也會結束。綠衣女唱完小曲後，于生發現她的歌聲細得像蒼蠅在叫，剛剛能聽得到，但仔細聽，又那樣悅耳動聽、扣人心弦。綠衣女唱完，打開門看看窗外是不是有人，又繞著屋子看了一圈才回來。于生奇怪地問：「你幹嗎這麼害怕？」綠衣女說：「俗話說，偷生鬼子常畏人，這說的就是我呀。」我覺得這句話特別能說明羅敬之先生提出的新解是對的。「**偷生鬼子常畏人**」，就是說她覺得她不該活在人世，但她還在偷生。她喪失了原來的伴侶，現在找到新的伴侶，所以她很害怕，怕再次失去，總擔心自己的福分會耗盡。

兩人上床休息，綠衣女憂慮地對于生說：「我們的緣分是不是只有這些？」于生說：「你怎麼會這樣想？」綠衣女說：「我心慌意亂，覺得我的福分快耗盡了，生命快結束了。」于生勸慰她說：「心跳、眼跳都是常有的事，不要在意。」綠衣女稍微安慰一些，兩人繼續歡好。天快亮時，綠衣女披衣下床，想打開門離開于生，猶豫了一會兒又返回來說：「哎呀，不知道什麼緣故，我心裡總是害怕，你送我出去吧。」于生便起來，把她送到門外。綠衣女說：「你別走啊，站在那兒，看著我轉過牆角以後再回去。」于生說好。他看著綠衣女轉過房廊，身影消失了，正想返回去繼續睡覺，突然聽到綠衣女大聲地喊：「救命！救命！」于生趕快轉過房廊尋找綠衣女，但是一個人都沒有，而喊救命的聲音還在繼續，彷彿發自屋簷間。于生抬頭一看，有隻像彈丸那麼大的蜘蛛，抓著一個很小的東西，叫聲就是從這個小東西那裡發出來的，非常可憐，嗓子都啞了。于生趕快把蜘蛛網挑破，把被抓住的小東西弄下來，發現是隻小綠蜂，便把小綠蜂身上纏繞的蛛絲給去除了。

小綠蜂奄奄一息。于生小心翼翼地捧著小綠蜂，放到案頭。小綠蜂待了好一會兒，漸漸甦醒，艱難地試著行走，慢慢爬上了硯台，跳到墨汁裡，再爬出來，趴在桌上，移動著纖細的腿腳走出一個字：「謝」。這個字太好了！感謝你啊！感謝你愛我，感謝你救我，感謝你給我人生的幸福，感謝你給我愛情的幸福。然後，小綠蜂使勁兒地扇動小翅膀，終於飛起來，穿過視窗，飛走了。從此于生深夜再讀書，綠衣女再也沒有來過。

綠衣女的形象寫得太好了。魯迅先生曾經說，《聊齋》形象「偶見鶻突，知復非人」。《聊齋》妖精和書生打交道時，一直是以正常人的形象出現，只是偶爾現出原形生物的某個特點，人們才知道牠原來不是人，是大自然的生物。少女呼救變成綠蜂啼鳴；綠蜂在墨池用腿腳寫出「謝」字，雖然純粹是小綠蜂的動作，但展現的是美好的人的心態。

短短六百多字，人妖之戀寫得多麼好，多麼妙。《聊齋》點評家但明倫說：「寫色寫聲，寫形寫神，俱從蜂曲曲繪出。結處一筆點明，復以投墨作字，振翼穿窗，作不盡之語。短篇中具賦物之妙。」確實，〈綠衣女〉是輕盈別緻的詠物小品，也是蒲松齡亦物亦人、亦妖亦人的拿手好戲。

綠衣女既是大自然中的生物，又是活生生的人；既是妖精，又是別緻的人。「**綠衣長裙**」指的是綠蜂的翅膀；「**腰細殆不盈掬**」指的是綠蜂的小腰；「**妙解音律**」指的是綠蜂善於鳴叫；「**偷生鬼子常畏人**」，不是畏人，而是怕鳥臼鳥。小說表面上處處寫的是優雅、美麗、柔弱、膽怯的少女，又時時暗點小綠蜂的身分，最後綠衣女變成綠蜂，順理

〈綠衣女〉

成章。蒲松齡把少女優美化，把綠蜂人格化，寫得巧妙有趣。綠衣女溫柔多情，有令人銷魂的美態，唱詞清麗，歌聲美妙，富有韻味。綠衣女還表現出一種與其他《聊齋》女性非常不同的心態：特別低調，特別膽小，特別軟弱。實際上，主要是因為她在愛情上受過挫折，所謂「一朝被蛇咬，十年怕井繩」，她時時擔心不幸會再次發生，而小小的綠蜂被蛛網纏住又是常有的事。蒲松齡寫出了綠衣女特有的生存狀態，有很大的特殊性，構成了一種特殊的美感。

06 阿英

彩翼翩翩為情來

精魅有情義，小鳥做賢妻。〈阿英〉跟其他《聊齋》故事一樣，也有男女主角。一般小說都是在男女主角的命運操縱下往前發展，〈阿英〉則用一個「情」字操縱著整篇小說。什麼情？朋友之情，兄弟之情，姐妹之情，夫妻之情，妯娌之情，特別是，人鳥之情。人與人、人與鳥之間充滿溫情，不管是人還是鳥總是為對方著想，為對方奉獻，對對方懷有無私的愛。

這篇描寫精靈的小說，充溢著人情味兒，體現了理想的人與人之間的關係和理想的人性美，甚至包括婚姻當中所謂前任對現任的關懷和提攜。小說簡直是用藝術形式給讀者提供儒家「仁、義、禮、智、信」的樣板，像小夜曲，像抒情詩，令人心動神移。

豐子愷給蒲松齡故居畫了一幅少女穿繡花鞋的畫，並題字：「閑院桃花取次開，昨日踏青小約未應乖。囑付（咐）東鄰女伴，少待莫相催，著（着）得鳳頭鞋子即當來。」這支小曲，是〈阿英〉裡秦氏唱的。秦氏實際上是隻秦吉了，俗名鷯哥，善於學人說話。跟秦氏意外相遇的書生甘玉，字璧人，江西廬陵人，父母早亡；弟弟甘玨，字雙璧，五歲就由兄嫂撫養。蒲松齡給小說人物命名非常講究，哥哥叫甘玉，玉是美的象徵，字璧人，像玉一樣的人；弟弟名叫甘玨，玨也是玉，字雙璧，比哥哥還像玉人。兄弟二人身上都有美玉般良好的品質：純淨、堅定、執著。甘玉愛弟如子；甘玨敬兄如父，而且模樣英俊，文采出眾。甘玉經常說：「我弟弟如此出色，得給他挑個好媳婦。」由於過分挑剔，甘玨的婚事一直沒定下來。

有一天，甘玉在匡山寺廟裡讀書，晚上聽到窗外有女子說話聲，悄悄一看，三、四個少女席地而坐，丫鬟來回送酒菜，長得都非常漂亮。一個女子說：「秦家娘子，阿英怎麼還沒來？」秦氏說：「她昨天從函谷關回來，給惡人傷了右臂，不能來玩兒，正因此而感到非常遺憾呢。」另一個女子說：「我昨天晚上做了一個噩夢，現在還嚇得冒汗。」秦氏急忙擺手說：「不要說！今晚姐妹聚會，說這些嚇人的事只會讓人不痛快。」幾位佳麗聊天，倩語絮絮，如吳儂軟語。透過對話，美人倩影如在目前。那個女子笑道：「這丫頭怎麼如此膽小，難道會有虎狼把妳叼走不成？不讓我說，妳得唱支曲兒，給姐妹們喝酒助興。」秦氏便欣然唱起來。唱完，眾女子無不讚歎。正說說笑笑間，忽然一個雄健男子氣昂昂地闖進來，鷹眼發光，樣子兇惡。實際上這是一隻老鷹。女子們哭喊著說：「妖怪來了！」倉皇間四散而逃。秦氏跑得慢，被鷹眼男子抓住，哀哀地哭泣，拚命掙扎。那男子不由分說，「哢嚓」一聲咬斷秦氏手指，然後嚼著吃起來。秦氏倒地，像要死了。請記住，美人秦氏斷了的拇指，其實是鳥兒被咬斷的腳趾，這是將來秦吉了救人時的識別標誌。

甘玉可憐秦氏，拔劍衝出，把鷹眼男子的一條腿砍斷，男子忍痛逃走。甘玉扶秦氏進屋，只見她面如塵土，血濕衣袖，右手拇指已斷。甘玉撕塊布替她包上。秦氏呻吟著說：「救命之恩，怎麼報答？」甘玉覺得秦氏美麗溫婉，馬上就把給弟弟娶妻的想法告訴了她。秦氏說：「我殘廢了，不能操持家務了，另外幫你兄弟找個好伴侶吧。」甘玉鋪好被褥讓秦氏休息，自己則到別處去睡了。早上起來，床上已空。他估計秦氏回家去了，便到附近村子查訪，卻打聽不到任何消息。甘玉回去對弟弟說起此事，悔恨不已。

甘玉巧遇的美麗姑娘，實際上是一群美麗的會說話的鳥兒。女子們都是「殊色」，而秦氏是她們中的「麗者」，最美的一個。其實更美的，也就是小說女主角阿英還沒出來，也不能出來，因為如果甘玉此時看到阿英，直接替弟弟和阿英定親，就沒有後面的有趣情節了。蒲松齡非常會調度，借對話說明阿英傷了胳膊沒來。甘玉是君子，偶遇絕色美女，沒有一點兒採野花的邪念，只時時掛念著弟弟的終身大事，是一位既慎獨又愛護弟弟的長兄。

過了幾天，甘珏到野外遊玩，遇到一個少女，「**姿致娟娟**」，「**秋波四顧**」，淑女姿態如畫。甘珏看她，她微微一笑，秋水盈盈的眼睛向四處看了看，問：「你是甘家二郎嗎？」甘珏說：「是。」女子說：「令尊跟我有婚姻約定，為什麼現在想背棄婚約，給你另定秦家？」甘珏說：「我從小失去了父母，家裡的親朋好友，我都沒聽說過，請告訴我你是哪家人，我回去問問哥哥。」女子說：「不需要問姓名，只要你一句話，我自己就會去你家。」甘玨說：「沒有哥哥允許，我不能答應你。」少女說：「傻郎君，這麼怕哥哥嗎？既然如此，告訴你，我姓陸，住在東山望村。三天內等你的好消息。」甘玨回家告訴兄嫂。甘玉說：「太荒謬了。父親去世時我已二十多歲，倘若跟陸家有婚約，我怎能不知道？」兄弟兩人討論路遇的陸姑娘，把二人的關係寫得既感人，又合乎情理。甘玉理所當然地認為「**獨行曠野，遂與男兒交語**」的女子行為不端，不肯叫弟弟娶這樣的人，又關心地問：「陸姑娘長得怎麼樣？」「**玨紅徹面頸，不出一言。嫂笑曰：『想是佳人。』玉曰：『童子何辨妍媸！縱美，必不及秦；待秦氏不諧，圖之未晚。』玨默而退。**」甘玨是因為姑娘美麗而動心的，但他不好意思說。嫂子推測姑娘是佳人，哥哥卻武斷地說，小孩子家哪兒分辨得出漂亮不漂亮？就是漂亮也不如秦氏，等求不到秦氏時再考慮也不晚。甘玨默默無語地退下。他喜歡美麗的陸家姑娘，但也尊重哥哥。哥哥愛弟如子，弟弟敬兄如父。這段兄弟關係寫活了。

美麗的陸家姑娘直接向甘玨毛遂自薦失敗了。怎麼辦？甘家二郎不是聽大郎的嗎？那就直接去找甘家大郎！

過了幾天，甘玉在路上看到一個少女邊走邊哭，便勒住韁繩斜瞅一眼。他從沒見過這麼漂亮的姑娘。甘玉相信甘玨遇到的陸姑娘肯定不及秦氏，現在他還不知道自己遇到的就是陸姑娘，但他感覺這姑娘「**人世殆無其匹**」，自然比秦氏美。甘玉讓僕人過去問她為什麼哭，少女回答：「我原來許配給甘家二郎，後因家窮搬到遠處，跟甘家斷絕了音訊。近日我回來，聽說甘家三心二意，背棄婚約，我要去問問夫兄甘璧人，怎麼安置我。」甘玉又驚又喜，說：「甘璧人就是我呀。先父跟你家有婚約，我實在不知道。這裡離我家不遠，請跟我回去一起商量。」甘玉跳下馬，讓少女騎上，自己牽馬步行，一起回家。少女說：「我小字阿英，沒有兄弟姐妹，跟表姐秦氏一起住。」甘玉這才醒悟阿英就是弟弟遇到的那個美人。

阿英「**嬌婉善言**」，表現突出。她其實是來向甘家大哥問罪的，也知道談話對象就是甘玉，但她沒有直接問他，而是將他當成路遇的陌生人，說：「我要去問問甘家當家人，為什麼不遵守婚約。」她是故意說給甘玉聽的。阿英特別有教養，即使「背後」說人，也稱其為「甘璧人」，而不是「甘玉」，禮貌周全。

甘玉暗暗歡喜弟弟得到漂亮媳婦，又擔心阿英太漂亮，未免輕佻，招人閒話。阿英卻溫婉端莊，還特別會說話，對嫂子像對母親一樣，嫂子也特別喜歡她。蒲松齡特別會埋釘子，阿英善於言辭，其實是因為她本就是一隻會說話的鳥兒。甘玉這個時候怎麼不探究他已二十多歲，卻不知道阿英和甘家訂有婚約呢？看來，有沒有婚約並不重要，重要的是弟弟得到一個美麗賢慧的妻子，哥哥就心滿意足了。中秋節，甘玨夫婦正在喝酒，嫂子派人來叫阿英。甘玨對阿英不能陪自己很失望，阿英讓來人先回去，說自己隨後就到，卻一直跟甘玨笑著聊天。甘玨怕嫂子等得不耐煩，一再催她，阿英只是笑，最後也沒去。第二天一早，嫂子來看望阿英，說：「昨天晚上咱們對面坐著，你怎麼一直悶悶不樂？」阿英微微一笑，沒有回答。甘玨跟嫂子核對昨天晚上的事，發現了破綻。嫂子大驚失色，說：

「如果不是妖怪，怎會有分身術？」甘玉也害怕了，隔著簾子對阿英說：「我家世世積德，沒有仇人冤家。如果你是妖怪，請趕快走吧，千萬不要傷害我弟弟！」阿英很不好意思地說：「我確實不是人，只因為公爹過去跟我訂下婚約，秦家姐姐勸我過來完婚。我知道自己不能生兒育女，曾打算告辭離開，之所以戀戀不捨，是因為哥哥嫂嫂待我不薄。現在你們既然懷疑我，就從此永別吧。」轉眼間，阿英化成一隻鸚鵡飛走了。

一隻鸚鵡怎麼可能跟甘玨有婚姻之約？原來，甘翁在時，養了一隻聰明的鸚鵡。當時甘玨不過四、五歲，甘翁常叫甘玨餵鳥兒。甘玨問父親：「養鳥兒做什麼用啊？」甘翁開玩笑說：「養大了將來給你做媳婦啊！」有時鸚鵡沒吃的了，父親就叫甘玨：「不去餵鳥兒，餓壞你的媳婦啦！」甘家人都拿鸚鵡是甘玨媳婦的事開玩笑。後來鸚鵡掙斷鎖鏈飛走了。鸚鵡飛到哪兒去了？估計是飛到仙境修煉去了，修成人形回來兌現婚約。一般家庭裡這樣餵鳥兒而且開玩笑的人不少，可誰想得出這樣的人鳥愛情？蒲松齡真是天才。對小小的鸚鵡來說，「**將以為汝婦**」，這就是必須遵守的婚約，就是不可以違背的盟誓。她就得勤加修煉，變成甘玨名副其實的媳婦！一隻小小的鸚鵡，卻信守承諾，既然訂了婚約，就得認真嚴肅地完成。她先後找了甘家兄弟要求踐約，主動、勇敢、熱情、執著；進門之後，又嚴格按照賢妻標準做人做事，得到甘家所有人的喜愛和尊重。甘玨待兄如父，阿英侍嫂如母，多麼重情重義！

甘玉這才明白，阿英說的婚約是這件事！甘玉當然喜歡「嬌婉善言」的弟媳婦，但他

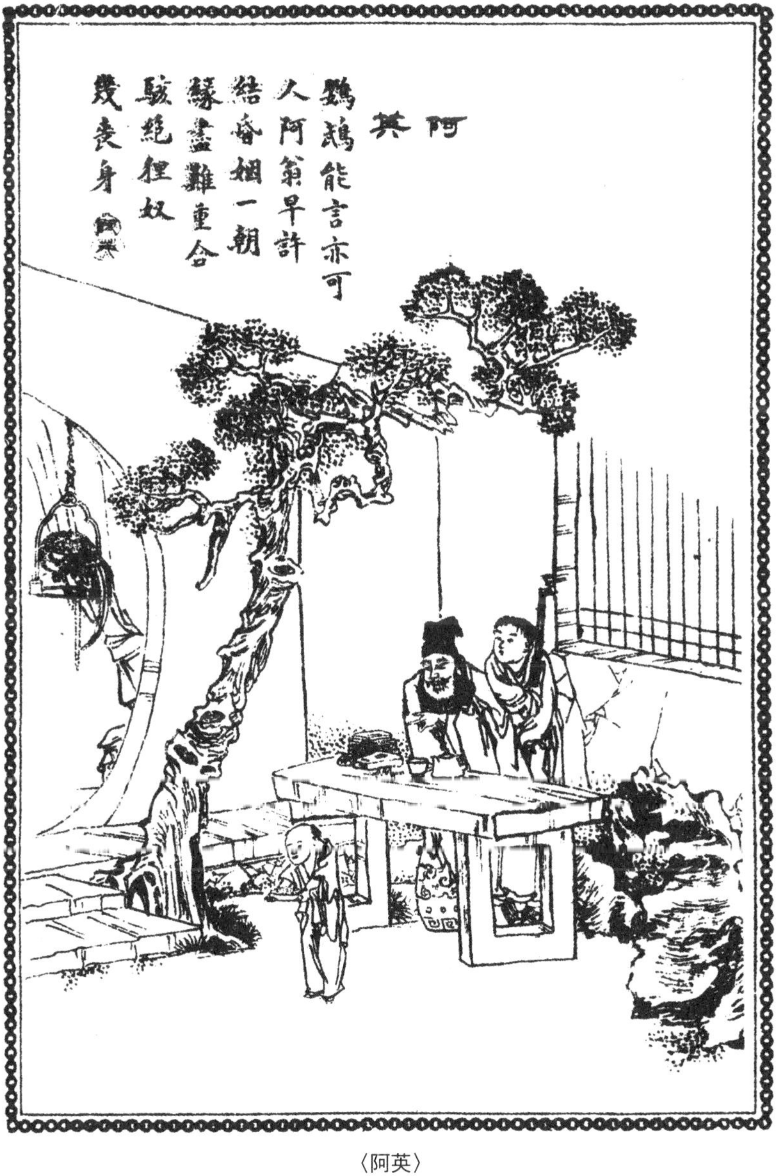
阿英
鸚鵡能言亦可
人阿翁早許
結婚姻一朝
緣盡難重合
駭絕狸奴
幾喪身

〈阿英〉

永遠把弟弟的安危放在首位，所以，他聽說阿英會分身術後，首先想到的就是「**幸勿殺吾弟**」。人間兄弟如此友愛，鳥兒中的姐妹同樣如此。阿英如願以償地跟甘玨有了真正的婚姻，其實首先是因為她的表姐秦氏與人為善，為他人著想。秦氏在匡山寺廟受到鷹眼男子的傷害，甘玉救了她，接著就直截了當地跟她說，想請她嫁給自己弟弟，從甘玉的君子作為能看出他的弟弟肯定也不錯，秦氏同意這樁婚事順理成章，但她卻謝絕了，表面上的理由是她已經殘疾，實際上秦氏知道阿英的所謂婚約，她要成全阿英和甘玨。阿英在離開甘家時說，她到這裡來，是表姐再三「勸駕」的結果。她沒有兄弟姐妹，和表姐相依為命。阿英是鸚鵡，秦氏是秦吉了，都是會說話的鳥兒。阿英叫秦氏「表姐」，可見鳥兒之間也有親戚往來，也有像人類兄弟姐妹那樣的情誼。蒲松齡的構思太精妙了。

阿英變成鸚鵡飛走了。甘玨明知阿英不是人類，卻無時無刻不在思念她。嫂子也思念阿英，想起她就掉眼淚。甘玉十分後悔，卻無法可想。過了兩年，甘玉給弟弟娶姜家女兒做媳婦，甘玨卻總對她不滿意。

接著，甘家兩兄弟將會在兩個地方分別遭遇不幸。社會不安定，誰能幫助甘家兄弟躲避災難？小鳥兒，阿英和表姐秦氏。這可真是魯迅先生說的「異類有情，尚堪晤對」。在動亂中，阿英再次來到甘家，幫助甘家所有人逃過匪患災難；秦氏則預知甘玉將有災難，飛到廣東幫助他脫難。鳥兒姐妹重情重義，幫助人間兄弟，構成了〈阿英〉後半部的動人情節。蒲松齡把它們鋪排得特別有趣，特別好玩。

甘玉有位表兄在廣東一帶做官，甘玉前去探望，很長時間都沒回家。恰好土匪作亂，附近村落多成廢墟。甘玨很害怕，領著家人避到山上。山上男女混雜，分不清誰是誰。忽然，聽到有女子說話的聲音，極像阿英。嫂子催促甘玨過去看看，果然是阿英。

甘玨高興極了，抓住阿英的胳膊不放手。阿英對同行的人說：「姐姐先走，我看望一下嫂子就回來。」阿英來到嫂子面前，嫂子看到她，便傷心地哽咽起來。阿英再三勸慰，又說：「這地方不安全。」勸他們回家。大家害怕強盜再來，阿英說：「不礙事。」甘家人便一起回了家。阿英在門口撮了一堆土攔住門戶。這堆土有神力，相當於抵禦外敵的萬里長城。之後，阿英囑咐大家只管待在家裡，不要外出，說了幾句話，就想離去。嫂子急忙握住她的手腕，讓兩個丫鬟抓住她的腳。阿英不得已，只好留下。

阿英跟嫂子很親熱，卻不怎麼親近甘玨。這一點，跟《聊齋》中的其他愛情小說不太一樣。阿英雖然跟甘玨有甘翁親口許下的婚約，但她現在已是前妻，既不願意干擾甘玨跟現任妻子的平靜生活，也不願意擾亂自己的心緒。接著，這位無私的鳥兒美女，做出了人世間一般女人都做不出的事：她這個婚姻中的前任，居然幫起現任來。嫂子對阿英說姜氏不能讓甘玨滿意，阿英就每天早上起來給姜氏「美容」，梳頭、抹粉、塗脂。幾天後，姜氏居然成了美人。嫂子很驚訝，又說：「我沒有兒子，想給你哥哥買個妾，一直沒機會，咱家丫鬟裡有沒有可以打扮得好看些的？」阿英說：「沒有哪個人不可以改造，只是原本就美的少費些力氣罷了。」她判定一個又黑又醜的丫鬟有生男孩兒的潛質，就把她叫來，給她洗臉，用濃濃的脂粉和了藥末抹臉。過了三天，丫鬟的臉色由黑變黃；又過了幾天，脂粉深入肌理，居然變得很好看了。

可惜阿英的「美容祕方」沒有傳下來，否則可以創建一家產值過億的企業了。如果說曹雪芹能夠叫賈寶玉在怡紅院開「化妝品公司」，給他的丫鬟造胭脂、香粉、口紅，那是因為他確實經歷過當年江寧織造府鐘鳴鼎食的生活，甚至接觸過進口化妝品；一輩子住在鄉下的窮秀才蒲松齡，又是從哪兒想到這些「美容祕方」的？估計還是從書裡來的。

甘家人關上門自得其樂，不再想兵災的事。一天夜裡，外面吵鬧聲四起。到了天明，才知道強盜到處搜查，凡藏在山谷裡的人，都被殺害了。於是全家人更加感激阿英，把她看成神仙。

清代《聊齋》點評家非常欣賞阿英，但明倫評：「撮土禦寇，已分亂雜之憂；且于兵燹中勻鉛黃，塗脂澤，丹成換骨，花種宜男。妖乎仙乎？」阿英和姜氏作為婚姻中的前任和現任，一般情況下都會打得頭破血流，爭得不可開交，使出層出不窮的詭計對付對方，而阿英卻幫助姜氏變成美人。這雖然體現了一種所謂「不妒之德」，實際上還是阿英愛前夫的體現。她自己不得不離開前夫，卻還想著叫前夫過得舒心一點兒。當然，不論是把姜氏變得美麗，讓甘玨願意親近，還是把嫂子身邊的丫鬟變得漂亮，好給甘家傳宗接代，都是蒲松齡頑固的「子嗣至上」的傳統倫理觀念主導的。我在一九九〇年的專著中就曾提出：子嗣是《聊齋》愛情中非常重要的問題。

阿英對嫂子說：「我這次來，只是因為難忘嫂子的恩義，幫嫂子分擔一些離亂之憂。大哥快回來了，我在這裡，就像俗話說的『既不是李子，也不是沙果』，太可笑了。我暫且回去，以後抽時間再來看你。」阿英太聰明，也太自重了。

她是被甘玉請走的，所以，不會再在甘玉面前出現，免得甘玉尷尬，也免得自己尷尬。這是與人為善，也是自珍自重。阿英深知，只要她在這裡，就是對甘玨現任妻子姜氏的無聲威脅，這是善良的她所不樂意的。她和甘玨已沒了夫妻名分，甘玨卻一門心思地惦記她，她既感動又難受。但想到嫂子的恩義，她又不得不接受這種尷尬的處境。《聊齋》原文是：「**妾在此，如諺所云『非李非柰』，可笑人也。**」真是「嬌婉善言」！柰是一種果木，果實形態像小蘋果，俗名花紅果，亦名沙果。「非李非柰」意即不倫不類，甘玨已再娶，阿英作為前妻，還在這兒居住，非常不合適。

嫂子問阿英：「遠行的大哥沒什麼事吧？」她知道阿英是精魅，有未卜先知的能力。阿英說：「他最近有災難，但是秦家姐姐受過大哥恩惠，一定會報答，所以肯定沒事。」阿英天不亮就走了。

甘玉自廣東回來，途中遇到強盜，主僕丟下馬匹，各自把銀子束在腰裡，伏在荊棘之中。這時，一隻巨型秦吉了飛到荊棘上，張開寬大的翅膀把甘玉主僕嚴密地遮擋起來。甘玉看看鳥兒的腳，上面少了一個腳趾，很詫異。這句與小說前後呼應。秦氏之前被鷹眼男子咬掉的手指，正是秦吉了被老鷹咬掉的腳趾。不一會兒，強盜從四面八方聚集過來，繞著荊棘走了個遍，好像在尋找什麼。甘玉主僕嚇得大氣也不敢出。強盜走後，秦吉了才飛走。甘玉回到家，跟家人說起這段遭遇，才知道秦吉了正是他在寺廟裡救過的美人秦氏。蒲松齡用一個小指頭就把小說前後串聯了起來。

後來只要甘玉不在家，阿英晚上必到。甘玉快回來時，她就離去。阿英留在甘家，自然是跟嫂子住在一起，像女兒依偎母親。甘玨有時在嫂子那兒遇到阿英，邀她幽會，阿英總是口頭答應，卻不去。甘玨很不甘心。

有天晚上，甘玉又出去了，甘玨估計阿英必定到嫂子這兒來，就等在她經過的路上。阿英來了，甘玨便突然跳出來，拉她跟自己回去。阿英說：「我跟你緣分已盡，硬要結合，怕被上天怪罪。不如留些餘地，時常見見面，如何？」甘玨不聽，硬是拉走阿英。天亮時，阿英才去看嫂子。嫂子奇怪她怎麼昨晚沒來，阿英笑著說：「中途被強盜劫走了，讓嫂子掛念。」說了幾句話，阿英便急忙起身離開。不一會兒，有隻大貓嘴裡叼一隻鸚鵡從嫂子臥室門口經過。嫂子正在洗頭髮，馬上停下，大聲呼叫。眾人又喊又打，貓才丟下鸚鵡跑了。鸚鵡左翅已沾滿血，氣息奄奄。嫂子把鸚鵡抱到膝頭，愛憐地撫摸許久，鸚鵡才漸漸甦醒過來，用嘴梳理著受傷的翅膀。過了一會兒，繞著屋子飛了一圈兒，叫道：「嫂嫂，再見啦！我怨恨甘玨呀！」說完便展翅飛上天空，從此再也不來了。

《聊齋》中的故事一般都是大團圓結局，這個故事的悲劇結局可能比大團圓結局更加感人，餘音嫋嫋，發人深思。阿英留下的最後一句話「**吾怨玨也**」到底是什麼意思？阿英為什麼要怨甘玨？她怨甘玨什麼？是怨他停妻再娶，還是怨他對前妻糾纏不休？讀者可以自己琢磨。

會說話的鳥兒，早就是詩人和作家熱衷的主題。據邵伯溫《聞見前錄》記載：長寧軍養了只秦吉了，能說人話。有夷人拿五十萬錢買它，秦吉了說：「我是漢禽，不願入蠻地。」隨後投水而死。杜甫寫過一首五言絕句：「鸚鵡含愁思，聰明憶別離。翠衿渾短盡，紅觜漫多知。」歐陽修《踏莎行》裡有這樣的句子：「雨霽風光，春分天氣。千花百卉爭明媚。畫梁新燕一雙雙，玉籠鸚鵡愁孤睡。」前輩詩人喜歡把鸚鵡擬人化，而蒲松齡直接把鸚鵡寫成人。

在一般的短篇小說裡，愛情男女主角通常就是小說的男女主角，而〈阿英〉有點兒另類，女主角是阿英，這一點沒有異議，但男主角是誰呢？仔細分析可見，不是阿英的丈夫甘玨，而是甘玨的哥哥甘玉。

小說開頭，甘玉遇到秦氏，秦氏透露出要另外給他弟弟介紹對象；接著，甘玨路遇阿英，回來向哥哥彙報，哥哥不同意；阿英又巧妙地「偶遇」甘玉，得到甘玉的欣賞從而進入甘家；然後，因為發現阿英會分身術，甘玉要求阿英離開；最後，阿英再次回到甘家幫助大家脫離災難時，甘玉恰好到了廣東一帶，回來的路上遇到強盜，得到秦氏的幫助。這樣的男女主角安排，讓我想起《紅樓夢》也是這樣安排的兩個核心人物：一個是男主角賈寶玉，另一個是「操縱」賈府盛衰的王熙鳳。蒲松齡的〈阿英〉在人物設置上有沒有給曹雪芹一點兒啟示呢？

〈阿英〉算得上《聊齋》中最富溫情、最有諧趣的精靈故事。甘翁當年一句戲言，引出一段生動曲折、酣暢淋漓的人鳥情。絕美小鳥變絕美少女，鳥做人言，人如鳥翩翩，亦人亦鳥，亦鳥亦人。「嬌婉善言」可以是人的特點，也可以是鳥兒——例如鸚鵡和鴝哥——的特點。阿英既是美麗少女，又是鳥為人言。甘家兄弟互相關愛，甘家妯娌相處和美；甘玨和阿英夫婦情深，秦氏對甘玉知恩圖報，阿英和秦氏相親相助。人鳥之間，有親情，有友情，有愛情。〈阿英〉唱響了一曲人鳥之戀、人鳥之情、人鳥之義的頌歌，比童話還要童話。

07 竹青
烏鴉也能成賢妻

一個考試落榜的貧苦讀書人遇到一個美人，美人既不向他要求家庭地位，也不向他要求供養，反倒在經濟上幫助他，還給他生兒子，讓這個男人享受內妻外室、有兒有女有享樂的愜意生活。人世間能有這樣的女人嗎？不能，只能是不受人間各種戒條約束、飛來飛去的鳥兒，哪怕是隻烏鴉。竹青就是烏鴉變的美女，而男主人公魚容只要披上一羽黑衣，也能變成烏鴉，一對烏鴉愛侶在天上比翼齊飛。《聊齋》中的一羽黑衣可比現在的飛機方便得多，也經濟得多。

湖南人魚容很窮，考試落榜回家，路費用光，又恥於討飯，就餓著到吳王廟休息。他跪在吳王像前訴苦，然後躺到廟前廊下。吳王廟，原名吳將軍廟，祭東吳大將甘寧，在湖北黃石富池鎮，宋代改稱「吳王廟」。據記載，吳王廟前有很多高大樹木，常有大群烏鴉棲息，往來船隻前來祭拜時，烏鴉成群迎送船隻，被稱為「吳王神鴉」。客人將肉塊拋擲空中，烏鴉能準確地接住吞食。蒲松齡並沒到過這個地方，《聊齋》點評家但明倫卻見過烏鴉接食的情景。

魚容躺在吳王廟時餓得半死，忽然，有人把他領去見吳王，報告：「黑衣隊還缺一人，可以讓他補缺。」吳王就命人給魚容一件黑衣。魚容剛披上，就變成烏鴉飛了出去。黑衣是小說構思的關鍵。魚容看到許多烏鴉朋友，就跟牠們一起飛翔，落到船帆上、桅杆上。客商爭先恐後地把肉塊拋到空中餵烏鴉。烏鴉準確地在空中接食，宛如特技表演一樣好看。魚容學著同伴的樣子接肉吃，一會兒就吃飽了，飛到樹梢停留，心想：做隻烏鴉也不錯。讀到這個地方，我真想問問蒲老先生：子非鳥，焉知鳥之樂也？

過了幾天，吳王可憐魚容沒有伴兒，便給他配了隻雌烏鴉，名叫竹青。一對小烏鴉十分恩愛。魚容太馴良，似乎不知道人會害烏鴉。竹青勸他小心，魚容不聽。有一天，有載著清兵的船經過，清兵用彈弓打中魚容，幸虧竹青把魚容銜走，才沒被清兵捉住。烏鴉朋友大怒，齊心協力地張開翅膀拍打江水，波濤洶湧，一下子就把船打翻了。竹青叼了食物餵魚容，但魚容傷得太重，一天後就死了。

烏鴉死了，魚容從夢中驚醒，發現自己仍然躺在吳王廟前廊下，似乎只是做了個人變烏鴉的夢。魚容的靈魂離開身體，變成了烏鴉，靈魂回歸而烏鴉死，烏鴉死而人活。蒲松齡特別擅長描寫這種人與物的交替，〈向杲〉是這樣，〈竹青〉也是這樣。原先吳王廟的人發現魚容死了，摸摸身上又沒涼，就不時來察看他，此時見他醒來，問明情況，便熱心地湊錢送他回家。

三年後，魚容再次來到吳王廟參拜，擺下食物，招呼烏鴉朋友來吃，並禱告：「竹青如在，請留下來。」群鴉吃完食物都飛走了。竹青不見蹤影，為什麼？往後看就知道了。

後來，魚容考中舉人，擺上豬羊祭祀吳王，又擺下許多食物請烏鴉朋友吃，並再次禱告竹青留下來。這天夜裡，他在湖邊小村留宿，正對燈呆坐，忽然，桌前像有隻鳥兒飛落，仔細看時，卻是一個二十來歲的美人。

美人笑著問魚容：「別來無恙乎？」魚容驚奇地問：「你是哪一位？」美人說：「不認識竹青啦？」魚容樂壞了，問竹青：「你從什麼地方來？」竹青說：「我現在是漢江神女啦，很少回故鄉，前兩次烏鴉使者向我轉達了你對我的情意，所以我特地來跟你相聚。」

魚容更加喜悅感激，二人如夫妻久別重逢，不勝歡喜。魚容想帶竹青一起回南方，竹青卻邀請魚容跟自己往西走。兩人各持己見，拿不定主意。等魚容一覺醒來，睜眼一看，不是在泊舟的湖邊小村，卻是在高大的廳堂裡，巨大的蠟燭照得亮堂堂的。魚容爬起來問竹青：「這是什麼地方？」竹青說：「這是漢陽。我家就是你家，何必一定要到南方去！」

竹青是神女，她不按照民間女子的規則行事。她既然跟魚容是夫妻，按當時的規矩，就應該跟著魚容回家，可是她卻說「我家就是你家」，這豈不是叫魚容入贅？真是獨特。這次來跟竹青相見的魚容，已不是當年落第餓昏的窮秀才，已經成了舉人，但竹青一個字也不問，魚容有沒有功名，做不做官，她一概不關心。這可跟〈鳳仙〉裡的女主人公太不一樣了。竹青要的只是兩個有情人相守，而不要別的東西；家庭地位、社會地位，跟烏鴉、神仙有一點兒關係嗎？

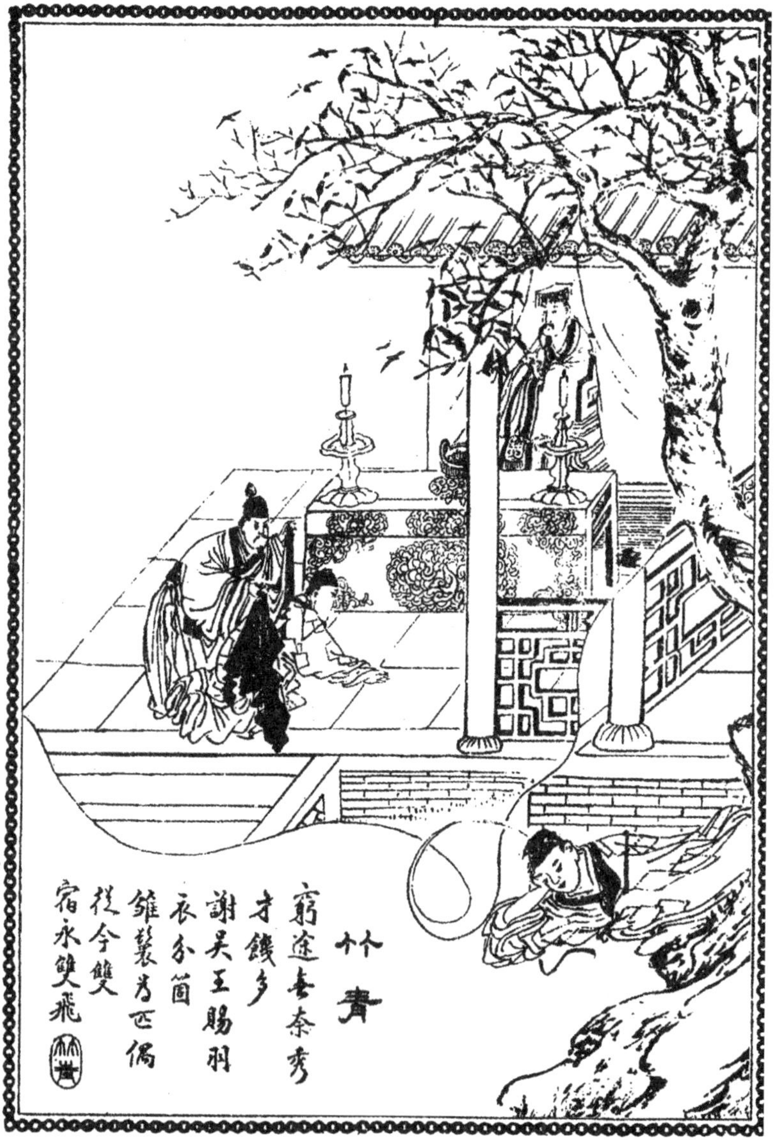
竹青
窮途爭奈秀
才餓多
謝吳王賜羽
衣分箇
雛鬟為匹偶
從今雙
宿永雙飛

〈竹青〉

天漸漸亮了，丫鬟、老媽子紛紛進來，在寬大的床上擺下矮腳几，酒菜齊全，夫妻對酌。魚容問：「我的僕人在哪裡？」竹青說：「還在船上。」魚容擔心船夫不能長久等待。竹青說：「不妨，我幫你告訴他。」局面完全由竹青控制。於是夫妻喝酒談笑，魚容都想不起回家了。

船夫從夢中醒來，忽然發現到了漢陽，害怕極了。僕人到處尋找主人，卻一點兒消息也查不出來。船夫想去別的地方，可纜繩怎麼也解不開，只好跟僕人一起在船上等。

魚容住了兩個月，忽然想要回家，對竹青說：「我在這個地方，和親戚朋友都斷絕了來往。我跟你名義上是夫妻，妳卻不去認認家門，為什麼呢？」魚容很想把竹青納入「妻妾同居，一家和諧」的軌道。竹青說：「不要說我不能去，就是能去，你家裡已有妻子，該怎麼安置我呢？不如把我安置在這裡，算是你的別院吧。」竹青慧心巧舌，回答得不卑不亢。魚容無話可對，只是怨恨路途遙遠，不能常來往。竹青拿出黑衣，說：「你的舊衣服還在，如果想念我，穿上它就來了。」

竹青大擺宴席為魚容送行。魚容喝得大醉，等他醒來，已經在船上了，一看船還停在原來的地方。船夫和僕人也都在，互相一見，都大吃一驚。船夫和僕人問：「您到底到什麼地方去了？」魚容悵然若失，並不解釋。他發現枕頭邊有個包袱，打開來檢查，有竹青送給他的衣服和鞋襪，那件黑衣也折疊好放在裡面。還有個繡花口袋掛在上衣腰間，摸了摸，裡面裝滿了銀子。於是，魚容向南進發，到了岸邊，送了許多錢給船夫，然後就回家了。

魚容回家待了幾個月，總是想念竹青。他悄悄拿出黑衣穿上，立即長出翅膀飛上天空，兩個多時辰就到了漢水。他在空中看到孤島上有一片樓房，便身不由己地往下墜落。有個丫鬟看到他，招呼說：「官人來啦！」不一會兒，竹青從樓裡走出，替魚容把黑衣解下來，拉著他的手進屋，說：「郎君來了太好了，我就要生產啦。」

魚容開玩笑地問：「是胎生，還是卵生？」竹青說：「我現在是神仙，已脫胎換骨，應該跟過去不一樣啦。」過了幾天，竹青果然生了。孩子被厚厚的胎衣包裹著，像一個巨大的卵，打開一看，是個男孩兒。按照竹青原形（鳥類），應該是卵生；按照魚容的身分（凡人），應該是胎生。玩笑開得對境，也是《聊齋》諧趣化描寫的表現之一。而竹青生子居然是胎卵合一，真是有趣！魚容高興極了，給他取名「漢產」。

原形是鸚鵡的阿英，不能生育，所以離開甘家，讓甘家新娶姜氏生育；原形是烏鴉的竹青卻能給人間丈夫生兒子，只因丈夫的嫡妻不育，要靠竹青的孩子傳宗接代。阿英、竹青同樣是鳥，為何「待遇」不同？其實這都出於蒲松齡「不孝有三，無後為大」的觀念。甚至可以說，《聊齋》中女妖精的生育能力全部受聊齋先生控制：叫她生，她就生；叫她生男，她就生男；不叫她生，她就不生。生與不生都是為傳統倫理觀念服務的。竹青既是鳥兒，又是給夫家貢獻兒子，且不爭寵奪嫡、隨遇而安的外室，這自然是蒲松齡強行賦予她的「美德」。

三天後，漢水的女神都來祝賀。她們個個年輕美麗，一起走到床前，用拇指按一下孩子的鼻子，說是「增壽」。她們走後，魚容問：「她們都是誰？」竹青說：「她們都是跟我一樣的神女。」

魚容在竹青處住了幾個月，竹青用船送他回去，不用帆，不用櫓，船就自己飄然而行。到達岸邊，已有人牽著馬在路邊等候，魚容就回家了。從此以後，兩邊往來不絕。

漢產長大，十分秀美。魚容妻和氏一直因不能生育而苦惱，總想見見漢產。魚容告訴竹青，竹青便給漢產準備行裝，讓他跟父親回去，約定三個月後回來。漢產到家，和氏對他比對親生的孩子還要好，留他住了十幾個月。沒想到，漢產突然得暴病死了，和氏悲痛欲絕。魚容連忙趕到漢水告訴竹青，進門一看，漢產正光著腳躺在床上呢！魚容驚喜地問竹青：「這是怎麼回事？」竹青說：「你負約了這麼長時間，我想兒子，就把他招了回來。」魚容於是對竹青講述和氏如何愛漢產。竹青說：「等我再生了孩子，就讓漢產跟你回去。」

又過了一年多，竹青生下一對龍鳳胎，男孩取名「漢生」，女孩取名「玉佩」。魚容就把漢產帶回了家。漢產十二歲就做了秀才，進縣學讀書。竹青認為人間沒有美麗的女子配得上兒子，就把漢產招了回去，替他娶了個媳婦，名叫「卮娘」，也是神女所生。

一件黑衣，操縱人鳥變幻。魚容得吳王黑衣，披衣變烏鴉，與雌鳥竹青相戀，這是烏與鳥之戀；魚容被清兵打中而死，恢復為人，再過故所，飛鳥飄落變為麗人，原來竹青已成神女，這是人與神之戀；魚容隨竹青到漢水後又想回家，竹青讓魚容穿上黑衣，變鳥飛回，等他再從家裡飛來漢水，羽毛脫落，鳥複為人，恰好竹青臨盆，為他生下兒子。

一件黑衣，聚散隨意，神之又神。這其實是男性的愛情烏托邦，黑衣是人鳥之變的關鍵。有了竹青，魚容享受到了自由戀愛的幸福；有了竹青，魚容擁有了傳宗接代的兒子。讀書人的一切夢想，靠一隻鳥兒都實現了。竹青是魚容，也是蒲松齡的夢中情人。魚容在妻子死後直接搬到竹青身邊，替蒲松齡實現了既有愛情又有幸福家庭的人生願望。

08 花姑子
重情重義香獐精

如果給〈花姑子〉找關鍵字，那麼一是「動物報恩」，二是「真摯愛情」。蒲松齡透過〈花姑子〉寫「**蒙恩銜結，至於沒齒，則人有慚於禽獸者矣**」的故事，天才地把令人心動神移的動物報恩和纏綿悱惻的愛情結合起來，使其成為古典小說的經典之作，人物精彩，情節精彩，語言更精彩。

花姑子，在山東方言裡是「花骨朵」的意思。用含苞欲放的花蕾做人名，能不美嗎？蒲松齡巧借香獐輕捷靈巧的外形和麝香治病的功能，加上花蕾的美學意蘊，幻化出優美的香獐精花姑子，還有她帶來的美妙愛情。和她相得益彰的，是她的癡情情人安幼輿和堅決遵守封建禮教的父親章老頭。

陝西書生安幼輿喜歡放生，看到獵人打到獵物，總是買下來放掉。有一天他到舅舅家送葬，晚上回來，經過華山時迷了路，心裡害怕，忽然看到百步外有燈火，便急忙趕過去。剛走了幾步，眼前出現一個老頭，駝背彎腰，拄著一根拐杖，在小徑上飛快行走。安生停住腳步，正要向老人打聽，老頭卻先問道：「你是誰？」安生說：「我迷路了。遠處有燈火處必定是山村，我打算到那兒投宿。」老頭說：「那地方可不是安樂鄉。幸虧老夫來了，你可以跟我走，我家茅廬可以住宿。」安生跟著老頭走了一里多路，看到一戶人家。老頭前去敲門，一個老太太打開門問：「郎君來了嗎？」老頭回答：「來了。」

老兩口的對話是不是有點兒奇怪？安生看到的「燈火」，其實是蛇精的眼睛。老頭未卜先知，專門來救安生。他年邁駝背，卻能在斜徑上疾走，表面上看不合情理，實際卻暗示了他的異類身分——人間長者老態龍鍾，野生動物卻行動矯捷。章老頭突然出現在安生面前時問「**誰何**」，似乎不認識他，可等他帶安生回到家，老伴兒卻問：「**郎子來耶？**」這說明章家人預知安生將遇到蛇精，便設法搭救。

安生走進老頭家，只見房屋狹窄潮濕——這居住環境也暗示為野生動物的居處。老頭點上燈請安生坐，又讓老伴兒去準備飯菜，說：「這位不是外人，是我的恩人。老太婆行動困難，可以叫花姑子來斟酒。」請注意，這裡老頭把「恩人」說出來了。那是什麼恩呢？結合小說開頭的描述，應該是放生之恩。一會兒，花姑子拿著碗筷酒杯進來，站在老頭身邊，水靈靈的大眼睛向安生瞟來瞟去。安生一看，「**芳容韶齒，殆類天仙**」。姑娘雖然年紀小，模樣卻像天仙一樣。老頭讓她去燙酒。她便進裡間撥火燙酒去了。安生問老頭：「這是您什麼人？」老頭說：「老夫姓章，七十歲，只有這個女兒。莊戶人家沒有丫鬟僕從，因為你不是外人，所以敢讓妻女出來接待，請不要見笑。」安生又問：「女婿是哪個村的？」章老頭說：「還沒定親呢。」

〈花姑子〉

安生對花姑子讚不絕口，章叟謙虛了幾句，忽然聽到花姑子驚叫起來。章老頭急忙跑進裡間，原來酒燙沸了，溢到了火上，火苗冒得老高。章老頭把火撲滅，斥責道：「這麼大的丫頭，酒沸了不曉得？」一回頭，看到火爐邊上有個還沒完成的高粱稈兒紮的紫姑[8]，又訓斥說：「這麼大的姑娘了，還像兩、三歲的娃娃在這兒玩！」把紫姑拿給安生看，說：「只顧擺弄這玩意兒，酒都煮沸了。你還誇獎她，豈不羞死！」安生細看，只見紫姑都「**眉目袍服**」精巧無比，就稱讚說：「**雖近兒戲，亦見慧心**。」

安生跟章老頭喝酒，花姑子不停地來倒酒，嫣然含笑，一點兒也不害羞。她為什麼不害羞？可以有兩個解釋：一是她年齡太小，還不知道害羞；二是野生動物哪兒知道害羞呢？安生非常喜歡花姑子。恰好老太太叫人，章老頭就出去了。安生見屋裡沒人，就對花姑子說：「看到你天仙似的面容，我魂兒都丟了。我想派媒人說親，怕你家不同意，怎麼辦？」花姑子抱著酒壺，對著火爐，一句話也不說，像沒聽到安生的話。再問，還是不回答。安生追進裡間，花姑子厲聲說：「大膽狂郎，闖進屋裡想幹什麼？」安生跪地哀求，花姑子想奪門逃走。安生跳起來攔住她的去路，強行接吻。花姑子聲音顫抖地驚呼，章老頭匆忙跑進來問：「怎麼回事？」安生鬆開手跑出來，又愧又怕，擔心花姑子把剛才的事說出來。花姑子卻從容地對父親說：「酒又沸了，如果不是郎君幫我，酒壺就燒化了。」

花姑子露面後，蒲松齡兩次描寫酒沸，給讀者留下深刻印象。

8 紫姑：中國民間傳說中的司廁之神，又稱子姑、坑三姑等。

蒲松齡自己總結兩次酒沸分別是「**寄慧於憨**」和「**寄情於恝**」。「寄慧於憨」是指把聰慧寄寓在嬌憨之中，「寄情於恝」是指把深情寄寓在淡漠之中。

第一次酒沸是花姑子專心做紫姑導致的，是真沸，是「寄慧於憨」，把聰慧寄寓到嬌憨裡。做紫姑是女孩子的遊戲，花姑子因為做紫姑導致酒沸而大聲驚叫，雖然非常瑣細，對於描寫小女子性情卻是傳神之筆，花姑子的稚氣未脫、秀外慧中活靈活現。做紫姑又得到兩個目睹者完全不同的評價：一個說，這麼大的姑娘還玩小孩子的遊戲，這是老爹恨鐵不成鋼；一個說，「**雖近兒戲，亦見慧心**」，這是情人眼裡出西施。兩個貌似對立的說法，卻從不同角度對花姑子的性情進行了詮釋。

第二次酒沸是假沸。安生趁著章老頭不在，向花姑子求婚，花姑子不知所措，最初的表現是「**把壺向火，默若不聞**」。安生追問她：「我可以求婚嗎？」花姑子的表現是「**屢問不對**」。這一方面是她自珍自重，另一方面是明知異類之隔，常諧伉儷不能。情急的安生追入房裡，缺乏生活經驗的花姑子以為正言厲色就可以嚇退狂生，卻沒想到招來了更加大膽的越軌行為：強行接吻。花姑子慌忙中本能地「**顫聲疾呼**」，本是喊老父救自己，章老頭出現的一剎那，卻又說呼喊是因為酒又沸了，幸好有安生前來幫忙。花姑子表面上對安生敬而遠之，毫不在意，關鍵時刻卻本能地曲意呵護，這是愛的覺醒，是「寄情於恝」。「恝」的本意是淡漠、不在意，花姑子就是以漠然來表現真摯、熱切的感情。第一次酒沸是表現稚氣少女行為的偶得之筆，第二次酒沸則是描寫花姑子愛情心理的追魂攝魄之筆。

兩次酒沸，一真一假，展示了花姑子慧而多情的性格。這性格與她的年齡相吻合。花姑子「**芳容韶齒**」，「韶齒」即年少之意。

安生經過當面向花姑子求婚，更加神魂顛倒，忘了自己的來意。他假裝醉酒，離開座位。花姑子也走了。章老頭替他鋪好床鋪，關上門，走了。安生一夜沒睡，天沒亮，就把章老頭喊起來，告別回家，然後馬上求好朋友到章家求婚。求婚的人去了整整一天才回來，找不到章老頭的住處。安生便親自帶著僕人，騎著馬，沿原路尋找，卻發現那兒是絕壁懸崖，根本沒有村落。到附近的村裡打聽，都說這一帶根本沒有姓章的。安生悶悶不樂地回家，飯吃不下，覺睡不著，精神錯亂，昏迷中常喊：「花姑子！」家人不明白，只好一天到晚地守著他，眼看安生已經奄奄一息，家人一籌莫展。

一天夜裡，守護安生的人睡著了。安生矇矓中覺得有人在搖晃自己，勉強睜眼一看，竟然是花姑子！安生立時神清氣爽，眼淚嘩嘩直流。花姑子俏皮地把頭一歪，笑吟吟地說：「傻小子，何至於此？」說著，爬上安生病榻，坐到安生腿上，用兩隻手按揉安生的太陽穴。安生覺得腦中好像突然浸進香極了、濃極了的麝香，穿過鼻孔進入骨髓。花姑子按摩了幾刻鐘，安生忽然覺得腦門冒汗，四肢開始發熱，然後，渾身大汗淋漓。花姑子小聲說：「家裡人多，我不便住下來，三天後再來看你。」說完，從袖筒取了幾個蒸餅，放到安生床頭上，悄悄走了。到了半夜，安生汗已消去，想吃飯了，摸到花姑子留下的蒸餅，不知包的什麼餡兒，只覺得異常好吃。他連吃三個，又用衣服把餘下的餅蓋起來，然後呼呼大睡，直到太陽老高才醒來，身上的病一點兒都沒有了。

三天內，安生把花姑子留下的餅都吃完了，精神倍感清爽。他讓家人都走開，又怕花姑子來時找不到進來的門，便悄悄走出書齋，把一層層門鎖全部打開。沒多久，花姑子來了，笑道：「傻小子！不謝醫生嗎？」安生高興極了，把花姑子抱到床上親熱。花姑子說：「我冒著危險，忍著羞辱，跟你相好，是為了報答你的人恩。實在不能跟你結為夫婦，希望早做打算。」安生說：「我們素昧平生，什麼時候跟你家有過來往？實在一點兒也想不起來。」花姑子說：「好好想想。」安生要求跟花姑了做長久夫妻。花姑子說：「夜夜幽會肯定不成，想結成夫妻也辦不到。」安生聽了，悶悶不樂。花姑子說：「你一定要跟我結為夫婦，明天請到我家去。」安生跟花姑子睡在一個被窩，覺得花姑子的氣息和肌膚無處不香，就問：「你薰了什麼香？」花姑子說：「我生來如此，不是薰的。」古代自帶香味的女性有誰？西施、林黛玉，還有乾隆皇帝的香妃，都是人，而花姑子是什麼呢？

這是花姑子第一次給安生治病。安生生病是因為花姑子。他想求婚，卻沒想到連章家都找不到！熱心的章老頭、美麗的花姑子，都人間蒸發了。安生相思成疾，病勢嚴重。解鈴還須繫鈴人，花姑子一來，安生馬上「**神氣清醒**」。花姑子用麝香治病，讀者大概已經猜到她是香獐，可安生怎會想到？其實，花姑子用麝香給安生治病是詩意化描寫，稍有中藥常識的都知道，有救命功效的麝香長在雄麝身上，能給安生治病的應該是章老頭，而不是花姑子。而借治病寫人情世態，深深挖掘人與人之間的關係，是蒲松齡的拿手好戲，〈嬌娜〉是這樣，〈花姑子〉也是這樣。嬌娜用狐狸口中的紅丸，花姑子用香獐特有的麝香。

花姑子這麼愛安生，卻說兩人不能結婚，怎麼回事？安生越發奇怪。早上，花姑子與安生告別。晚上安生騎馬赴約時，花姑子已在路邊等他。兩人一起來到安生上次來過的地方。老頭、老太太高高興興地出門迎接，擺上酒席，沒有好酒菜，大盤小碟，都是野菜。吃完飯，章老頭請客人安寢。夜深人靜，花姑子才來到安生住處，說：「爹娘絮絮叨叨地不睡覺，讓你久等了。」兩人纏綿了一夜，花姑子對安生說：「這次相會就是終生的離別。」安生驚訝地問：「怎麼這樣說？」花姑子說：「父親想搬到遠處去住。我跟你的恩愛就這一個晚上了。」

安生捨不得花姑子離開，兩人難分難舍，天漸漸亮了。章老頭突然闖進來，罵道：「死丫頭，玷汙我們家的清白名聲，讓人羞愧死了！」花姑子大驚失色，急忙跑出去。章老頭跟出去，繼續痛罵花姑子，對安生卻一句譴責的話也沒有。安生驚慌膽怯，無地自容，只能落荒而逃。

回家幾天，安生坐臥不寧，像熱鍋上的螞蟻。他想再趁夜晚，翻越牆頭到章家看看，尋找跟花姑子見面的機會。既然章老頭說我對他們有恩，那麼即使事情洩露，也不會大加譴責吧？安生想著便趁著夜色跑出去，結果一進深山就迷路了。他正要尋找歸路，忽然看到山谷裡有房舍，跑過去一看，門樓高高大大，像是官宦人家，大門還沒上鎖。他向守門人打聽：「章家在什麼地方？」有個丫鬟出來問：「半夜三更，什麼人打聽章家？」安生說：「章家是我的親戚，我一時迷路，找不到章家了。」丫鬟說：「你不必再問章家了。這裡是花姑子的舅媽家，她就在這裡，等我去稟報。」丫鬟進去沒一會兒，就出來邀請安生進去。安生剛走進走廊，就見花姑子急忙迎出來，對丫鬟說：「安郎跑了一晚上，想來困倦得很，趕快安排床鋪請他休息。」接著拉安生進羅帳。安生問：「你舅媽家怎麼沒別人？」花姑子說：「舅媽外出，留我看家，可以跟郎君相遇，難道不是命中註定的前世姻緣？」安生靠近她，發現這個花姑子模樣的姑娘身上十分腥臭，一點兒也沒有花姑子身上的蘭麝氣息！安生感到不對勁兒。那女子抱住安生的脖子，迅速用舌頭舔舐他的鼻孔。安生頓時覺得像被針刺中一樣，疼痛直通大腦。他怕極了，想逃，身子卻像被粗繩捆綁，動彈不得。蒲松齡的描寫很巧妙，安生這是被巨大的蟒蛇緊緊地纏住了，一動都不能動。不一會兒，他就人事不省了。

安生沒回家，家人到處尋訪。有人說，傍晚在山路上看到了安生。家人進入深山，發現安生赤條條地死在懸崖下邊。家人驚異不已，找不出安生死亡的原因，只好把他抬回家。

家人正聚集在安生周圍啼哭時，忽然有個少女從門外號啕大哭著走進來，撲到安生身上，撫摸著屍體，不停地按安生的鼻子，眼淚都流進了安生鼻子裡。少女邊哭邊叫：「天啊！天啊！你怎麼這麼糊塗啊！」少女哭得嗓子都啞了，對安生的家人說：「把他停放七天，不要入殮！」安家人不知道少女是什麼人，正想問她，她卻對大家不理不睬，含著淚迅速走了。家人挽留她，她頭都不回。家人跟在她身後，轉眼工夫，人就不見了。大家懷疑少女是神仙，就按照她說的，不給安生治喪。晚上，少女又來了，號啕大哭，這樣一連哭了七天。第七天晚上，安生忽然甦醒了，翻了一下身，發出呻吟聲，家人無不驚駭。

這時，少女進來了，跟安生面對面哭起來。安生擺擺手，叫家人都出去。花姑子取出一束青草，煎了一升多的藥湯，給安生喝了。喝完藥湯後不久，安生就能說話了，歎氣說：「殺我的是妳，救活我的還是妳！」花姑子說：「是蛇精冒充我殺你的。之前你迷路時看到的燈光，就是蛇精的眼睛。」安生問：「妳怎麼能讓人起死回生？莫非妳是神仙？」花姑子說：「我早就想跟你說，只是怕你大驚小怪。你五年前在華山道買過一隻香獐並且放生了，是不是？」安生說：「有這回事。」花姑子說：「那就是我父親。上次說你對我家有大恩大德，就是這個緣故。你前日已經托生到西村王主政家。我跟父親到閻王跟前告狀，求他讓你復活，閻王不肯發善心。父親自願毀棄道行代替你去死，哀求了七天七夜，才感動了閻王。今天還能再見到你，也算幸運了。」

這是小說第二次描寫花姑子給安生治病。安生被蛇精害死以後，本來溫順柔美的花姑子立即變得大膽潑辣。花姑子「**自門外噭啕而入。撫屍捺鼻，涕洟其中**」，一邊號啕大哭一邊奔入安家，眼淚都流到了安生鼻子裡，這是花姑子真情流露，也是香獐在用特異功能急救。

透過花姑子兩次給安生治病，蒲松齡巧奪天工地把她為情獻身的品格和妙手回春的法術結合了起來。至善至美的人性美和新穎奇特的異類感，天衣無縫地交織在一起，把本來外貌已經「殆類天仙」的花姑子，進一步推向聖潔的「**仙乎，仙乎**」的境界。

並非愛情主角卻同樣感人的，是章老頭。按常理，既然安生對章老頭有救命之恩，又喜歡花姑子，章老頭把花姑子嫁給他不就完了？章老頭卻偏偏不這樣做。在章老頭看來，恩情是恩情，禮教是禮教，不可以混淆。花姑子與安生幽會，章叟認為玷汙了清白門戶，跟在花姑子身後責罵她。這時的章老頭是恪守封建禮教、頭腦僵化、不通情理的家長。當安生被蛇精害死時，章老頭馬上跑到閻王跟前，要求「**壞道代郎死，哀之七日**」，可以跟著名的「秦庭之哭」相媲美。

春秋時，吳國攻打楚國，楚國大夫申包胥到秦國乞求援軍，秦王不肯出兵，申包胥便站在秦國宮廷前，倚牆而哭七天七夜，感動得秦王終於出兵。蒲松齡故意讓一隻深山老香獐為了安生而在閻王跟前哀求七天七夜，是在提醒讀者：獐精跟留名青史的申包胥是一樣的。

花姑子告訴安生，你雖能復活，卻會肢體癱瘓，只有喝蛇精的血，才可以去除病根。安生對蛇精恨之入骨，只是沒辦法抓住牠。花姑子說：「不難。只是這樣做會殘害許多生命，連累我百年不得飛升。蛇精老巢在老崖中，你在晡時（下午三點到五點）搬茅草去燒，並在洞外安排弓箭手，這樣就能抓住蛇精了。」說完，向安生告別，說：「我不能永遠陪伴你，實在難過。不過我為了你，道業已經損失了七成，你就原諒我吧。最近我腹中有些動靜，恐怕懷孕了。一年後，把孩子送還給牠。」說完，便流著眼淚走了。

過了一宿，安生覺得腰部以下都像死了一樣，抓搔都沒有感覺，於是把花姑子的話告訴家人。家人前往山崖，在洞口放火，有條巨大的白蛇沖出火焰，弓箭手一齊放箭，把蛇殺死。火滅後，家人入洞，看到大大小小幾百條蛇都被燒焦，發出陣陣臭氣。家人回來，把蛇精的血給安生喝。安生喝了三天，兩條腿漸漸能動了，半年後才能下地走路。後來，安生獨自在山谷中行走，遇到一個老太太，抱著一個嬰兒，交給他說：「我女兒問候郎君。」安生剛想仔細問問花姑子的消息，老太太轉眼就不見了。打開襁褓一看，是個男孩兒。他把孩子抱回家，從此，再也沒娶妻。

「異史氏」對小說做了分析：「人和禽獸的區別幾乎很少，這不是定論。蒙受別人的恩惠就結草銜環以報恩，以至於終生都這麼做，比起禽獸來，人在這方面慚愧得很啊！至於花姑子，開始聰慧寓於嬌憨，最終深情寓於淡漠。可見憨厚是聰慧的頂點，淡漠是深情的極致。這就是仙人的作為吧！」原文如下：

異史氏曰：「人之所以異於禽獸者幾希」，此非定論也。蒙恩銜結，至於沒齒，則人有慚於禽獸者矣。至於花姑，始而寄慧於憨，終而寄情於恝。乃知憨者慧之極，恝者情之至也。仙乎，仙乎！

此處「蒙恩銜結」中的「銜結」即「結草銜環」的簡稱，包含「結草」和「銜環」兩個典故。「結草」故事出自《左傳．宣公十五年》，魏武子有一名愛妾，他病時囑咐兒子魏顆，死後要愛妾殉葬。魏武子死後，魏顆沒有按照父親的話做，而是安排那名愛妾改嫁了。後來魏顆在作戰時，有位老人用草編繩，幫他俘虜了敵人。當晚魏顆在夢中得知，那位老人是愛妾已經去世的父親，是為了報恩才顯靈來幫他的。

「銜環」故事出自《續齊諧記》，楊寶救了一隻黃雀，夜裡夢到一個黃衣童子送他四枚玉環，說要讓他的子孫做高官。楊寶的子孫後來果然都做了大官。

〈花姑子〉描寫的是神奇的異類，或者說美麗的精靈和人類的關係。小說以「報恩」為線索展開講述，是古代小說處理人與異類關係時經常採用的一種構思方式。章氏父女，一個為報恩，一個為真情，感人肺腑。〈花姑子〉成為影視劇的熱門題材，一再被改編，不是偶然的。

魯迅先生早就說《聊齋》「異類有情，尚堪晤對」。大作家，大見識。「異類」指除人類以外的物種，「有情」指有情有義。傳統道德認為，人和人相處有兩條重要法則：一是一言九鼎，一是受恩必報。〈花姑子〉描寫的異類就是如此。滴小之恩，湧泉相報，義重如山，情重如山。

小說首先出場的是為一段恩情效命的章老頭。安生有放生之德，受恩老獐在安生夜行遇險時，指點迷途的安生免受蛇精之禍，並「出妻見子」，熱情招待。但恩情是恩情，禮教是禮教，安生與章老頭女兒私會時，古板的章老頭卻以「玷我清門」斥責女兒。當安生為蛇精所害命在旦夕時，章老頭又堅決請求閻王允許「壞道代郎死」。章老頭既是憨厚、純樸、重情重義的正人君子，又是倔強、戇直、不顧兒女情的封建家長。花姑子為安生的癡情所感動，在安生病危時「冒險蒙垢」前去慰問；安生因誤認蛇精為花姑子而被害死，花姑子「業行已損其七」，救活安生，後又為向蛇精報仇，為安生復原，害得自己百年不能飛升。花姑子是癡情的少女，又是有法力的獐精。章老頭和花姑子義貫長虹，以不同甚至對立的方式展示著美好的心靈，以各自的方式唱出響徹雲霄的恩情曲、愛情曲。

〈花姑子〉中蛇精的出現有兩重意義：一方面是寓言性，用「似是世家」、高門大戶卻毒辣兇殘的「蛇」家與房屋窄小卻善良忠厚的章家做對比；另一方面，在布局上蛇精起到了穿針引線的作用。小說開頭，安生途經華山迷路，「忽見燈火」，即蛇的眼睛，章老頭冒著生命危險，出現在他和巨蛇之間，在千鈞一髮之際挺身攔蛇救下安生；故事後半段，花姑子用蛇血為安生治病，又造成她百年不得飛升的結果。蛇精的出現，不僅令情節騰挪跌宕，而且令人物更有光采。動物化人跟凡人相愛，已夠離奇；極醜動物變國色天香，更加離奇；獸類又做出比人還有義氣的事，豈不是奇上加奇？看《聊齋》，像在山陰道上行，美景目不暇接，奇事層出不窮。

「獐頭鼠目」本是形容不良者的常用語，《聊齋》卻全面翻案，寫出了可愛的香獐精花姑子，應該是對中國古代小說的一大貢獻。我們不妨把〈花姑子〉和《白蛇傳》簡單對比一下。《白蛇傳》應該算是中國古代名氣最大的「人妖戀」故事。白娘子到人間尋愛，與一個和尚何干？法海偏要管閒事，偏要攛掇許仙給白娘子飲雄黃酒，讓她露出蟒蛇原形。隨之而來的盜仙草當然不錯，但一想到蟒蛇現形，總令人不舒服。那麼美麗善良的白娘子，幹嗎非得叫她在愛人面前現原形？蒲松齡從不幹這類煞風景之事。

〈花姑子〉的美女原形是既不漂亮也不惹人喜歡的動物，但從小說描寫能聯想到原形嗎？香獐跟「芳容韶齒」的花姑子有形體上的聯繫嗎？蒲松齡才不會做這種笨事！讀這類故事我們只會覺得像花姑子這樣的妖太美麗、太有情、太可愛了。蒲松齡從「異類」的特有美感入手，進行細緻的刻畫和創造，擅長使用懸念，敘事綿密，「報恩」的話和異類的暗示穿插變化，故事線索如雲龍，似霧豹，令人目不暇接。故事結尾點明是香獐報恩，如餘音繞梁，嫋嫋不止。

09 西湖主

揚子鱷也能做美妻

〈西湖主〉中的男主角陳生，既能娶到美麗的公主，享受神仙的長生不老，又能在人間家財巨萬，享受天倫之樂。他為什麼有「**一身而兩享其奉**」的福氣？原來只因為他像鬧著玩兒似的救了一隻豬婆龍，即兇惡、醜陋的揚子鱷。

陳生救下的揚子鱷變成了彩繡輝煌的西湖王妃，並把鮮花美玉般的女兒西湖公主嫁給了他。陳生因一念惻隱之心而得福報，豈不是和〈花姑子〉差不多？但天才小說家寫起來大不一樣。〈花姑子〉的亮點是人物寫得好，纏綿悱惻的愛情令人感動。而想學習寫作技巧，就得好好研究〈西湖主〉，看作者是如何巧妙運用懸念、伏筆，巧布疑陣，使情節起伏跌宕，又是如何將景物寫得「好句若仙」的。

河北陳弼教，字明允，家境貧寒，隨賈將軍做文書。他們在洞庭湖停船時，恰巧有一條揚子鱷浮出水面。賈將軍用箭射中了牠的背部。有一條小魚銜著揚子鱷的尾巴不肯離開，便一起被抓獲，鎖到桅杆下，奄奄一息。揚子鱷的嘴一張一合的，似乎在向人求援。陳弼教忽生惻隱之心，向將軍求情放了揚子鱷和銜尾小魚。恰好他帶著治刀傷的藥，便開玩笑似的敷在揚子鱷的傷口上。揚子鱷在湖中沉浮了一會兒，然後徹底沉入水中。牠好像在觀察什麼，難道是想記住陳生的樣子？

「**魚銜龍尾**」「**龍吻張翕，似求援拯**」，好像是偶然的生物現象，但在小說情節上將是扭轉局面的關鍵。陳生把金創藥「**戲敷患處**」，不僅放了牠，還幫牠治傷，對豬婆龍有了雙重救命之恩。蒲松齡對這些似乎無關緊要的細事，好像隨手一寫，實則用心良苦，「草蛇灰線，伏脈千里」。陳生救豬婆龍的小事，之後會在緊要關頭救他的命，改變他的命運。

一年後，陳生再過洞庭湖時翻了船，幸好他抓住一個竹箱子，在湖上漂泊了一夜，到了湖邊。他發現他的童僕似乎已經淹死了，就把童僕拖上岸，坐到大石頭上休息。這時作者來了八個字——精妙的景物描寫——「**小山聳翠，細柳搖青**」，陳生找不到人問路，從黎明坐到太陽老高，心裡沒著沒落。忽然，他看到童僕的四肢在動彈，高興極了，過去給童僕壓肚子。童僕吐出幾斗水，醒了過來。兩人把衣服鋪在石頭上曬乾，穿上，肚子餓得咕咕叫。他們翻過山頭，希望找到一個村落，才爬到半山腰，就聽到射箭聲。接著，兩個女郎騎著駿馬過來，馬蹄聲像撒豆一樣清脆。女郎前額繫著紅絲綢抹額，髮髻插著雉雞尾羽，身著短袖紫衣，腰束綠錦緞腰帶。一個手持彈弓，一個臂上套著架獵鷹的皮套，英姿颯爽。陳生和童僕爬過山頂，看見幾十個漂亮姑娘正在騎馬打獵，裝束就像一個人一樣整齊劃一。陳生不敢再向前，這時有個男子快步跑來，像是馬夫，陳生便湊過去問他。他說：「這是西湖公主在首山打獵。」陳生告訴馬夫自己的事，並說自己餓壞了。馬夫把帶的乾糧給了陳生，並囑咐：「趕快遠遠避開，犯駕是死罪！」陳生怕了，急忙跑下山。

接著是《聊齋》最著名的景物描寫：山下茂林中隱隱顯露出殿堂樓閣，陳生以為是寺廟。走近一看，雪白圍牆環繞，牆外溪水橫流，紅漆大門半開，溪上有座石橋通向大門。他扒著大門向裡一看，是皇家園林，還是名門貴族的花園？他腳步遲疑地走進去，眼前一架高大藤蘿，紫花綻放，香氣迷人。經過幾段曲折欄杆，到了另一個院子，有幾十棵高大的垂楊，嫩綠的枝條在朱紅的屋簷間輕拂。山鳥一聲聲鳴叫，花瓣一片片飛舞；微風輕輕吹，榆錢悠悠落，景致美得不像人間。這段原文有如精金美玉：

茂林中隱有殿閣，謂是蘭若。近臨之，粉垣圍沓，溪水橫流；朱門半啟，石橋通焉。攀扉一望，則臺榭環雲，擬於上苑，又疑是貴家園亭。逡巡而入，橫藤礙路，香花撲人。過數折曲欄，又是別一院宇，垂楊數十株，高拂朱簷。山鳥一鳴，則花片齊飛；深苑微風，則榆錢自落。怡目快心，殆非人世。

寫景得其形，更得其韻，像一幅明麗的油畫，彩繪淋漓；像一支美妙的小夜曲，讓人心曠神怡。

「**粉垣圍沓，溪水橫流；朱門半啟，石橋通焉**」，四個整齊的四字句，像電影鏡頭，對園景一一給出特寫，合起來構成一幅幽靜雅致的江南園林圖畫，有粉垣，有溪水，有朱門，有石橋。

而「**臺榭環雲，擬於上苑**」，寫出了皇家園林的氣派。作者寫皇家園林，沒有著眼於奢華，而注重寫美的享受，透過純潔、寧靜又豐富的自然景物寫出盎然生機。「**橫藤礙路，香花撲人**」，用擬人化的描寫，寫人和自然的融合。「**山鳥一鳴，則花片齊飛；深苑微風，則榆錢自落**」，神來之筆，把景物詩意化、有情化了。

這段景物描寫不僅經常被《聊齋》研究者引用剖析，就是放到整個中國古代小說史的長河中，也是上品。好一派清靈澄澈、淡彩輕嵐的湖畔美景！讀《聊齋》常常會覺得像讀詩，因為小說有詩的意境，有詩的語言。陳生穿過一個小亭，看到有座鞦韆架高接雲天，鞦韆上的繩索軟軟地垂在半空中，周圍連個人影都沒有。陳生懷疑這地方接近閨閣，心中犯怵，不敢繼續往前走。忽聽到門外有馬蹄聲和女子笑語聲。陳生和童僕趕緊藏到花叢中。沒多久，笑語聲逼近，一女子說：「今天打的獵物太少。」另一女子說：「如果不是公主射了隻大雁，今天就白跑一趟了。」

不一會兒，幾個紅裝少女簇擁著一位妙齡女郎到亭子裡坐下。女郎穿著短袖獵裝，髮髻如雲，腰肢纖細，最香的花、最美的玉，都不足以形容她的美麗：「**禿袖戎裝，年可十四五。鬟多斂霧，腰細驚風，玉蕊瓊英，未足方喻。**」侍女們有的給她獻茶，有的為她熏香，個個衣著華麗。過了一會兒，女郎站起來，走下臺階。侍女問：「公主鞍馬勞頓，還能盪鞦韆嗎？」公主笑著說：「還可以。」於是，有的架著公主的肩膀，有的提起公主的裙子，有的拿著她的繡鞋，把公主扶上了鞦韆架。公主伸出白嫩的手握住繩索，尖頭小靴輕輕一蹬，身如飛燕，盪入雲霄。盪了一會兒，侍女們把她扶下鞦韆，說：「公主真是仙人啊！」一群人連說帶笑地走了。這段文字寫盡了公主極尊、極貴的氣派。

「**躧利屣**」來自《史記‧貨殖列傳》典故，當時鄭姬穿的就是尖頭繡鞋。在《聊齋》故事裡，不管妖界還是仙界，女性都得是三寸金蓮。公主美髮如雲，腰如柳枝，像美玉雕像。侍女們有的扶肩膀，有的挽胳膊，有的提裙子，有的捧花鞋，公主跳上鞦韆，盪入雲霄。這個場景拍成電影應該相當好看。

陳生在花叢中偷看公主許久，心醉神迷，靈魂出竅。等人聲去遠，他從藏身處走出，到鞦韆下徘徊。他看到籬笆下有條紅巾，知道是剛才的美人丟的，便歡歡喜喜地收到袖筒裡。他走進亭子，發現案上居然有筆墨，於是提筆就在紅巾上寫道：「**雅戲何人擬半仙？分明瓊女散金蓮。廣寒隊裡恐相妒，莫信淩波上九天。**」陳生用詩表達對公主的仰慕，形容公主盪鞦韆像天女散花，美妙輕盈，充滿活力，連月宮裡的嫦娥都嫉妒她。

這首詩用了好幾個典故：「**雅戲何人擬半仙**」，用了唐玄宗的典故，唐玄宗說盪鞦韆是「半仙之戲」；「**分明瓊女散金蓮**」，是說公主盪鞦韆就像天女散花，也可以解釋為用金色的蓮花比喻鞦韆盪起時公主足影的移動；「**廣寒隊裡恐相妒**」，指住在廣寒宮裡的嫦娥也要嫉妒公主的美麗；「**莫信淩波上九天**」，化用了曹植《洛神賦》裡的「淩波微步，羅襪生塵」，形容美女輕盈的腳步。

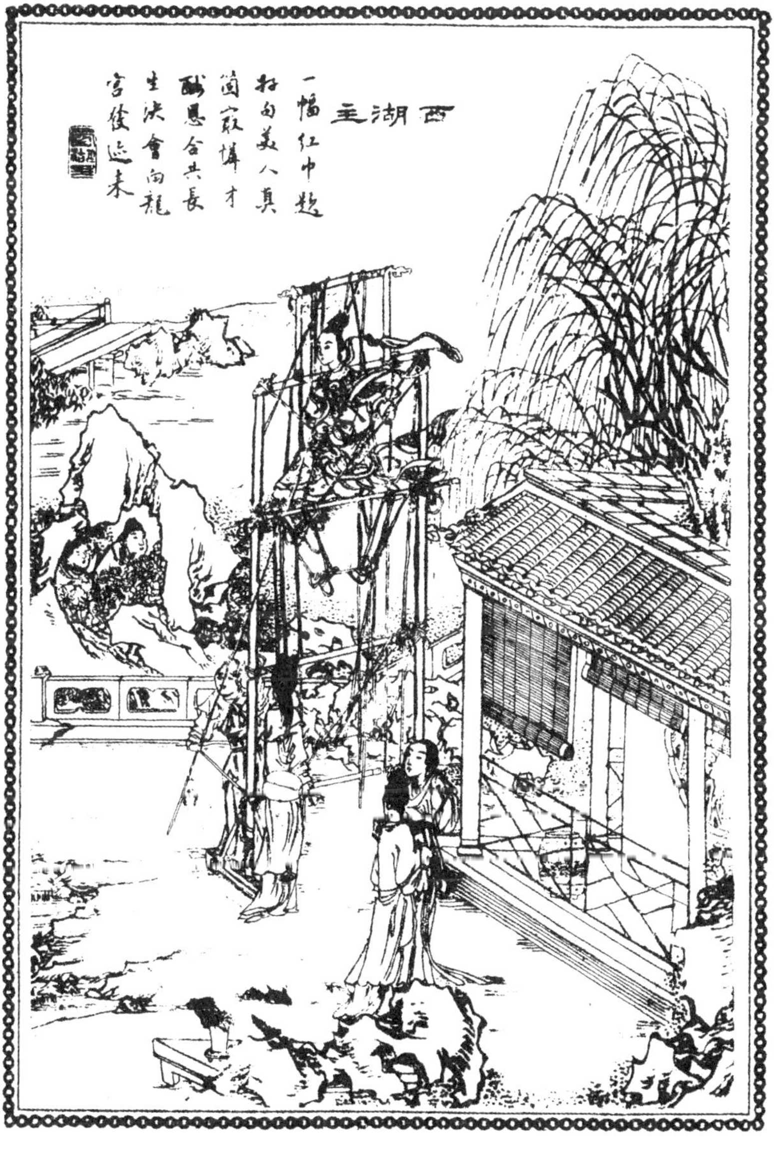

〈西湖主〉

陳生題完詩，得意地自我欣賞，輕輕吟誦著，走下亭子，尋找來時路徑，卻發現一道道大門都鎖上了。他轉來轉去，把亭臺樓閣走遍，還是找不到出去的路，只好呆呆地坐在一個閣子裡。

忽然，一個侍女進來，驚奇地問：「你怎麼在這裡？」陳生向她作揖，說：「我迷路了，希望妳能給予幫助。」侍女問：「你撿到紅巾沒有？」陳生說：「有這回事。然而我已經把它弄髒了，怎麼辦？」侍女接過紅巾一看，大吃一驚，說：「你死無葬身之地啦！這是公主常用的，你糊塗亂抹成這樣，我怎麼向公主交代？」陳生大驚失色，苦苦哀求侍女幫助自己免去罪責，請公主寬恕。侍女說：「偷看公主，罪已不赦，念你是溫文爾雅的讀書人，本想私下保全你，可是現在你自作孽，還有什麼辦法可想？」說完便慌慌張張地拿著紅巾走了。陳生嚇得心跳加速，渾身發抖，只恨沒長上翅膀飛出園去，只好伸著脖子等死。

等了很長時間，侍女重新回來，悄悄說：「你有活路了。公主看了三、四遍紅巾，笑咪咪的，一點兒也不生氣，看來她可能會把你放了。你暫且耐心等著，不要上樹爬牆，如果被發現，可就不會饒恕你了！」這時太陽已落山，陳生不知是福是禍，肚子餓得火燒火燎，憂愁得要死。在焦急的等待中，那侍女總算又來了，挑著燈，另一個侍女提著食盒，她們拿出飯菜請陳生吃。陳生急忙探問消息，侍女說：「我跟公主說：『園裡的秀才，放了算了，不然要餓死啦。』公主說：『深夜讓他到哪兒去？』還讓我們給你送吃的。這倒不是壞消息。」陳生心神不寧，折騰了一夜。第二天早上，侍女又來給他送飯吃。陳生再三哀求她說情，侍女說：「公主不說殺，也不說放，我們當下人的怎敢多嘴？」

後來太陽偏西時，侍女上氣不接下氣地跑來，說：「完啦！有人把你的事洩露給王妃了，王妃看了紅巾，大罵狂徒。你大禍臨頭了！」陳生嚇得面如土色，跪地求救。忽聽人聲嘈雜，侍女向陳生擺擺手，悄悄避開。只見幾個人拿著繩索，氣勢洶洶地闖進來。其中一個丫鬟目不轉睛地看了陳生一會兒，說：「我以為是誰呢，你不是陳郎嗎？」於是制止拿繩索的人，說，「先不要捆他，等我報告王妃再說。」說完便反身往回跑。

稍過一會兒，丫鬟回來說：「王妃請陳郎進去。」陳生渾身發抖，戰戰兢兢地跟著她，經過幾十道門，來到一座宮殿前，門上綠簾銀鉤。有個宮女掀開簾子，高聲道：「陳郎到！」殿上美貌的王妃穿著華麗的宮裝端坐著。陳生立即跪地叩頭，說：「萬里之外的孤臣，希望您饒恕性命。」王妃急忙起身，親自拉陳生起來，說：「如果不是您，我不會有今天。丫頭們無知，冒犯貴客，實在對不起。」當即設下豐盛的宴席，用雕鏤精美的杯子斟酒款待。陳生感到莫名其妙，階下囚忽成座上客，什麼緣故？只聽王妃說：「您對我的救命之恩，一直無法回報。小女既蒙您題巾愛憐，應是天賜良緣，今晚就讓她侍奉您。」王妃不但不治罪，還要把美麗的公主嫁給自己，這是怎麼回事？陳生一時神情恍惚，不知如何對答。

傍晚，一名丫鬟走到陳生面前說：「公主打扮好了。」便把陳生領進洞房。忽然笙管齊鳴，奏起歡樂的樂曲，宮殿臺階鋪著繡花地毯，殿堂上下，張燈結綵。宮女扶著公主跟陳生拜天地，撲鼻的香氣充溢在宮殿之中。行禮完畢，陳生跟公主進入幃帳，恩恩愛愛。

陳生說：「我這個客居在外的臣子，生平不懂拜謁周旋，我弄髒了妳的紅巾，能免我一死，已經很幸運了；反而賜給我如此好的婚姻，實在想都不敢想。」公主說：「我母親是洞庭湖君的妃子，是揚江王的女兒。去年她回娘家，偶然在湖上玩，被流矢射中，承蒙你救了她，還給她敷上治療刀傷的藥。我們全家對你感恩戴德，常常掛在心上。請郎君不要因為我們不是同類就起疑心。我跟龍君學到了長生不老術，願意跟郎君共用。」陳生這才恍然大悟：原來公主是神仙。他問：「丫鬟怎麼會認識我？」公主說：「那天船上有條小魚銜揚子鱷的尾巴，就是她呀。」陳生又問：「公主既然不想殺我，為什麼又遲遲不肯放了我？」公主笑著說：「實在是喜愛你的才華，但我不能自己做主，翻來覆去想了一整夜，這事別人都不知道呢。」陳生歎息：「妳真是我的知音啊！給我送飯吃的是誰？」公主說：「是我的心腹丫鬟阿念。」陳生說：「我怎麼報答妳們呢？」公主笑道：「日子還長著呢。」

住了幾天，陳生寫了封平安家書，讓童僕帶回家。家中聽說陳生在洞庭湖翻了船，妻子披麻戴孝已一年多了。僕人回來，家裡才知道陳生沒死，又怕他漂泊在外，難以回家。又過了半年，陳生忽然回家了，香車寶馬，豪華氣派，行李中放滿了金銀珠寶。從此家財巨萬，鐘鳴鼎食，七、八年間生了五個兒子。他每天大擺宴席，吃喝玩樂。有人問起他的經歷，他也從不避諱。

陳生的童年好友梁子俊，在南方做官十幾年，回家時經過洞庭湖，看到一個畫舫，雕花圍欄，大紅舷窗，樂聲悠悠，在綠波上飄蕩。梁子俊往船上看去，只見一個年輕男子，不戴帽子，蹺著二郎腿，坐在船上，一個美女在旁邊給他按摩。梁子俊一看，這不是窮秀才陳弼教嗎？

於是扒著船窗高喊陳生。陳生邀請梁子俊上船，命丫鬟上酒倒茶，山珍海味擺了一桌，都是梁子俊見所未見、聞所未聞的。梁子俊驚訝地說：「十年不見，你怎麼富貴到這種地步？」陳生笑道：「你認為窮書生不能發跡嗎？」梁子俊好奇地問：「剛才跟你一起喝酒的是什麼人？」陳生回答：「我的糟糠之妻。」梁子俊還想再問，陳生連忙命侍女唱歌勸酒。話音剛落，笙管悠揚，鑼鼓齊鳴，歌聲和樂聲交織成一片，吵得耳朵嗡嗡直響，兩人說話聲都聽不到了。

梁子俊看到陳生的周圍都是絕色美女，就借著醉意大聲說：「明允公，能讓我真的銷魂嗎？」這話有些放肆，意思是：你有這麼多美女，能分一個給我享受嗎？陳生笑著說：「你喝醉了。不過，我這裡有買一個美妾的錢，可以送給老朋友。」說完叫侍兒送上一顆明珠，對梁子俊說：「憑這顆珠子，就是石崇家的綠珠那樣的美人也買得到，可知道我對你並不吝嗇。」又說：「我還有點兒小事要辦，不能繼續陪你了。」說著，把梁子俊送回自己的船，然後解開纜繩開船走了。

梁子俊回到家鄉，到陳家探望，看到陳生正在陪客人喝酒，就問：「昨天你還在洞庭湖，怎麼回來得這麼快？」陳生說：「哪有的事？我一直在家待著。」梁子俊於是追述他的所見所聞，舉座皆驚。因為這些人一直跟陳生在一起，知道他沒去洞庭湖。陳生笑著說：「你弄錯了，我難道有分身術不成？」看來蒲松齡的構思就是陳生有分身術。更神奇的是，陳生八十一歲去世，出殯時棺材特別輕，人們打開一看，裡面是空的。人去哪兒了？當然沒死，是做神仙去了。

「異史氏」表達了這種理想：竹箱子不沉沒，紅巾上題詩，都是有鬼神指使的，而關鍵都是由惻隱之心所貫通。至於華屋美舍、妻子姬妾，陳生在兩個地方都能享受到，就又沒法解釋了。過去有人希望嬌妻美妾、貴子賢孫和長生不老都能得到，其實也只能得到陳生的一半。難道仙人中也有郭子儀、石崇那樣大富大貴的人嗎？

其實陳生的故事到他和公主結婚，基本上就可以結束了。後面兩段情節：一段是他回到家和人間妻子生了五個兒子，豪華富貴；一段是他在洞庭湖跟仙女生活，優哉游哉，其實可有可無。但蒲松齡樂此不疲地又寫了這兩段情節，看來就是想完成他的構想，「一身而兩享其奉」，既像神仙一樣，又過著民間富豪的生活。這樣的結局，比起〈花姑子〉男女主角分離的悲劇，可以說是大喜劇，但沒有〈花姑子〉感人。

清代《聊齋》點評家曾說過，讀《聊齋》只做故事看，不做文章看，便是呆漢。這種看法很有哲理。〈西湖主〉最成功的是語言，最精彩的是心理描寫。研究者經常說，中國古代小說不太擅長心理描寫，一般是白描，透過人物行動透露內心，直到《紅樓夢》出現，寶黛訴肺腑的情節中才出現比較詳盡的心理分析。讀〈西湖主〉就會發現，這個判斷可能不夠準確。

〈西湖主〉的心理描寫既有白描，也有詳盡的心理分析。陳生迷路時遇到「**玉蕊瓊英**」般的公主，心生愛慕，「**睨良久，神志飛揚**」，描寫他見到美色，有點兒靈魂出竅，神志飛揚。公主走了，他「**徘徊凝想**」，開始單相思的癡戀。他拾到公主的紅巾「**喜內袖中**」，一個「喜」字，將單純拾東西的動作帶上了感情色彩，癡戀加重。

公主的侍女說他題紅巾是塗鴉，說他偷看公主是一罪，題紅巾是又一罪，這時的陳生「**心悸肌栗，恨無翅翎，惟延頸俟死**」，心驚肉跳，不寒而慄，伸著脖子等死。陳生極度恐懼又無路可逃的絕望心情，寫得絲絲入扣。

侍女說公主看了紅巾並沒生氣，陳生的心情也從萬分焦急、恐懼變成了「**凶祥不能自必**」，不知道到底是凶是吉；而「**餓焰中燒，憂煎欲死**」，用一個「煎」字描寫他內心的煎熬，憂心如焚，非常形象。

侍女再傳來公主讓人給陳生送飯吃的消息，而且推斷這不是壞消息，陳生這時「**徊徨終夜，危不自安**」。他仍然擔驚受怕，但比起剛剛聽說觸犯了公主可能會送命，害怕的程度已經有所減輕。接著，傳來王妃大怒，要懲罰狂生的消息，陳生「**面如灰土，長跽請教**」，嚇得面無人色，急忙直挺挺地跪到地上向丫鬟求助。丫鬟要帶他去見王妃時，陳生

「**戰惕從之**」，「戰惕」兩個字活畫出他戰戰兢兢、忐忑不安的心理。等到他一下子從階下囚變成座上客，變成公主的駙馬，「**生意出非望，神惝恍而無著**」，出乎意料，神情恍惚，找不著北了。

陳生從題紅巾到當駙馬，經歷了迅雷不及掩耳的變化，導致他一會兒駭急無智，一會兒彷徨無主，一會兒焦慮萬端，一會兒茫然莫解。蒲松齡交替採用畫龍點睛的白描和簡潔恰當的心理分析，捕捉陳生像流風回雲一樣的心理變化，寫得細緻生動。蒲松齡對陳生進行直接描寫的同時，還間接刻畫了公主的心理。侍女拿著題了詩的紅巾回去報告公主，回來後向陳生悄悄祝賀，說公主看了三、四遍紅巾，「**囅然無怒容**」。這是透過侍女的觀察巧妙地描寫公主的心理活動：「無怒容」是對寫詩人的容忍；「囅然」是微笑，說明公主不僅不怒而且喜歡；「**看巾三四遍**」，是很愛看，看一次不行，還要再看幾次。兩人結婚後，公主說她因為看到題在紅巾的詩而愛才，又想不出怎麼跟陳生聯繫，以致「**顛倒終夜**」，寫出了公主心事重重的樣子。

《聊齋》點評家但明倫認為，〈西湖主〉的成就在於「文境絕妙」。小說確實是把情節的跌宕和人物的心理有機地融合起來，把人物遭遇和景物描寫天衣無縫地結合起來，寫得筆走龍蛇，八面玲瓏。

小說開頭，陳生隨將軍游湖，見到揚子鱷出沒，身邊有「小魚銜尾」，將軍箭射揚子鱷，陳生見揚子鱷「似求援拯」地看他，心生惻隱，求將軍放生，並順手給抹上點兒金創藥……到了結尾，陳生救的揚子鱷變成了彩繡輝煌的王妃，而公主是她的女兒，銜尾小魚就是辨認出陳生的丫鬟。

公主幾句話便把整篇小說的來龍去脈交代得清清楚楚：「**妾母，湖君妃子，乃揚江王女。舊歲歸寧，偶游湖上，為流矢所中。蒙君脫免，又賜刀圭之藥，一門戴佩，常不去心。郎勿以非類見疑。妾從龍君得長生訣，願與郎共之。**」美麗的王妃是知恩圖報的揚子鱷，可她哪有一點兒獸類特別是凶獸、醜獸的影子？蒲松齡的想像力實在是太豐富了。

10 白秋練

中國詩意美人魚

二〇〇八年初冬，我作為中國作家代表團一員到波蘭訪問，在華沙住了一星期，下榻在王宮對面，我經常散步到世界聞名的美人魚銅像[9]邊。看著黑乎乎的青銅雕像，我想，這就是我兒時為之著迷的神奇美人魚嗎？真是見面不如聞名啊！

波蘭美人魚的故事膾炙人口，但可能很多讀者都不知道，三百年前，蒲松齡創造的中國美人魚的故事同樣有趣。蒲松齡描寫了兩代美人魚——白秋練和她的母親白老太太，都是珍稀動物白鱀豚[10]幻化成人，充滿詩意。白秋練用詩歌戀愛，把詩歌當成生命，戀人離不了詩，就像美人魚離不了水；白老太太更是特立獨行的資深美人魚，她為女兒的愛情，寧可犧牲自己的生命！

在中國古代小說裡，詩歌經常可以起到傳達愛情、催化愛情的作用。唐傳奇《鶯鶯

9 美人魚銅像：此處指的並不是丹麥的小美人魚銅像，而是波蘭的華沙美人魚銅像，從一九三八年起豎立於華沙維斯瓦河西岸，是為紀念一位女英雄而創作的。

10 編者註：白鱀豚（*Lipotes vexillifer*），「鱀」注音：ㄐㄧˋ。是中國特有的一種淡水鯨，曾分布於長江中下游水系與富春江。中國國家一級保護動物，可能已經「功能性滅絕」。

傳》裡，張生追求大家閨秀崔鶯鶯，但鶯鶯很含蓄，不肯直說對張生的感情，而是讓紅娘給張生送去一首詩：「待月西廂下，迎風戶半開。拂牆花影動，疑是玉人來。」張生心領神會，跑到花園相會。後來兩人在紅娘的幫助下私自結合。張生取得功名後拋棄了鶯鶯，卻又死皮賴臉地要求再見鶯鶯一面，鶯鶯賦詩「為郎憔悴卻羞郎」，謝絕了始亂終棄的張生。詩歌是戀人感情的標誌，是戀人感情特殊的、有力的表現手段。

〈白秋練〉寫人魚相戀，詩歌起到無與倫比的作用，可以傳情，可以為媒，可以問卜，可以治病，甚至可以救命。

直隸商人慕小寰的兒子慕蟾宮，聰慧喜讀書。慕小寰認為讀書科考太迂腐，不如經商實惠。慕蟾宮隨父親到武昌後，父親留他在旅店看守貨物，慕生便趁父親不在，高聲讀詩，鏗鏘動聽。慕生讀詩時，總看到窗邊人影晃動，像在偷聽。一天晚上，月色很好，偷聽的人被月光映照得清清楚楚。慕生跑出去一看，原來是個絕代佳人！佳人看到慕生，急忙躲開。聽詩的絕代佳人白秋練是水族精靈白鱀豚（白鱀），終生鄉居的窮秀才蒲松齡不知見沒見過這類生長在洞庭湖的珍稀動物，他卻借其創造出了一個美麗的愛情故事。

又過了兩、三天，慕家的貨裝好了，準備回北方，晚上把船停靠在湖濱。慕老頭恰好有事出去，慕生留在船上。有個老太太進來說：「郎君害死我女兒了！」慕生驚奇地問：「我怎麼害死妳女兒啦？」老太太說：「我姓白，女兒秋練聽到你吟詩，想得飯吃不下，覺睡不著。我想讓她跟你成親，請不要拒絕。」慕生喜歡聽詩少女，但怕父親生氣，便對白老太太實情相告；白老太太不相信，執意要訂下婚約，慕生不敢訂。白老太太氣憤地說：「人世間的婚姻，有的上門求親都求不到。現在老身親自來做媒，反而不被你接納，這恥辱太大，你就不要想北渡啦！」說完就走了。不一會兒，慕老頭回來了，慕生把白老太太的意思編成一番好聽的話，委婉地告訴父親，希望父親接納。但慕父卻因為兩家相隔遙遠，又看不起女孩兒主動追求男人，便一笑置之。

他們停船的地方，本來水深可以淹沒船槳，這天夜裡船底忽然湧出大片沙石，無法開動。湖裡每年都有客人留守沙洲，第二年桃花水上漲溢滿時，其他貨物還沒運到，船裡的貨物就可以賣出大價錢。因此，慕老頭一點兒也不擔憂，只是考慮到還要籌措部分資金，他便留下兒子看守貨物，自己回北方去了。慕生暗暗高興，又後悔沒問白家住在什麼地方。

天黑以後，白老太太扶著女兒來了，讓女兒躺到床上蓋上外衣，對慕生說：「人已經病成這樣了，你不要像沒事人似的！」說完，就走了。慕生聽到這話吃了驚，拿燈一照，只見秋練嬌弱嫵媚，眼波流轉。慕生問她話，她只是嫣然含笑。慕生要她說話，她說：「『**為郎憔悴卻羞郎**』，說的就是我。」

如前所說，這句詩出自唐代元稹《鶯鶯傳》：張生與崔鶯鶯相愛，最後卻將鶯鶯拋棄。各自婚嫁後，張生求見鶯鶯。鶯鶯不見，留詩一首：「自從消瘦減容光，萬轉千回懶下床。不為旁人羞不起，為郎憔悴卻羞郎。」白秋練只是取最後一句詩的直接語意，與整首詩及寫詩者的遭遇無關。秋練居然會巧妙引用《鶯鶯傳》裡的詩！慕生喜歡至極，想馬上跟她親熱，又可憐她太纖弱，就跟她接吻，逗她玩兒。秋練高興起來，說：「你為我吟誦三遍王建的『羅衣葉葉』，我的病就會好了。」慕生馬上高聲吟誦：「羅衣葉葉繡重重，金鳳銀鵝各一叢。每遍舞時分兩向，太平萬歲字當中。」吟過兩遍，秋練就攬著身上的外衣坐了起來，說：「我好啦！」並用嬌顫的聲音跟慕生一起念。白秋練相思而病，病增嬌態，更添嫵媚。

慕生所吟的並非愛情詩，而是《宮詞》，借景寫情，以大自然美景引起青年男女共鳴，將大自然的美化為青年男女相愛的成分。春鶯、芳草、楊柳，像年輕人浪漫的青春。

慕生給迷得像丟了魂兒。兩人熄燈上床，睡到一起。天還沒亮，秋練就起來了，說：「我母親馬上就來了。」不一會兒，白老太太果然來了。她看到女兒精神煥發，很是欣慰，便要女兒跟自己回去，秋練低下頭不說話。白老太太說：「妳樂意跟郎君玩兒，隨妳的便。」說完便走了。

白秋練跟《聊齋》故事中動不動就敲開男士門扉的勇敢女性不同，她是因喜歡詩歌而聽慕生吟詩，對慕生生情，得了相思病，氣息奄奄。她自己不敢也不肯邁出求愛的步伐。幸運的是，秋練有位疼愛她、庇護她的母親。白老太太尊重女兒的愛情，視女兒的幸福高於自己的生命。

白老太太跟傳統的、破壞女兒愛情的崔鶯鶯之母唱了出對台戲：她竟然放下架子，以長輩之尊為女兒做了紅娘；求婚不成，就施法術阻礙船走。白氏母女的水族神靈身分隱隱

〈白秋練〉

顯露。白老太太沙磧阻舟起到了調虎離山的作用，為一對青年男女的愛情提供了便利，之後她又親自把女兒送到慕生的船上。這樣的母親，在中國古代小說裡獨一無二。

慕生問秋練家住哪裡，秋練說：「我跟你不過偶然相遇，能不能結婚還不一定，何必知道我家在什麼地方？」不過兩人十分恩愛，發誓白頭相守。一天夜裡，秋練起來點上燈，翻開書，忽然神情淒慘，掉下眼淚。慕生忙問：「怎麼回事？」秋練說：「你父親要到了。我們兩人的事，我剛才用書占卜，一打開就是李益的《江南曲》，不是好兆頭。」《江南曲》詩句是：「嫁得瞿塘賈，朝朝誤妾期。早知潮有信，嫁與弄潮兒。」白秋練因為詩中有「朝朝誤妾期」之句，認為不吉利。慕生安慰她說：「這首詩頭一句就是『**嫁得瞿塘賈**』，豈不是大吉大利？」秋練高興了一點兒，起身跟慕生告別，說：「咱們暫時分手吧，天亮給人看見，會被指指點點了。」

慕生拉住秋練的胳膊，哽咽著問：「如果我父親能同意，我到什麼地方給你報信？」秋練說：「我會派人探聽。令尊是否同意，我馬上就會知道。」說完就走了。

沒多久，慕老頭回來了。慕生把跟秋練的事告訴父親，慕老頭懷疑他招妓女上門，臭罵了他一頓。慕老頭隨後細細檢查船上貨物，一點兒沒少，於是隨意訓斥了慕生幾句就算了。慕老頭考慮問題的立足點不是「情」，更不可能是「詩」，而是「利」，這是一個只認蠅頭小利、缺乏人情味兒的角色。慕小寰有著精明的商人哲學，有沒有感情無所謂，只要錢不受損就成。白秋練的母親，把女兒的愛情放到首位；慕蟾宮的父親，把金錢放到首位：兩個家長的對比太鮮明了。

一天晚上，慕老頭不在船上，秋練忽然來了，臨別時兩人約定以吟詩作為暗號。從此，只要慕老頭外出，慕生一吟詩，秋練就到了。端午節後，船通航了，慕生隨父親回北方家中，因為想念秋練，生起病來。慕老頭很擔心，請醫生，請巫師，什麼辦法都用了，慕生就是好不了。慕生私下告訴母親：「我的病不是求醫問藥、下神念咒能治好的，只有秋練來了才會好。」

慕老頭剛聽到這話時十分震怒，時間長了，兒子越來越瘦弱，疲倦無力，他才害怕起來，帶著兒子來到湖北。到了原來停船的地方，打聽白老太太。恰好有個老太太在撐船，聽說有人找姓白的，便說自己就是。慕老頭登上白家的船，瞧見秋練，心裡暗暗高興，問起白家家世，原來這條船就是母女二人的家。慕老頭把兒子生病的事告訴白老太太，希望她讓女兒到慕家船上去，治好慕生的病。白老太太說：「我們沒有訂婚約，不能去。」白老太太看來是想趁機敲定女兒的婚約，但慕老頭卻裝聾作啞，只求白秋練登舟，不提婚約之事。秋練從船窗露出半張臉聽著他們的對話，眼淚在眼眶裡打轉。白老太太看看女兒的可憐相，又加上慕老頭苦苦哀求，也就同意了。

慕小寰精於算計，想一箭雙雕，既希望兒子病好，又希望和富人聯姻。小說原文有這樣兩句話：「**冀女登舟，姑以解其沉痼**。」「姑」字用得太妙了。姑，姑且、暫且，不做長遠打算。慕小寰本不理解也不在乎兒子的相思，直到兒子病重才著了急，他一方面默許兒子與秋練苟合，另一方面又不想承擔任何責任。這樣以自我需要為中心，真是一個惡劣的奸商。白老太太卻將女兒的終身大事放在首位，心疼女兒。這是兩位完全不同的家長。

晚上慕老頭故意躲出去，秋練來了。她走到床前嗚咽著說：「當年我相思成疾的樣子，如今輪到你啦？病成這樣，哪能很快就好？我給你吟詩吧。」慕生說：「聽到妳的聲音，我就神清氣爽。妳過去吟誦過《採蓮子》，我一直念念不忘，請再吟誦一遍吧。」秋練於是曼聲長吟起唐代詩人皇甫松的《採蓮子》：「**菡萏香連十頃陂，小姑貪戲採蓮遲。晚來弄水船頭濕，更脫紅裙裹鴨兒。**」

剛吟完，慕生就一躍而起，說：「小生什麼時候生病了？」

兩人熱烈擁抱，慕生的病一下子全部消失了。以詩歌治病，天下奇聞。

慕生問：「我父親見你母親，說了些什麼？咱們的事成了嗎？」秋練已覺察到慕老頭對她的看法，便告訴慕生「沒成」。

秋練離去，慕老頭回來，看到兒子已起床，高興極了，說：「那女子倒是不錯，然而從小就撐船唱歌，不管出身是否微賤，總是個不守貞節的人。」浪漫的戀人在勢利的慕父面前再次碰了釘子，「不貞」是藉口，「微賤」是關鍵。

慕生無話可說。慕老頭出去，秋練又來了。慕生轉述父親的話，秋練說：「我已經把這事看清楚了。天下事，你越急，它就離你越遠；你越奉迎它，它就越抗拒你。我應當讓你父親主動回心轉意，反過來求我。」

白秋練母女是白鱀豚，姑且稱她們為「大魚」和「小魚」。小魚在大魚的呵護下得到了愛情，但還沒得到婚姻。因為還要依靠「父母之命」，特別是得過慕蟾宮父親這道坎兒。這回，小美人魚的智慧起作用了。

慕蟾宮的父親有著鮮明的商人哲學，只認蠅頭小利，不認感情。浪漫的戀人一再在慕老頭的冷酷算盤前碰釘子。在白秋練登船治好了慕蟾宮的病之後，慕老頭又說白秋練「**女子良佳，然自總角時，把柁棹歌，無論微賤，抑亦不貞**」；他拒絕秋練進門，要害是「微賤」，即她們家是撐船的，門第不高，無錢無勢，「**把柁棹歌**」只是藉口。慕生一籌莫展，柔弱的秋練卻從蹉跌中領悟人生，找到了反敗為勝的祕訣。什麼祕訣？對症下藥，就像現代京劇《智取威虎山》裡的「天王蓋地虎，寶塔鎮河妖」。商人無非想賺錢，那就從「錢」字上下手。

秋練說：「商人無非想賺錢，我有辦法知道貨物價格。現在看你們船裡的貨物，都賺不到錢。你替我告訴你爹，囤積某種貨物，可獲利三倍；囤積某種貨物，可獲利十倍。你們回家後，如果我的話應驗了，我就是你們慕家最理想的媳婦。你再來時，咱們都不到二十歲，相聚的日子長得很，擔心什麼？」

慕生把秋練說的物價告訴父親，慕老頭不相信，只用餘錢的一半買了秋練說的貨物。他們回到北方後，慕老頭置辦的貨物大虧，秋練說的貨物大賺。從此，慕老頭十分佩服秋練的神奇。慕生越發誇耀，說秋練能讓慕家發家致富。慕老頭於是急於把秋練娶進門。一切顛倒過來，一直對白秋練雞蛋裡挑骨頭的慕老頭，一直裝腔作勢地說白家是「浮家泛宅」的慕老頭，再也不提門第，再也不提撐船。金錢說話，一路綠燈。慕老頭哪是娶美麗、聰慧的兒媳婦進門，分明是迎招財進寶的財神進宅！

慕老頭對白秋練態度的轉變，生動地表現了封建社會末期商品經濟是怎樣改變人們的觀念的。

慕老頭回到湖邊，看到白老太太的船停在柳樹下，馬上去送彩禮訂婚。白老太太對彩禮一概不收，只是挑了黃道吉日親自把女兒送過船來。慕老頭另外租了一條船，為兒子舉行婚禮。

秋練讓慕老頭往南走，給他開出購貨清單。慕老頭帶船走了，白老太太便將女婿請到自家船上來住。三個月後，慕老頭販運的貨物價格已翻番。

他們回北方時，秋練要求裝上一些湖水帶回去，吃飯時加一點兒，像加醬油、醋一樣。從此慕老頭每次南來，都替她帶幾罈壇湖水回去。

秋練和慕生終成眷屬，故事非但沒有結束，反而又敷衍出更精彩的波瀾。或者說，蒲松齡寫的美人魚故事之所以比波蘭的美人魚故事還要好看，就是因為他其實寫了兩代美人魚的風骨，具有華夏文化的特殊意蘊。第一件事，是老一代美人魚白老太太以死反抗龍王的旨意，保護女兒的愛情。

幾年後，秋練生了個兒子。一天，她突然哭起來要求回家。慕老頭就跟兒子、媳婦一起回到湖北。到了湖中，卻不知道白老太太到哪裡去了。秋練敲打著自家船舷呼喊母親，卻聽不到回答，不由得失魂落魄。慕生沿湖打聽白母消息，恰好有人釣到一條白鱀豚，身量巨大，體形像人。慕生回去告訴秋練。秋練大驚失色，說她有放生願望，囑咐慕生一定要把白鱀豚買下來。慕生去找釣魚的人商量，釣魚的人要價很高。秋練說：「我幫你們家賺到的錢不下巨萬，這麼一點兒錢，吝惜什麼？你如果不肯，我馬上投湖自殺！」慕生害怕了，不敢告訴父親，偷了些錢，把白鱀豚買下來放生了。

他回來後，卻到處找不到秋練，天快亮時，秋練才回來。慕生問：「妳到什麼地方去了？」秋練說：「去母親那兒了。」慕生問：「母親現在住在什麼地方？」秋練面紅耳赤地說：「現在不得不如實相告，你剛才買下來放生的就是我母親。近來龍宮選妃子，一些造謠生事的人稱讚了我的相貌，龍君便下令，要我母親把我送到宮裡。我母親如實上奏，說我已經嫁人。龍君不聽，把我母親流放到南濱，她才遭受了那番苦難。現在災難雖已解脫，但龍君對我母親的懲罰還沒解除。你如果真心愛我，就請向真君祈禱，免除對我母親的懲罰。如果你因為我是異類而嫌棄我，我就把兒子還給你，自己去龍宮，那裡的享受未必不超過你家百倍。」溫文爾雅的白秋練居然說出如此「要脅」愛人的話來！柔弱的秋練在母親危難時做剛直之語，絕妙無比。

白老太太堅決抗婚，寧死不屈，多麼可愛！龍君的富貴，她不放在心上；皇親國戚的顯貴，她不放在眼裡；死的威脅，也動搖不了她的心！女兒的幸福對她來說是最重要的，是什麼也不能交換的。既然母親是白鱀豚，秋練自然也非人類。秋練異類的身分暴露，絲毫未影響慕生的真摯感情，他要不遺餘力地求得真君的幫助，赦免白老太太，只是擔心不容易見到真君。

秋練說：「明天未時，真君必定來。你看到一個跛道士，就朝他跪拜。他跑進水裡，你也跟上。真君喜歡文士，必定會憐憫你，答應你的請求。」接著，她拿出一塊魚腹綾，說，「如果真君問你求什麼，你就拿出這個東西，請求他在上面寫個『免』字。」

慕生按照秋練所說，在路上等候，果然有位道士一瘸一拐地走過來。慕生立即跪到地上向道士磕頭。道士不理睬，疾步快走，慕生就緊跟在他身後。道士把拐杖扔到水裡，跳上去，慕生也跟著跳了上去。再一看，腳下的不是拐杖，而是一條船。他又跪下給道士磕頭。

道士問：「你求我什麼事？」慕生拿出魚腹綾，求他寫個「免」字。道士接過一看，說：「這是白鱀豚的鰭，你是怎麼跟牠相遇的？」慕生不敢隱瞞，詳細地對道士說了他跟秋練結合的經過。道士笑了，說：「這東西倒很風雅，那老龍怎麼可以如此荒淫！」於是拿出筆草書一個「免」字，像畫符似的，然後將船划回岸邊，讓慕生下去。道士踏著拐杖在水波上浮行，轉眼間無影無蹤。

真君說：「**此物殊風雅，老龍何得荒淫！**」真君所贊的「風雅」之物，既指以詩為命的白秋練，也指愛女如命的白老太太。白老太太寧死也要維護女兒的幸福，為自己的生命畫上了亮麗的一筆。

慕生回到船上，秋練看到魚腹綾後高興得很，囑咐慕生千萬不要告訴父母這件事。

第二件事，是新一代美人魚靠詩歌起死回生。在這之前，隨慕蟾宮回家的秋練每餐必須添加故鄉的湖水。在她的異類身分暴露前，這種舉止就顯得很奇怪；身分暴露後，這事就很好理解了：魚兒離不了水。

救出白秋練的母親之後，他們回到了北方。兩、三年後，慕老頭又到南方做買賣，幾個月沒回家。原來的湖水吃盡，秋練病倒了，日夜急促地喘息。她囑咐慕生：「如果我死了，不要埋我，在每天的卯、午、酉三個時辰，吟誦杜甫《夢李白》的詩句，那樣我的屍體就不會腐爛。等湖水來到，你倒在盆裡，關上門，脫掉我的衣服，把我浸在湖水裡，我就復活了。」秋練喘息了幾天後，就死了。

半個月後，慕老頭回來了。慕生按照秋練的說法，把她放在湖水裡浸了一個多時辰，秋練漸漸醒過來。秋練總是想回到南方，後來慕老頭死了，慕生就順從秋練的心願，把家搬到了湖北。

美人魚離水而死，得水而生，縱然有些誇張，但畢竟可以理解，最不可思議的是詩歌竟可以令已死者不朽。實際上，杜甫《夢李白》中的「魂來楓林青，魂返關塞黑」一句，表達的是朋友之間至死不忘的真情，借朋友酒杯，澆戀人塊壘，慕生一日三吟，白秋練雖死猶生。

跟〈連瑣〉、〈宦娘〉一樣，喜歡吟詩的白秋練明顯地有蒲松齡的夢中情人顧青霞的影子，聊齋先生跟他年輕時情人的感情至死不衰。小說篇末用《夢李白》來保存遺體，這首詩的頭兩句是「死別已吞聲，生別常惻惻」，蒲松齡悼念顧青霞的詩中則有這樣兩句：「吟聲彷彿耳中存，無復笙歌望墓門。」他再次用詩歌把生死相戀的戀人聯繫了起來。

〈白秋練〉充滿了詩情畫意，把詩歌強調到無以復加的地步：詩可以為媒，促使慕蟾宮和白秋練結合；詩可以為醫，先治好白秋練，後治好慕蟾宮；詩可以占卜，白秋練以詩為蔔，探測二人婚姻的前景；詩可以為約會的信號，情人暫時分手時，以吟詩為幽會的暗號；詩可以令遺體不朽並起死回生。小說太能體現真善美了，讀這個故事時，我們忍不住驚呼：

真哉，新一代美人魚的浪漫之愛！

善哉，老一代美人魚的舐犢之情！

美哉，中國古代純情詩意的美人魚！

讀〈白秋練〉，總覺得中國美人魚的故事一點兒不比西方美人魚的故事差。我一直納悶兒，這麼一個絕佳的愛情故事，電影界的「武林高手」為何注意不到？

11 書癡

書中真有顏如玉

如果問大家：文學作品裡哪個書呆子最有趣、最可笑、最可愛？恐怕很多讀者會說：《聊齋》書癡郎玉柱。確實，中國其他文學作品甚至外國文學作品裡的書呆子，都沒有呆傻到郎玉柱這種登峰造極的地步。這個書呆子太典型、太有趣、太好玩了。

他三十歲卻不會「為人」，不懂得夫婦性愛，這是〈書癡〉中最有名的情節。蒲松齡寫書癡故事並不是給大家提供詼諧的談資，用聳人聽聞的趣事吸引眼球，書呆子郎玉柱脫胎換骨的過程，反映了深刻的社會問題。郎玉柱本是苦讀書、死讀書的書呆子，不會跟人打交道，後來在現實生活的磨礪下，卻懂得了讀書做官的道理，懂得了官場鬥爭的祕密，變成了在官場縱橫捭闔、克敵制勝的能人，這是多大的變化！郎玉柱是怎麼實現這種變化的？其中又蘊藏著什麼樣的哲理？

先看郎玉柱是怎麼讀書成癡的。郎玉柱是江蘇彭城人，祖上曾做過太守，為官清廉，拿到俸祿後不置辦田地房產，反而買下滿屋子書。郎玉柱的父親酷愛讀書，所以郎玉柱身上是有讀書基因的。父親死後，他對書更加癡迷，家裡窮，什麼值錢東西都賣掉了，但父親的藏書，卻一本都捨不得賣。郎玉柱父親在世時，曾抄錄《勸學篇》，貼在郎玉柱書桌右邊，郎玉柱每天大聲朗讀，又用白紗把《勸學篇》蓋起來，怕時間長了上面的字會磨掉。《勸學篇》是什麼？

是宋真宗寫的一首詩，又稱《勸學詩》或《勸學文》：

富家不用買良田，書中自有千鍾粟；安居不用架高堂，書中自有黃金屋；娶妻莫恨無良媒，書中自有顏如玉；出門莫恨無人隨，書中車馬多如簇。男兒欲遂平生志，五經勤向窗前讀。

《勸學篇》宣揚讀書萬能：讀書是人生最重要的事，你不用花錢買田產，只要好好讀書，書裡就有堆積如山的糧食；你不用蓋高樓大廈，只要好好讀書，書裡自然有黃金屋；你不要擔心娶不到好妻子，只要好好讀書，書裡自然有如花似玉的女人；你不要埋怨出門沒人前呼後擁，只要好好讀書，書裡有一大堆駿馬良車。男子漢大丈夫要想實現平生志向，趕快到窗前勤讀五經。

後人把《勸學篇》精練成三句話：

書中自有黃金屋，書中自有千鍾粟，書中自有顏如玉。

《勸學篇》是從「萬般皆下品，唯有讀書高」派生而來的。它是封建社會讀書人的座右銘，表面上看是勸學格言，其實是中國源遠流長的「官本位」教育的權威性表述。讀書才能做官，做官才能得到金錢、權力、美女。千百年來讀書人對「書中自有黃金屋，書中自有千鍾粟，書中自有顏如玉」堅信不移，遵守著讀書做官這個遊戲規則，為了金榜題名，十年寒窗，頭懸梁、錐刺股，這非但不能算「癡」，簡直應當算「精」。

那麼，為什麼別人讀書是「精」，而郎玉柱就成了「癡」呢？因為郎玉柱對「書中自有黃金屋，書中自有千鍾粟，書中自有顏如玉」只會做字面理解。他相信書中真的有「黃金屋」、「千鍾粟」、「顏如玉」，卻不知道這其實指的是好好讀書就能做官，做了官，「黃金屋」、「千鍾粟」、「顏如玉」才能相應而來。

郎玉柱已經二十多歲，卻不求婚配，就是希望書本上真能走下個美人。郎玉柱不知道從讀書到「黃金屋」、「千鍾粟」、「顏如玉」，有個最重要的過程，就是用聖賢書做敲門磚，敲開仕途大門。讀書是手段，求官是目的。讀書求功名，功夫又常常在書本之外。

郎玉柱對讀書的另一個誤解是，他讀書不是默默地看書，而是大聲朗讀，不分白天黑夜、不分場合地大聲朗讀。來了賓客和親戚，他也不懂得噓寒問暖，還沒說上三兩句話，就旁若無人、搖頭晃腦地大聲朗讀起來。這不成了神經病嗎？郎玉柱儘管用功，讀書讀到近乎癡呆，卻就是考不中舉人。而過不了「舉人」這個坎兒，「黃金屋」、「千鍾粟」、「顏如玉」，一概都是妄想。可是妙就妙在，郎玉柱竟然真的透過讀書，讀出「千鍾粟」

和「黃金屋」來了，這又是怎麼回事呢？

一天，大風把郎玉柱的書刮走了，他急忙去追，卻一腳踩空，踩到了古人窖藏的糧食，立即大喜，認為自己果然讀出「千鍾粟」來了。對「讀書求官」不開竅的郎玉柱自我感覺良好，什麼事都往好處想。他踩到的是什麼呢？是一大堆朽敗得牲口都不能吃的糧食。若干年前這裡是儲糧的官倉、經營糧食的店鋪，還是兩軍對壘的糧草集散地？都有可能。但有一點可以肯定：這個地方絕對不是尚書府、宰相府舊址。所謂「千鍾粟」並不是一倉倉的糧食，而是按官位發放的俸祿，是真金白銀。真正擁有「千鍾粟」的人，家裡滿箱滿櫃都是金銀財寶、文玩字畫，不會是不值錢的糧食。而郎玉柱卻認為他讀出了「千鍾粟」，越發帶勁兒地讀書，這是蒲松齡對「書癡」的第一次反諷，說明郎玉柱的「癡」是癡迷，是愚笨，是呆傻，甚至有點兒魔怔。

接著，郎玉柱在家裡書架上發現一駕「金輦」，又認為「黃金屋」也實現了，拿出去炫耀。別人告訴他那是鍍金的，郎玉柱有點兒失望。難道古人的話不對？無巧不成書，郎玉柱父親的同年[11]來這個地方做觀察使，觀察使信佛，有人便勸郎玉柱把金輦送給他做佛龕。郎玉柱就去送了，觀察使很高興，送給他三百兩銀子、兩匹馬。郎玉柱更加堅信「書中自有黃金屋」、「書中車馬多如簇」，而這都是他苦讀的結果。

11 同年：科舉時代同榜錄取的人互稱「同年」。

這個「金輦事件」是對郎玉柱這個「書癡」的第二次反諷。鍍金的金輦換來白花花的銀子，真是郎玉柱苦讀感動了上蒼嗎？當然不是，只是貴官的施捨。看來郎玉柱父親的朋友很講舊情，給了世侄不少銀子，有情有義，但這必須有個前提——有錢。「十年清知府，十萬雪花銀」，這恐怕不是郎玉柱能想到的。

蒲松齡如果一直這樣調侃下去，〈書癡〉將會成為一部有趣的幽默小品，而他要表達的，其實是對讀書人的人生關懷，所以他要寫一篇別開生面的小說。他給郎玉柱畫上「癡」的底色，之後，一位鮮活可愛的仙女果然從書上走下來了。

郎玉柱看到《漢書》第八卷中夾著一個眉目如畫的紗剪美人，震驚地說：「書中顏如玉，其以此應之耶？」仔細觀察，郎玉柱發現美人背後隱隱寫有「織女」兩字。在這之前民間訛傳「天上織女私逃」，朋友們便戲弄他：「**天孫（織女）竊奔，蓋為君也。**」郎玉柱此時想，難道紗剪美人果然是專為我而來的織女？

一天，他正目不轉睛地看那美人，美人忽然彎腰起身，坐在書本上朝他微笑。郎玉柱驚奇極了，立即跪到書案下面，朝美人磕頭，等他磕完頭，美人已長到一尺多高。他又趕緊跪下磕頭，美人兒從書案上飄然而下，亭亭玉立，宛然一個絕代佳人。郎玉柱又向美人磕頭，問：「請問妳是什麼神仙？」美人說：「我姓顏，字如玉。你很早就知道我啦。承蒙你天天喜愛我，高看我一眼，如果我不來一次，恐怕千年之後，再也沒人相信古人的話了。」

顏如玉出現，一段「書癡」獨有的愛情開始了。其實郎玉柱的愛情故事，不完全是愛情，或者說主要不是愛情故事，而是讓我們見識了書呆子的天真、單純、善良，見證了社會的黑暗。顏如玉、郎玉柱，一女一男，一仙一俗，一個聰明過人，一個呆頭呆腦，這麼兩個完全不同的人在一起，成就了一段充滿諧趣和哲理、富有生活氣息、帶有幾分詩情畫意的故事。這就是顏如玉教郎玉柱「為人」，包括廣義的在社會上「為人」和狹義的在床上「為人」。這是最好看、最好玩，也最耐人尋味的。

先看讓人笑掉牙的床上「為人」：郎玉柱三十歲，卻根本不懂男女性愛的具體內涵，真是癡到難以想像。他非常喜歡顏如玉，讀書時都讓顏如玉坐在一旁，而到了床上，他雖對顏如玉「**親愛倍至**」，卻是「**不知為人**」，不知道夫妻生活是怎麼回事。更好笑的是，兩人同住一段時間後，郎玉柱向顏如玉請教：「**凡人男女同居則生子；今與卿居久，何不然也？**」顏如玉笑了，說：「**君日讀書，妾固謂無益。今即夫婦一章，尚未了悟，『枕席』二字有工夫。**」郎玉柱驚奇地問：「**何工夫？**」顏如玉只是笑，並不回答。過了一會兒，她巧妙引導郎玉柱享受魚水之歡。郎玉柱快樂極了，說：「我沒想到夫婦之間的樂事，是無法用語言表達的。」

然後，他見人就說。聽到他這番話的人沒有不捂著嘴笑的。顏如玉責備他，郎玉柱說：「那些鑽洞爬牆的男女私會，才不可告人；我們是天倫之樂，有什麼可避諱的？」賈寶玉說，聖賢書把好人變成祿蠹；郎玉柱卻告訴我們，死讀聖賢書，越讀越傻。

〈書癡〉

顏如玉教郎玉柱如何「為人」是《聊齋》中最好玩、最搞笑的情節。當然這個情節絕對不僅是好玩和搞笑。顏如玉還要教郎玉柱如何在社會上「為人」，首先是如何讀書。顏如玉告誡他：你默默讀就是，不要大聲朗誦。他不聽。顏如玉說：「你之所以不能飛黃騰達，就是因為大聲誦讀。你看進士榜、舉人榜上，有幾個人像你這樣讀書的？你再不聽，我就走了。」郎玉柱暫時聽從了，但是過了一小會兒，吟誦聲又起。他去找顏如玉，卻不知她到哪裡去了。郎玉柱失魂落魄，一個勁兒祝禱，顏如玉卻一點兒蹤影也沒有。他忽然想到顏如玉是從《漢書》出來的，便取出《漢書》仔細檢查，翻到第八卷將半的地方，果然找到了紗剪美人。郎玉柱喊她，她一動不動；跪下哀求、祝禱，顏如玉才從書上走下來，說：「你如果再不聽我的話，我就永遠跟你分手了。」

顏如玉讓郎玉柱置辦圍棋、賭具，天天跟他下棋，玩賭輸贏的遊戲。但是郎玉柱的心不在這些遊戲上，瞅著顏如玉不在，就偷偷看書。他擔心自己讀書的事被顏如玉發現，就把《漢書》第八卷從原處取出來，混到其他書裡，想迷惑顏如玉。一天，他正在入迷地高聲朗讀，顏如玉來了，他竟然沒發現，等看到她時，急忙合上書本，但是顏如玉已經不見了。他翻天覆地搜查所有書本，最終還是在《漢書》第八卷中找到了，再次叩拜祈禱，發誓再不讀書了，顏如玉這才下來。

顏如玉跟郎玉柱下棋，說：「三天學不好，我就走。」到第三天，郎玉柱竟贏了顏如玉兩個子。顏如玉又把琴交給郎玉柱，限他五天學會一支曲子。郎玉柱手彈弦，眼看譜，根本沒工夫讀書，時間長了，彈琴的技巧居然提高了不少。顏如玉每天跟郎玉柱喝酒、下棋、玩遊戲、彈琴，郎玉柱樂此不疲，把讀書的事都給忘了。顏如玉又慫恿他出門跟朋友交往，從此，郎玉柱風流倜儻的名聲傳揚開來。顏如玉說：「你現在可以去參加考試了。」

顏如玉從書裡來，卻偏偏不同意郎玉柱一門心思地讀書，她讓郎玉柱學習的，是那些似乎與「讀書」和「功名」毫不相干的東西。顏如玉讓郎玉柱回歸正常人的生活，享受音樂，享受遊戲，不要死讀書、讀死書，也讓他獲得了與人交往的能力。郎玉柱用彈琴、下棋、賭博的本領交朋友，人們到處傳說：郎玉柱很瀟灑，很風流。郎玉柱人氣大增，社會上、官場裡、考場裡的人，都知道有郎玉柱這麼一個出色人物。這比他關起門死讀書有用多了。所以顏如玉說：「**子可以出而試矣**。」

顏如玉教郎玉柱在社會上「為人」耐人尋味。郎玉柱在這之前並不明白，人生在世，一要生存，二要溫飽，三要發展，這些都不是關在書齋啃書本就可解決的，都得跟世人打交道。即使是讀書人和讀書人之間，也不可能每天每時的話題都是書。琴棋書畫乃至賭博，這些跟書本毫不相干的東西，才是讀書人互相交往的主要手段。

郎玉柱缺少的不是書本中的學問，而是為人處世的學問。顏如玉讓郎玉柱學習和掌握這一學問，歪打正著，使他走出封閉狀態，到社會中與人交流，得到人們的尊重乃至敬仰，可以更順利地走向功名之門。顏如玉對郎玉柱的這番改造，頗像現今社會特別強調的

「情商」教育，是對「高分低能」者的正確引導。當然對這個情節也不妨換個角度理解：蒲松齡可能是借這個故事諷刺那些做了大官的人，諷刺那些所謂在科舉考試中蟾宮折桂的人，其實並沒有螢窗苦讀，沒有頭懸梁、錐刺股，只不過是靠這類邪門歪道才青雲直上的。

郎玉柱在顏如玉的引導下，漸漸通曉人情，一年多後，顏如玉生了個兒子，找奶媽撫養。一天，顏如玉對郎玉柱說：「**妾從君二年，業生子，可以別矣。久恐為君禍，悔之已晚。**」郎玉柱聽到就哭了，伏在地上不起來，說：「**卿不念呱呱者耶？**」顏如玉清醒地知道如果她再長久待在人世，肯定會遭受災禍，她想離開郎玉柱。郎玉柱居然無師自通，巧妙地用母子情打動她：「你就不顧及這個哇哇大哭的兒子嗎？」但郎玉柱畢竟是缺乏社會經驗的書生，親族有人看到過顏如玉，又沒聽到郎玉柱和誰家訂過親，便問他怎麼回事。郎玉柱不會撒謊，便沉默不語。這件事很快就傳到了知縣史公的耳朵裡。史知縣是少年得志的進士，聽說顏如玉豔名，動了心，想把她占為己有。他以「妖孽」罪名拘捕郎玉柱和顏如玉。顏如玉藏得無影無蹤。知縣便把郎玉柱抓起來，革去秀才功名，嚴刑拷打，務必要顏如玉親自到縣衙。郎玉柱幾乎被知縣整死，也沒有說出一個字。知縣從丫鬟嘴裡知道顏如玉是從書本上下來的，便親自到郎玉柱家找。看到屋裡書多得不得了，搜不勝搜，於是下令放火燒書。庭院濃煙密布，久久不散。

美麗的顏如玉永遠消失了。經過這次慘變，「書癡」郎玉柱卻變成了官場能手。郎玉柱本是老老實實的讀書人，跟官場沒有任何關係，但是他閉門書齋坐，禍從官場來。殘酷的現實，使得郎玉柱最終跳出故紙堆，大開眼界。毀掉郎玉柱一切的史知縣，他不也是個讀書人嗎？他為什麼就能掌握郎玉柱及其他讀書人的生殺大權？因為他是做了官的讀書人！

「黃金屋」、「千鍾粟」、「顏如玉」，三個多麼美好、多麼有誘惑力的字眼，但是想要得到它們，首先就要不擇手段地往上爬。爬上去可以作威作福，爬不上去就會被人欺淩，連自己的書本和妻子都保不住！這就是以血鑄就的事實，這就是「人生」這部大書給郎玉柱的深刻教訓。郎玉柱「成熟」了，他要復仇。他學會了把仇敵置於死地的一系列政治鬥爭手段：

第一，郎玉柱被釋放後，「遠求父門人書」，大老遠地去求父親過去的學生為他寫信說情，恢復秀才身分。只有恢復秀才身分，他才有可能一步步地考上去。這年秋天，他中了舉人；第二年，又中了進士，進入官場。當年郎玉柱在家裡苦讀，明明有父親的同年在家門口做官，他都不懂得利用；現在，他卻知道大老遠地去找個當官的幫忙。對他來說，這是脫胎換骨的改變，是黑暗社會把羊逼成了狼。

第二，他巧妙地找到報仇捷徑。郎玉柱對史知縣的仇恨深入骨髓，他給顏如玉設了個靈位，早晚祈禱：「妳如果有靈，就保佑我到史某的家鄉做官。」做官的目的就是報仇，報仇最好的辦法就是查找史知縣的劣跡，哪兒能查到？當然是他的家鄉。於是，郎玉柱謀到一個巡察御史的職位，專門到史知縣的家鄉巡察，查到他的種種罪證，抄了他的家。當年，史知縣抄了窮書生郎玉柱的家；現在，郎御史抄了史知縣的家。

第三，郎玉柱本不想做官，他做官的目的就是復仇，那麼復仇後怎樣全身而退，離開黑暗的官場呢？郎玉柱竟然知道安排好退路。他在報仇過程中，被一位地位顯赫的親戚「**逼納愛妾**」，便將計就計，收下了這個女子，假稱丫鬟。史知縣的家被抄後，他立即給皇帝上書請罪、辭官，然後帶著愛妾回家去了。過去不知道夫婦情愛為何物的書呆子，現在竟然知道納妾，還知道將納妾作為御史查案過程中的失職行為，自我彈劾，離開他本來就不想待的官場，多聰明啊！

一個人可以發生多麼大的變化？郎玉柱完全「成熟」了，可怕地「成熟」了。從一個書癡、書呆子，成長為官場鬥爭的能手；從只知道死讀書，到在官場熟練地走門子；從軟弱無助、如待宰羔羊的受害者，到縱橫捭闔、如狐狸般狡猾的復仇者；從「**不知為人**」到「**取妾而歸**」：前後判若兩人。腥風血雨的社會使一個心思單純的書癡「成長」為一個心思縝密的官員。

倘若曾給郎玉柱做過人生啟蒙的「天上織女」此時能看到他，她還認識他嗎？人啊人，你們在人間可以發生多大的變化？兩滴晶瑩的淚珠大概會從織女美麗的臉上流下……變成這樣，織女大概會覺得既感動又心酸吧。

〈書癡〉寫的是「癡」，寫的是人的某一癖性。其實描寫「癖性」是世界文學的重要現象。文藝復興時期英國作家班・強生（Ben Jonson）以「癖性喜劇」在文學史上留名，他描寫了人物的突出氣質和癡性，如熱情、冷淡、陰險、貪婪。巴爾扎克的小說也擅長描寫人的癖性，例如葛朗台的吝嗇，于洛男爵的酷愛女色，邦斯舅舅的口腹之欲。

早在西元五世紀初，中國小說就自覺突出人物的某種癖性。《世說新語》按「德行」等三十六類品質寫人，許多精彩片段被羅貫中納入了《三國演義》。《聊齋》寫「癡」寫得最好的，是「情癡」孫子楚和「書癡」郎玉柱。郎玉柱這個「書癡」真是走火入魔，癡得怪誕，癡得可笑，癡得令人啼笑皆非，有點兒像唐吉訶德，令人忍俊不禁又覺得有幾分可愛。書呆子經過人生啟蒙產生深刻變化，更是令人深思。

12 阿纖
高密老鼠精故事

「獐頭鼠目」一詞，主要用來形容某些形象猥瑣、不討人喜歡的人物。蒲松齡擅長做翻案文章，他已在〈花姑子〉裡塑造了一對香獐父女形象，唱了一曲感天動地的真情曲，又把〈阿纖〉寫成人鼠相戀的有趣故事。

小說用大量筆墨描寫兩個家境相當的家長如何為青年男女的幸福著想，以及老鼠精一家的不幸遭遇。阿纖經大伯撮合和三郎結合，又因大伯干涉與三郎分手，最後兩人復合。阿纖既是老鼠精，又是窈窕秀美的小家碧玉，她和丈夫三郎雖然經父母之命結合，卻舉案齊眉，十分相愛。在分分合合的過程中，阿纖的勤勞、聰慧、善良、誠實，以及識大體、顧大局的性格充分表現了出來。

山東高密的奚山以做買賣為生，常客居蒙陰、沂水之間。一天，他途中遇雨，等他到達每次投宿的地方時，夜已深了，他一家一家敲旅店的門，卻沒有人開門，只好在房簷下來回走動。忽然，有兩扇門打開，一個老頭出來，請他到自己家裡。奚山高興地跟老頭進了門，把毛驢拴好，走進堂屋。屋子裡既沒桌子，也沒床鋪。老頭說：「我是可憐客人無處住宿，所以才請你進來。我並不是開旅店的。家裡也沒有多少人，只有老妻小女，都已經睡熟了。家裡雖然有原先做下的飯食，但是沒法熱了，不嫌棄的話就吃涼的吧。」說完，進裡屋拿出一個矮凳放在地上，讓客人坐下，又進去端出一個短腳桌來。老頭匆匆忙，邁著細小的步子來回跑，很是辛苦。奚山過意不去，便拉住老頭，讓他休息一會兒。

這段描寫表面上是寫奚山進入一戶家境比較清苦的普通人家，實際上是在暗點這家人是老鼠，居處是鼠穴。蒲松齡設立了寓意雙關的三個細節：第一個細節是這戶人家「**堂上迄無几榻**」。你見過老鼠洞裡有桌子、板凳、床鋪、茶几的嗎？當然沒有。第二個細節是老頭介紹「**雖有宿肴，苦少烹鬻，勿嫌冷啜也**」。雖然有隔夜的飯菜，但卻沒有鍋熱。你見過老鼠吃的東西是熱的嗎？自然都是早就儲備好了，冷的。第三個細節是寫老頭「**拔來報往，蹀躞甚勞**」。「拔來報往」的「報」要念「ㄈㄨˋ」，通「赴」，出自《禮記・少儀》：「毋拔來，毋報往」，不要往來頻繁。「拔來報往」，似乎是形容一個不太講究禮儀的人匆忙地跑來跑去，實際是暗指老鼠來回穿梭。「蹀躞」，是小步行走，「蹀躞甚勞」說明小步走個不停。你見過老鼠大步行走的嗎？老鼠自然只能小步行走。這些細節既是寫辛勞的主人，也暗示了主人是老鼠。沒有几榻、飯菜陳冷、老頭小步奔忙，表面上看是一戶清貧人家，細琢磨則是老鼠洞和老鼠。這段描寫太好玩、太有趣了。

不一會兒，一位少女出來給奚山倒酒。老頭說：「我家阿纖起來了。」奚山看那少女，十六、七歲的樣子，「**窈窕秀弱，風致嫣然**」，苗條嬌弱，秀麗異常。實際上這是一隻可愛的小老鼠。奚山的三弟還沒結婚，他便暗自琢磨起來，詢問老頭的籍貫和門第。

老頭說：「我叫古士虛。子孫都夭折了，只留下這個小女兒。剛才我不忍心打擾她酣睡，想來是老妻把她喊起來了。」奚山問：「姑娘婆家是哪裡？」古老頭說：「還沒有許配人家。」奚山心中暗喜。過了一會兒，古老頭擺飯待客，「**品味雜陳，似所宿具**」，飯菜亂七八糟地擺了一桌，好像早就準備好了似的。這越發有趣了。老鼠洞裡怎麼可能有新糧新菜？當然都是原來收藏的。

吃完飯，奚山對古老頭表示感謝，說：「萍水相逢，受到您這麼周到的接待，永遠不會忘記。因為老先生高尚的品德，我才敢貿然提出一個請求：我有一個小弟三郎，十七歲了，正在讀書，人還不笨。我想跟您家聯姻，您不會嫌棄我們家寒微吧？」古老頭歡喜地說：「老夫在這個地方，也是僑居。如果能把小女託付到你家，就請借給我一間屋子，我把全家搬過去，也免得互相掛念。」古老頭殷勤地安排奚山住下後便離去了。第二天雞叫時，古老頭喊客人梳洗。奚山整理完行裝後，要給古老頭飯錢。古老頭堅決謝絕：「留客人吃頓飯，哪有接受金錢的道理？何況我們還榮幸地跟你攀親了呢。」

這段描寫表面上看有怪異色彩嗎？絲毫沒有。古家家境貧寒，只有一個待嫁姑娘和老夫妻相依為命；奚山自稱「寒賤」之家，弟弟還沒娶媳婦。兩家家境相近，兩個青年男女年齡相當，結親合情合理。古老頭待客熱情，為人誠懇；阿纖苗條文弱，懂事明理。他們接待奚山完全是純樸下層人民的生活畫面，是蒲松齡非常熟悉的生活，暗中又有異類的寓意。

奚山跟古家人分別後，在外逗留了一個月，才返回來。離村子一里多路時，他遇到一

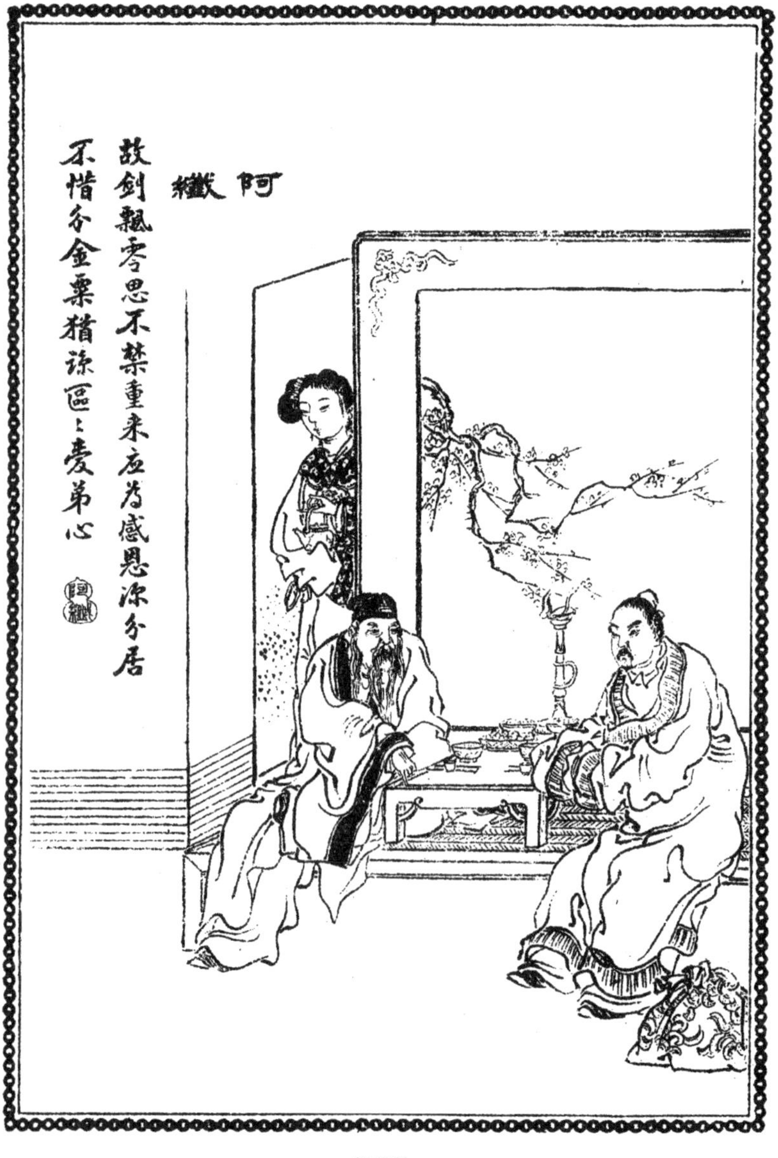

〈阿纖〉

個老太太領著一個少女，兩人都穿著孝服。奚山覺得那少女很像阿纖。少女也頻頻回頭看他，拉住老太太衣袖，附到耳邊不知說了些什麼。老太太停住腳步，問：「你是奚先生吧？」奚山說：「正是。」老太太神色淒慘地說：「我家老頭不幸被倒塌的牆壓死了，現在我們要去給他上墳，家裡一個人也沒有。請你稍等一會兒，我們馬上就回來。」說完進入樹林。

古老太太說的「**不幸老翁壓於敗堵**」是最要害的一筆，後面奚山聽到這個地方有巨鼠「壓於敗堵」，互相對應，就把這家人的老鼠身分猜出來了。這是蒲松齡透過人物對話給故事情節埋下的伏筆。

研究者喜歡說〈阿纖〉是寫人妖之戀，其實，這篇小說的戀情描寫實在很少。阿纖和三郎婚後恩愛，無「戀」可言，他們是經父母之命結合的。阿纖是奚山替弟弟訂下的，所以她的美麗可愛、機敏懂事都是透過奚山的眼睛觀察到的。

第一次是奚山借宿古家，看到阿纖「**窈窕秀弱，風致嫣然**」，阿纖一句話也沒說，神態就出來了。第二次是他們路上相遇，阿纖仍然一句話也沒說，性情卻顯露出來了。在奚山眼中，穿孝服的姑娘是阿纖。阿纖認出了他，卻不直接跟他打招呼，而是對他仔細地看了一遍又一遍，謹慎地怕認錯人，太唐突。等她確定偶然相遇的確實是未來的大伯哥時，也不直接出面打招呼，而是拉住母親的衣袖，對母親附耳低言，估計是說：

「那位就是跟我定親的奚先生啊，媽媽您跟他打個招呼吧。」阿纖既機敏聰慧，又遵守三從四德，絕對不貿然跟男子說話，這一點蒲松齡寫得極為準確而有分寸。

阿纖母親讓奚山等一會兒，她們進樹林上墳去了。這很有趣，一隻老鼠，死就死了，還有墳，這當然是人的特點。蒲松齡在似人非人、亦人亦妖上巧做文章，雲山霧罩。過了一會兒，母女回來了。天色已晚，路都看不清，奚山便跟母女結伴而行。老太太說到老頭死後自己和女兒孤苦伶仃、無依無靠，情不自禁地哭了起來，說：「這地方的人情很不平和善良，我們孤兒寡母的很難過日子。阿纖既是你家媳婦，不如今天晚上就跟你回家去吧。」奚山同意了。

到了古家，老太太點上燈招待奚山吃過飯後，說：「估計你要來，我們儲存的糧食都已經賣掉了，還有二十幾石，因為路遠還沒有送去。從這裡往北四、五里，村裡第一個門，有個叫談二泉的，是買我糧食的人。你不要怕辛苦，先用你的牲口送一口袋過去，敲開門，就說村裡古老太太有幾石糧食，要賣了做路費，請他派牲口來搬運。」古老太太說完，便把一口袋糧食交給奚山。奚山趕著毛驢前去，到談二泉家敲了敲門，一個大肚漢子出來。奚山告訴他古老太太賣糧的話，把糧食倒出來後，回到了古家。不一會兒，有兩個僕人趕著五頭騾子來到，古老太太領著奚山到儲存糧食的地方，原來是個地窖。奚山走下地窖，拿大斗過秤，古老太太裝糧食，阿纖紮口袋，一會兒工夫，糧食就全部裝完，交給談家的人運走了。一共運了四次，才把糧食運完。然後，大肚漢子把錢交給古老太太。古老太太留下一個僕人、兩頭騾子，整理好行李，就跟奚山往東走。走了二十里路，天才亮。到了一個集市，租下牲口，談家的僕人才回去。

阿纖家準備賣掉積攢的糧食跟奚山回家，這段描寫意味深長。老鼠最擅長什麼？積蓄。古家竟然積蓄了那麼多糧食，五頭騾子運了四次，這還只是他們賣糧的一部分。糧食賣給一個「**碩腹男子**」，自然是隻胖老鼠。蒲松齡的用詞真是隨處成趣，信筆點染，妙趣橫生。奚山幫助阿纖母女裝糧食的描寫非常簡練：「**山下為操量執概。母放女收，頃刻盈裝**」。

奚山是做買賣的，熟悉操作方法，他「操量執概」，用斗稱量糧食。「概」是稱量糧食時用來刮平斗、斛的用具。「母放女收」，女兒撐開口袋，母親往裡面倒糧食，流水化作業，寫得多麼細緻。蒲松齡對這類中下層人民生活的描寫駕輕就熟、真實可信。

奚山回到家把情況報告父母，父母看到阿纖後很喜歡，讓古老太太住到奚家另一所房子裡，挑選良辰吉日為三郎和阿纖完婚。古老太太準備的嫁妝十分豐厚。

到阿纖跟三郎成親為止，小說女主角沒說過一句話。也就是蒲松齡這樣藝高人膽大的小說家敢這麼寫，能這麼寫。如果是一般作家，阿纖還不知說了多少話了。但在「世界短篇小說之王」的筆下，小說進展到一半，女主角雖然沒說一句話，卻勝過千言萬語，形象已躍然紙上。

阿纖跟三郎結婚之後，蒲松齡這樣寫道：「**阿纖寡言少怒；或與語，但有微笑；晝夜績**

織無停晷。」阿纖為人沉默寡言，很少發脾氣，有人跟她說話，她也只是微微一笑，從不多嘴多舌。她白天黑夜地紡線織布，一會兒也不肯休息。家裡上上下下都很喜歡她。蒲松齡完全用白描手法，寫阿纖的善良勤勞、低調持重、自尊自愛，這完全是一個封建家庭中守禮守法、敬老愛夫的賢慧媳婦。這樣過了三、四年，奚家越來越富裕，三郎也做了秀才。

一切都太順利、太平靜、太美好，可是奚山對阿纖起疑心了。

阿纖終於開口說話了，她囑咐三郎：「寄語大伯：再過西道，勿言吾母子也。」阿纖為什麼不讓大伯哥跟她原來的鄰居講她們母子的事？因為這裡面埋藏了一個驚天祕密。清代點評家但明倫評：「寄語大伯數語，先為下文漏泄消息，若有意、若無意，若用力、若不用力。此等處閑中著筆，淡處安根，遂使遍體骨節靈通，血脈貫注。所謂閑著即是要著，淡語皆非泛語也。」

有一天，奚山住到古家的舊鄰居家，偶然說到前些年他半路遇雨，找不到住的地方，到古家投宿的事。主人說：「你弄錯了吧，我家東鄰是我伯父的別墅，三年前，住在那裡的人說，總是看到一些怪事，所以已經空廢了很久，怎麼會有什麼老頭老太太把你留下住宿呢？」奚山對主人的話半信半疑。主人又說：「這座宅子空了十年，沒人敢進去。有一天，宅子後面的牆倒了，伯父過去查看，發現大石頭下面壓著一隻像貓那樣大的老鼠，尾巴還在搖動。伯父跑回來喊了好多人一同去看，那老鼠已經不見了。大家都說，原來是老鼠精作怪。」

這樣一來，「**石壓巨鼠如貓**」和「**老翁壓於敗堵**」對應上了，阿纖的老鼠精身分暴露了。但是，舊鄰居家的主人只說是老鼠精作怪，卻沒說到底是什麼怪事，老鼠精有沒有傷害過人。看來蒲松齡對老鼠精相當友好，牠們一點兒也沒有損人利己的劣跡，只是有不同於人類的怪異行為，而奚山受不了了。這也非常正常，凡人怎麼可能想跟老鼠成親？奚山主要是擔心弟弟受到傷害。

回到家裡，奚山把這話悄悄告訴家人，懷疑三郎媳婦是妖怪，替三郎擔憂。但三郎對阿纖仍十分喜愛。時間長了，家人總是猜疑、議論。阿纖有點兒覺察到了，半夜對三郎說：「我嫁給你已經好幾年了，從沒有不守婦德，現在你家的人竟然不把我當人看。請給我一紙休書，我走就是了，隨你選擇更好的妻子。」說著流下淚來。三郎說：「我對妳的一片真心，妳都知道。自從妳進門，我家一天天富起來，都說是妳帶來的福氣，怎麼會有人說妳壞話呢？」阿纖說：「你當然對我沒有二心，只是眾說紛紜，恐怕我終究會像秋天的扇子一樣被你拋棄。」三郎再三安慰，阿纖稍稍平靜下來。

奚山總是不放心，便天天尋訪擅於捕老鼠的貓，以觀察阿纖的反應。阿纖雖然不怕貓，卻總是皺著眉頭，悶悶不樂。有天晚上，阿纖說母親生病了，得回家侍奉，就告辭走了。第二天，三郎到岳母家看望，家裡空無一人。三郎到處打聽阿纖母女的下落，卻一點兒消息都沒有。你們懷疑我，不尊重我，我就堅決離開你們！文弱的阿纖掉頭而去，堅定地維護自己的尊嚴，表現出弱女子的剛強和志氣。

三郎為阿纖揪心不已，飯吃不下，覺睡不著。父母哥哥卻慶幸阿纖走了，走馬燈一樣來安慰三郎，要替他續娶，但是三郎很不樂意。自從阿纖離開，奚家的日子一天比一天窮，家人又回憶起她給奚家帶來的好日子。人就是這麼勢利，只要能給家裡帶來好日子，哪怕妳是老鼠精也沒關係。

三郎對愛情的堅守和奚家人對阿纖的懷念，構成了阿纖回歸的前提。

奚山的叔伯弟弟奚嵐有事到膠州，途中繞道住在表親陸家，夜裡聽到隔壁有人哭得很傷心，便問陸家人怎麼回事。陸家人回答：「幾年前，有一對寡母孤女租住隔壁房子，一個月前老太太死了，只剩下孤女一個人，什麼親戚也沒有，所以經常哭泣。」奚嵐問：「這孤女姓什麼？」陸家人說：「姓古。她總是關著門不跟鄰居往來，所以不知道她的家世。」奚嵐驚奇地說：「她是我嫂子呀！」便到隔壁去敲門。有人邊哭邊從裡邊出來，隔著門板說：「客人是什麼人？我家沒有男人。」奚嵐從門縫看清確實是嫂子阿纖，便說：「嫂子請開門，我是妳的小叔子阿遂呀！」阿纖聽了，開門請奚嵐進來，告訴他自己的孤苦無依。奚嵐說：「三哥想嫂嫂想得很苦。夫妻之間即使有點兒小矛盾，嫂子為什麼要跑這麼遠呢？」說完就要賃車把嫂子接回去。阿纖說：「我被你家裡的人看不起，就跟母親一起找了個地方藏起來。現在我又主動跑回去，誰不拿白眼看我？如果一定要我回去，就叫你三哥跟大哥分家，不然的話，我吃毒藥死了算啦。」

奚嵐回家後，把遇到阿纖的事告訴了三郎。三郎連夜趕去，夫妻相見，傷心落淚。第二天，他們告訴了阿纖的房東。房東謝監生，因為看到阿纖長得漂亮，想把她弄到手做妾，所以幾年來一直不肯收房租，一次次暗示古老太太，都被古老太太斷然拒絕。這自然因為阿纖對愛情的堅守。雖然奚家對她不好，但她心裡埋藏著對三郎的深情，即便對監生也不動心。

古老太太死了，謝監生暗自慶幸娶阿纖做妾的事有希望了。誰知三郎忽然來了，謝監生便故意把幾年房租合起來計算，為難阿纖，試圖留住她。三郎家本不富裕，聽說租金很多，有些為難。阿纖說：「不妨。」然後領三郎去看倉庫存糧，竟有三十多石，交房租綽綽有餘。三郎告訴謝監生。謝監生卻故意不收糧食，一定要現錢。阿纖歎息道：「這是我命中的孽障！」遂把其中原委告訴三郎。三郎想到縣衙告狀，陸家人勸阻了他，幫助他把糧食賣掉，收齊錢交了房租，然後，又派車送夫妻二人回家。

三郎回家如實稟告父母，然後跟哥哥分了家。阿纖拿出私房錢，建起糧倉。奚家人都笑道：「家裡沒有一石糧食，建什麼糧倉！」一年多後去查看，糧倉已經滿了。古家人擅長積蓄糧食的情節已出現三次：第一次，古家翁媼積存糧食供阿纖出嫁；第二次，阿纖積蓄糧食幫自己脫身；第三次，阿纖建倉廩很快即滿。這三處情節隱隱約約寫出了老鼠善於積蓄的特點。真是趣筆！

沒幾年工夫，三郎家成了大富人家，奚山卻十分貧窮。阿纖便把公婆接到自己家供養，還總是拿錢糧接濟奚山。三郎喜悅地說：「妳可真是人們常說的不念舊惡啊！」阿纖說：

「他也是因為愛弟弟才那樣做的。何況不是他，我哪有機會跟三郎認識呢？」阿纖不僅以德報怨，還能從好的方面體諒奚山的行為，多麼善解人意、與人為善啊！

後來，他家再也沒有發生過什麼怪異的事。這一點很重要。蒲松齡鍾愛的妖精，除非像綠衣女被救後用小爪子寫個「謝」字那樣優美有趣的情節，以及阿英變成鸚鵡翩翩飛走那樣詩意化的情節，其他如揚子鱷、老鼠等，都是絕對不會露出原形的，因為那樣太煞風景了。

表面上看，〈阿纖〉像日常生活中小門小戶人家的聯姻，有矛盾，也有夫妻聚合。一位長兄替幼弟定了門親事，女方娘家發生變故，影響到夫妻之情，經過分分合合，最後皆大歡喜。不同的是，這個普通的愛情故事卻有一位異類女主角。蒲松齡天才地把通常人們不齒的動物，幻化成可愛的藝術形象——阿纖很像一個娘家地位不高，在婆家忍辱負重，勤勞善良、為人低調的賢妻良媳。

小說開始寫奚山與古老頭交往就隱伏其異類身分。古老頭忠厚、老實、善良，但家居簡陋，暗示鼠穴特點；吃的東西不少，卻是冷的，暗示鼠糧特點；招待客人時古老頭「**拔來報往**」，暗示鼠類多動特點。當古老太太要帶阿纖走時，竟然需要五頭騾子搬運糧食。這家「人」多麼擅長積蓄！蒲松齡對愛情女主角異類特點的處理，特別細微、講究、隱晦、善意，同時又惟妙惟肖。

但明倫評：「文貴肖題，各從其類。風人詠物，比、興、賦體遂為詞翰濫觴。」蒲松齡描寫哪一類生靈，總會從牠的生物性特點入手，既寫物，又寫人，既有暗喻，又有明寫，賦、比、興的手法全用上，文采飛揚，很有韻味。阿纖的怪異成分非常少，「鼠」的特性幾乎已經消失了，她連貓都不怕，誰還能從她身上找到一絲一毫老鼠的痕跡？因此，我們完全可以將阿纖看成小家碧玉式的美麗女性，窈窕秀美，聰明機智，勤勞善良，為人低調，是個賢妻良媳。對於大伯哥的懷疑，她先是據理力爭，然後毅然離開，返回後又通情達理，以德報怨。

中國年畫有「老鼠結親」，蒲松齡是不是受其啟發創作了〈阿纖〉呢？至於《西遊記》裡地湧夫人那樣神通廣大，一心想和唐僧成親求得長生不老的老鼠精，與阿纖就完全是兩類人了。阿纖的故事，既像一個平實的底層人民的現實生活故事，又像一個凡人和老鼠結親的溫馨有趣的童話，寫出了人情，寫出了世態，也寫出了真情。

莫言喜歡說高密老鼠精的故事是「我爺爺的爺爺講給擺茶攤的蒲松齡聽的」。我曾告訴莫言：你爺爺的爺爺可能到過淄川，但他不可能把老鼠精的故事講給蒲松齡聽，因為蒲松齡擺茶攤請人講故事純屬誤傳，魯迅先生已經指出此事乃「委巷之談」。蒲松齡為了糊口，在外教書幾十年，哪有閒心擺茶攤收集故事？

13 素秋
書中蠹蟲和結義兄長

蠹蟲是什麼？是書蟲，又叫衣魚，古名「蟫」，是種非常小的蛀蝕書籍和衣服的蟲子，身有銀色細鱗，尾巴分二歧，形狀有點兒像魚。書中蠹蟲化成美女，是蒲松齡又一發明創造。

《聊齋》中出現過各種精靈化成的美女，專門描寫皮膚的，素秋獨一無二。為什麼？蒲松齡把蠹蟲的皮膚特點化到人物身上了。素秋「**肌膚瑩澈，粉玉無其白也**」，「肌膚瑩澈」是美女的特點，也是書中蠹蟲的特點。《聊齋》中許多神鬼狐妖女性形象都如魯迅先生所說「偶見鶻突，知復非人」，一直以正常女性出現，關鍵時刻才露出神異身分，素秋卻一直帶有明顯的異類感。她剛露面就善於「弄怪」，小說結束時她偕夫泛海隱居，跟隨她的僕人返老還童。尋常絲綢可以被素秋派作各種用場：家中來了客人，她剪出婢媼奔走上菜；她被紈絝子弟丈夫所賣時，剪出「巨蟒」，將眾人嚇退；她將剪帛術教給長嫂，等「**村舍為墟**」的災禍來臨時，小小帛片剪出護法神韋馱，變作一丈多高、雲環霧繞的天神，保護其家。

素秋溫婉秀雅，聰明機智，明睿達觀，有神祕、淡泊、諧趣的魅力，頗具神采，給神鬼狐妖的《聊齋》女性增加了富有詩情畫意的特殊品類，被譽為經典形象當之無愧。但〈素秋〉給人印象更深刻也更有思想意蘊的，是素秋現實世界中的結義兄長俞慎。而素秋的親哥哥，蠹蟲化成的俞忱，也是塑造得很成功的人物。如果說素秋表現的是對人生的達觀、淡泊、智慧，那麼俞忱就是對功名的癡迷、病態、迷茫，而他身上又有著鮮明的蒲松齡標誌。人物命名帶有強烈的性格暗示和導向性，是蒲松齡常用的手段。

〈素秋〉的男主角俞慎，字謹庵，謹慎、端方是他的性格基調。俞慎為人襟懷坦蕩、光明磊落，常替他人著想，不存求私利的心眼兒；說話直來直去，絕不轉彎抹角、旁敲側擊；辦事乾淨俐落，絕不敷衍了事、拖泥帶水。按聖人之教行事，是他的處事原則；待人以誠，待友以義，是他的為人準則；耿直而不免主觀倔強，是他的鮮明個性。俞慎是潔身自好的讀書人，他跟素秋兄妹的交往，篤于情誼，信守道德準則，金錢不能引，權勢不能移，活畫出封建時代血肉豐滿的正人君子的生動形象。

順天府世家子弟俞慎進京趕考，住在郊外，時常看到對面人家一位面如冠玉的書生，很是喜歡。俞慎與其交談之後，發現書生風雅至極。他拉住書生的胳膊，請他到自己的住處，擺宴招待。問起姓名，書生說：「**金陵俞士忱，字恂九**。」俞慎聽見是同姓，更覺親切，便與其結拜為兄弟。俞士忱於是把名字減去一字，單名「俞忱」。第二天，俞慎來到俞忱家，只見書房整潔，門庭冷清。俞忱喊妹妹出來拜見兄長。妹妹肌膚晶瑩，粉玉都比不了她的白嫩。過了一會兒妹妹親自捧著茶盤向俞慎敬茶，好像家裡沒有傭人。從此，俞慎跟俞忱像親兄弟一樣友愛。俞慎說：「弟弟於千里之外安家，竟然連應門小童都沒有，弟弟妹妹都這麼纖弱，怎麼生活？不如跟哥哥回家。」俞忱聽了很高興，約定考試後跟俞慎回家。

一切都像是普通的氣味相投的書生之間的交往，接著，怪事出現了。考完後，俞忱說了句「妹子素秋準備了一些酒菜」，便拉著俞慎去了自己家裡。素秋出來跟俞慎寒暄了幾句，便放下門簾，到後邊準備酒菜。過了一會兒，她親自把菜端到桌子上。俞慎過意不去，說：「讓妹妹奔波，怎麼過得去呢！」素秋笑了笑，進去了。不一會兒，簾子又掀開，卻見一個丫鬟捧著酒壺，一個老媽子端著魚盤走了出來。俞慎驚訝地說：「這些人從哪裡來的？怎麼不早點兒幹活兒，倒勞煩妹妹？」俞忱笑著說：「素秋妹子又作怪了。」只聽到簾子裡傳來「吃吃」的笑聲，俞慎弄不明白怎麼回事。

酒宴結束，丫鬟、老媽子撤酒席時，俞慎咳嗽了一聲，不小心將唾沫濺到丫鬟的衣服上，丫鬟應聲倒下，手上盤也摔了，碗也碎了，湯也灑了。再看，哪是丫鬟？原來是用帛剪的四寸來高的小人！俞忱哈哈大笑。素秋笑著從簾子後邊走出來，撿起小人走了。過了一會兒，丫鬟又出來了，像剛才一樣奔走忙碌。俞慎大為驚訝。俞忱說：「這不過是妹子小時候向紫姑神學的小把戲罷了。」素秋能驅使布帛小人，顯然有怪異身分，俞忱的解釋很難說得過去，俞慎卻深信不疑，可見其為人之憨直，容易相信他人，不好猜疑。

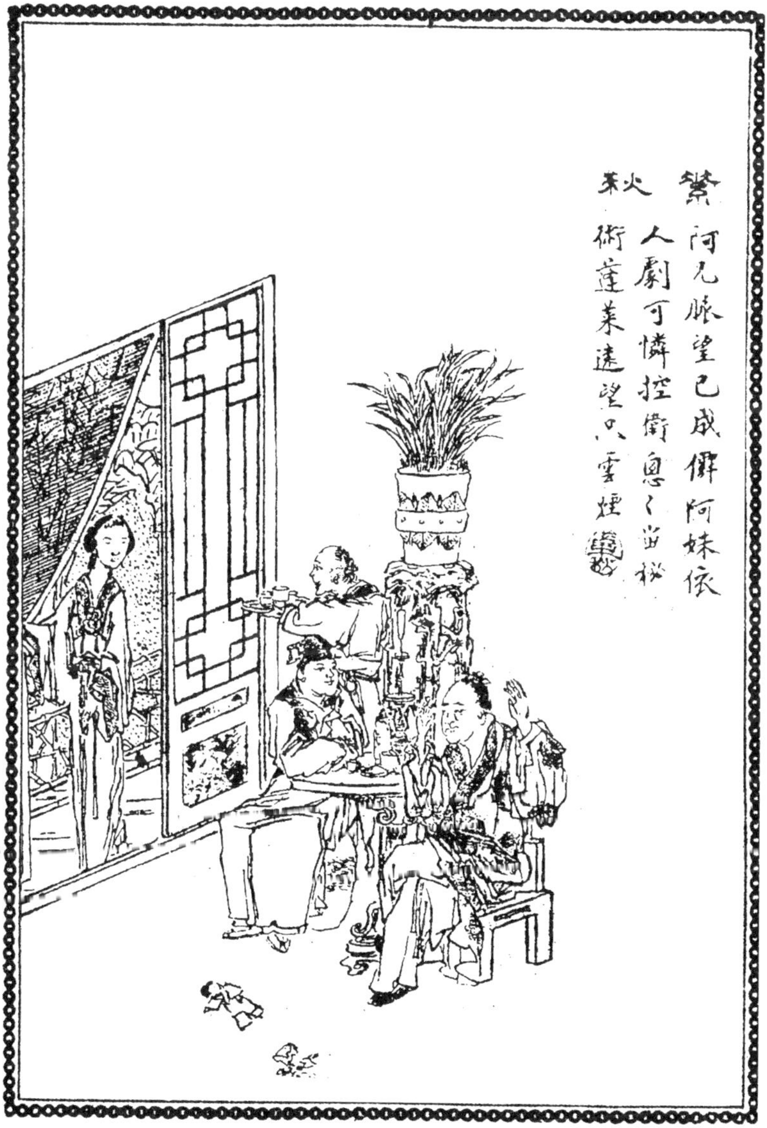

〈素秋〉

俞慎問：「弟弟妹妹都長大了，怎麼還沒婚嫁？」俞忱說：「父母去世之後，是留在家鄉還是去外地，還沒想好，婚姻大事就拖了下來。」俞忱和俞慎商量後，把住宅賣掉，隨俞慎回家。俞慎安排一座院子讓兄妹居住，又派丫鬟服侍他們。俞慎妻是韓侍郎的侄女，特別憐愛素秋，讓她跟自己一起吃飯，俞慎跟俞忱也一樣。

俞忱特別聰明，讀書一目十行。他為什麼這麼聰明？人家本來就是書蟲，當然聰明啦。他試著寫了一篇八股文，連老學究也比不上。俞慎勸他去參加科舉考試，俞忱說：「我練習八股文，只是為了替你分擔一些辛苦。我福分薄，不能做官，而且一旦走上求仕之路，就會整天憂心忡忡，考慮得失，所以我不想去考。」過了三年，俞慎又落榜了。俞忱替他不平，激動地說：「在榜上占一個名額，怎麼會艱難到這個地步？起初我甘於寂寞，現在看到大哥不能順心如意，不由得內心發熱，老童生也要學小馬駒上場跑一下子。」俞慎把俞忱送進考場，結果俞忱在縣、郡、道三場都考了第一名。

蒲松齡一生科舉的偉大戰績就是十九歲考了縣、郡、道第一名，成為山東省頭名秀才，這是他可以炫耀的資本。但頭名秀才，也僅僅是秀才。這段經歷他又直接放到俞忱身上了。

俞慎和俞忱兩兄弟越發刻苦攻讀。第二年選拔秀才的考試，俞忱又考中縣、郡頭名，聲名大振。遠近的許多人家爭先恐後地向他提親，他都拒絕了。俞慎勸他接受一樁婚事，他說考完鄉試再商量。沒多久，鄉試結束，傾慕俞忱的人爭相抄錄他的文章，都說寫得好。俞忱自己也覺得考第二名都不能接受。沒想到放榜時，二人都名落孫山。消息傳來時，兩人正在喝酒。俞慎強顏歡笑，俞忱卻大驚失色，酒杯掉到地上，身子也撲到桌子下面。眾人把他扶到床上，沒幾天他就病入膏肓。

俞忱把素秋叫來，對俞慎說：「我二人雖然情同手足，實際並非一族。弟已登上鬼簿，受哥哥的恩惠沒法回報。素秋已長大，既然嫂嫂喜愛她，就讓她給哥哥做個小妾吧。」這裡說：「**吾兩人情雖如胞，實非同族**」有兩層意思：表面上說我們不是親兄弟，實際上暗示了自己並不是人類。俞忱怕自己死後妹妹無依無靠，想讓她給俞慎做妾，似乎也順理成章，但俞慎嚴詞拒絕了。俞慎滿臉怒容地說：「弟弟病得太厲害，開始說胡話啦！你想讓人罵我是衣冠禽獸嗎？」俞忱潸然淚下。俞慎花重金給俞忱買了口好棺材。俞忱讓家人把棺材抬來，竭力支撐著，爬到棺材裡躺好，囑咐素秋：「我死後，趕快把棺材蓋上，不要讓任何人看到我。」俞慎還想再跟俞忱說話，俞忱已閉上了眼睛。俞慎悲傷得像死了親兄弟一樣，心裡又對俞忱那奇怪的遺囑很納悶兒。

素秋出去時，他便悄悄打開棺材來看，裡邊哪有結義兄弟俞忱？只有俞忱入殮時穿的衣服像蛻下來的皮似的堆在那裡，掀開一看，只見一條一尺左右、粉白如玉的書蟲直挺挺地躺在裡面。原來弟弟是書蟲啊！俞慎又驚又怕。素秋匆忙進門，神色慘然地說：「兄弟之間有什麼可隱瞞的？哥哥之所以再三囑咐不讓人看到他死後的樣子，不是避忌你，而是怕他死後變形的事傳出去，我也不能長久住在這裡了。」俞慎說：「禮法是根據人的感情制定的，只要有真情，即使不是同類，又有什麼區別？妹妹難道不知道我的心嗎？就是對妻子，我也不會洩露半點兒的。請妹妹不要擔心。」俞慎迅速挑了個良辰吉日，將俞忱厚葬了。

最初，俞慎想讓素秋同官宦人家定親，俞忱不樂意。俞忱死後，俞慎又跟素秋商量婚事，素秋也不答應。俞慎說：「妹妹已經二十歲了，卻不出嫁，人們會怎麼說我呢？」素秋說：「既然如此，就聽哥哥的。只是我知道自己沒有福相，不願意嫁入侯門，找個清貧的讀書人就可以了。」

沒幾天，說媒的一個個地來了，但素秋都不中意。俞慎的妻弟韓荃來弔唁俞忱，瞅見素秋，非常喜歡，打算買回去做小妾。他跟姐姐商量此事，姐姐忙囑咐：「千萬別提這話，姐夫知道會生氣的！」韓荃始終放不下素秋，便托媒人來說合，還暗示俞慎：可以替他打通鄉試關節。俞慎將捎信人轟出門外，從此再也不跟韓荃來往。

已故尚書的孫子某甲有華麗高大的住宅，也派媒人來提親。俞慎想讓素秋親自見見，便和媒人約好，讓某甲到俞家來。到了約定的日子，內室垂下珠簾，素秋坐在裡面相看。某甲來了，俊秀風雅，文質彬彬，騎著高頭大馬，穿著貂皮袍子，隨從一大群，滿街滿巷的人都來圍觀，讚不絕口。俞慎很喜歡他，素秋卻一點兒也不高興。俞慎認為某甲是理想對象，硬是將素秋許配給他，並且準備了豐厚的嫁妝，花了不少錢。素秋堅決制止，只要一個老女僕跟自己嫁過去。俞慎不聽，到底還是送了許多嫁妝。

在素秋的婚事上，俞慎頗有點兒家長作風，儘管素秋表示她只想跟寒士結合，愈慎仍從世家子弟中選婿，並以甲第、裘馬、容貌為主要標準，還一意孤行，不聽當事人的意見就同意了。他相中尚書家公子某甲，「**素秋殊不樂，公子不聽，竟許之**」。素秋後來為丈夫所賣，其實就源於處處關懷她、照顧她、替她著想的兄長亂點鴛鴦譜。

素秋嫁過去後，夫妻感情似乎很好。所謂夫妻感情好，其實是假象，也是素秋用法術實現的，後面真相會揭曉。素秋怕兄嫂掛念，每月都要回一次娘家，來的時候，都要帶回幾件珠寶首飾，交給嫂子收藏。嫂子不知道素秋是何用意，便暫且替她收起來。這也是一個伏筆，素秋早就把兄嫂送的首飾帶回了娘家，準備有朝一日跟名義上的丈夫分手。

素秋的警惕性為什麼這樣高？因為她有識人之明。某甲從小死了父親，母親溺愛，漸漸被壞人引誘吃喝嫖賭，祖上傳下來的金石玉器，都被他賣掉還賭債了。曾想納素秋為妾的韓荃，跟某甲是遠房親戚，招呼某甲到他家喝酒，表示願意用兩個美妾外加五百兩銀子交換素秋。某甲開始不同意，韓荃再三要求，某甲有點兒動搖，只是怕俞慎知道後不會善罷甘休。韓荃說：「俞慎跟我是至親，素秋又不是他親妹子，等到事情辦成，他也就無可奈何了。出了事我承擔！有我父親在，還怕俞慎不成！」接著，他讓兩個小妾出來給某甲敬酒：「如果按我說的辦，兩個美人就是你的啦。」某甲受到迷惑，跟韓荃約定交換日期後就離開了。

到了那一天，某甲怕韓荃騙他，晚上就先等在路邊，錢和人都到手後，他便跑到內室，騙素秋說：「妳大哥得了急病，派人叫妳馬上回去呢。」素秋很著急，便急匆匆地出了門。馬車走起來，往韓荃家駛去。天黑，不久眾人就迷了路，不知到了什麼地方，越走越遠，怎麼也走不到韓家。忽然，前面有對巨大的燈燭移過來，大家暗暗慶幸可以問路了。不一會兒，燈燭移到跟前，原來是大蟒蛇的眼睛！眾人怕極了，四散而逃，馬也跑沒了影兒，馬車被丟在路邊。天快亮時，他們又回來，馬車已經空了。大家猜測素秋一定是被蟒蛇吃了，便回去告訴主人。韓荃垂頭喪氣，無法可想。

幾天後，俞慎派人到某甲家看妹妹，才知道妹妹被壞人騙走了，起初他還沒懷疑某甲，等把丫鬟領回家，問明情況才知道。俞慎一氣之下跑到縣裡告狀，告完縣裡告府裡。某甲害怕了，向韓荃求救。韓荃正因為丟了銀子，沒了小妾，懊喪異常，便不肯幫他。某甲什麼辦法也想不出，抓他的傳票來了，他就送錢賄賂，暫時逃過了審訊。過了一個多月，他家裡的金銀珠寶、貴重衣物已經典當一空。

俞慎又到巡撫衙門告狀，巡撫催辦很急，知縣接到必須嚴辦的命令，不敢懈怠。某甲知道再也躲藏不下去了，這才在公堂上如實供述跟韓荃私下交換的經過。審案官傳韓荃對質，韓荃只好把實情告訴父親。韓侍郎當時退休在家，對兒子犯法十分惱火，把兒子捆起來交給了衙役。韓荃對審案官說到遇蟒蛇的事，審案官說他造謠，逼他把素秋交出來。韓家的僕人都被嚴刑拷問，某甲也多次受到拷打，幸好他母親賣了田地家產，上下打點營救，所受的刑才不太重，沒死在公堂上，而韓荃的僕人已死在監獄裡了。

韓荃被困在獄中很長時間，托人送信，願意拿出一千兩銀子給俞慎，求他罷訟，俞慎不肯。某甲母親又請求俞慎讓官府將此案作為疑案暫時掛起來，讓人去尋訪素秋的下落。俞妻也受嬸母所托，哀求俞慎暫時饒了弟弟，俞慎這才答應。

過了幾天，俞慎正坐在書齋中，素秋突然領著一個老婦人走進來。俞慎驚奇地問：「妹妹一直沒事嗎？」素秋笑著說：「那條大蟒蛇只不過是我的小伎倆。那天夜裡我逃到一個秀才家，一直跟他的母親住在一起。秀才說他認識哥哥，現在就在門外等候，請讓他進來吧。」俞慎慌忙迎出去，原來是宛平名士周生，兩人平時就意氣相投。俞慎立即拉著周生的手臂把他請進書齋，談了很久，這才知道素秋失蹤一事的來龍去脈。

原來，素秋一大早去敲周生的家門，周母請她進門，問她怎麼回事，知道她是俞慎之妹。周生想馬上跑去通知俞慎，素秋阻止了他，跟周母住在了一起。素秋聰明懂事，周母十分喜歡她，因兒子還沒娶媳婦，便透出點兒意思給素秋，素秋以沒得到長兄允許推辭了。周生也不肯跟素秋做無媒之合，便頻頻探聽俞慎告狀的事。在知道雙方已調解後，素秋稟報周母，想回娘家。周母便派周生跟一位老太太送她回家，並且囑咐老太太向俞公子提親。俞慎因為素秋在周生家住了很久，有心成全他們，又不好意思說，聽到老太太來為周生說媒，大為高興，立即跟周生當面訂立婚約。

素秋想讓俞慎拿到那一千兩銀子後，再宣布自己回來了。俞慎不肯，說：「我丟了妹妹無處洩恨，才故意索要許多銀子好讓他家敗落。現在見到妹妹，萬兩銀子豈能換！」於是馬上派人告訴那兩家，這場官司就立即結束了。俞慎又想到周生家本來就不富裕，離這兒又遠，便乾脆把周母接來，讓周家住俞忱的院子，給周生和素秋舉行婚禮。

一天，嫂子對素秋開玩笑地說：「妹妹現在有了新夫婿，當年的枕席之愛，還記得嗎？」素秋微微一笑，對當年陪嫁的丫鬟說：「妳還記得嗎？」嫂子不理解，好奇地追問。原來，素秋跟某甲做了三年夫妻，晚上夫妻同床，都是丫鬟代替的。每到晚上，素秋就用眉筆劃一畫丫鬟的雙眉，讓她去某甲的房間。丫鬟對著燭光坐著，某甲竟然看不出她不是素秋。嫂子聽了，越發覺得神奇，就向素秋請教這個法術。素秋只是笑，不說話。

第二年是鄉試之年，俞慎要和周生一起去考試。素秋說周生沒必要去。俞慎不聽，硬拉著周生一起去了，結果俞慎考中了舉人，周生則名落孫山。周生遂生歸隱之志。再過一年，周母去世，周生於是再也不提參加科舉考試的事了。

一天，素秋對嫂子說：「妳以前問過我的法術，我本來不肯拿這些譁眾取寵。現在我就要遠離此地，跟兄嫂分開了，所以想悄悄地將法術傳授給妳，將來也可以幫助全家避開兵災。」嫂子驚訝地問：「妳要到哪裡去？」素秋回答：「三年後，這個地方就沒有人煙了。我身體虛弱，不能忍受驚嚇，打算到海濱隱居。大哥是富貴中人，不可能跟我們一起去，所以，我要跟嫂子告別了。」接著，便把自己的法術傳授給了嫂子。

過了幾天，素秋又把要走的事告訴俞慎。俞慎極力挽留，素秋還是堅持要走。俞慎哭了，問：「妹妹要到哪裡去？」素秋不肯說。第二天雞叫時，素秋跟周生起來，帶著一個白鬍子老僕，騎著兩頭驢子走了。俞慎暗地裡派人跟著他們，走到膠州地界，起了一陣大霧，遮住了整個天空，大霧消散後，素秋二人就已不見了。

三年後，李自成的隊伍進攻順天府，村舍變成了廢墟。嫂子用布帛剪成神像放到自家門內，李自成的隊伍來時，只見雲霧環繞著一丈多高的韋馱，就都嚇跑了。俞家安然躲過了兵災。

後來，村裡有個商人來到海上，遇到俞家原來的老僕，發現他的白髮和鬍鬚都變黑了。人怎麼可能越活越年輕呢？商人一時不敢相認。老僕停住腳，對商人說：「我家公子身體還好嗎？麻煩您回去帶個信：素秋姑娘也很安樂。」商人問：「你們住在什麼地方？」老僕說：「遠著呢。」說完就匆忙走了。俞慎聽說這件事後，派人到那個地方到處探訪，竟然沒有發現一點兒素秋一家的蹤跡。

素秋在大變故中結識知己周生，俞慎卻因為素秋失蹤跟某甲打起官司。某甲「**賂公子千金，哀求罷訟，公子不許**」，後經妻子說情，才接受對方的條件以待尋訪。此時素秋夜歸，並狡黠地提出「**得金而後宣之**」，想要大哥發個小財，並懲罰惡人。俞慎卻坦蕩地表示：「**向憤無所泄，故索金以敗之耳。今複見妹，萬金何能易哉！**」立即通知某甲，放棄千金。

但明倫評曰：「不俟得金而後宣，心中所存者真，目中所見者大。」與絕不貪財的品格相比，俞慎對待素秋與周生親事的態度尤其令人感動：周家之媪向俞慎求親，俞慎私下認為素秋在周生家住了那麼久，二人可能已有私情，如果他主動提出將素秋嫁給周生，可能會使妹妹難堪。周家提親，正中下懷。俞慎尊重既非同胞也非同族的妹妹，小心翼翼地不傷害妹妹的自尊心。這個細節為憨直書生增添了一份溫柔和細膩。至於他考慮到周生家貧窮，將周家舉家遷來，住在俞忱舊第，更表現了處處為妹妹著想的兄長的細緻、周到，以及在金錢方面的大方、豪爽。

蒲松齡創作俞慎這個人物時，讓他經受了各種各樣的考驗：面對結義兄弟變為「妖異」的考驗；面對美色的考驗；面對金錢和功名的考驗。經過各種人格試煉後，俞慎這一人物的性格發出了璀璨的光輝。這個人物特徵性的動作和個性化的語言對刻畫人物很關鍵。用《聊齋》點評家的話來說，小說就是在表現俞慎的德言懿行，「子臣弟友之經，忠孝廉節之則」、「正我修為，求慊戒欺」，他的舉手投足、一言一笑，都有正人君子的特點。

俞慎偶遇俞忱，相談後大悅，立即「**捉臂**」邀至寓；素秋藏周生家，周生到俞家，俞慎立即「**把臂入齋**」。「捉臂」、「把臂」是蒲松齡為俞慎設計的特有動作，對俞忱如此，對周生亦如此。這是胸無城府、待人熱情者特有的動作，為人矜持、故作高深之人絕不會這樣做。當俞忱建議俞慎納素秋為妾時，俞慎「**作色**」，即變臉色，這是因聽到降低自己人格的建議而生氣，因情同手足的弟弟竟沒將自己看成親哥哥而失望。他說的「**人頭畜鳴**」，十分文雅，既符合名士的身分，又表現出了極度的氣憤。

俞慎兄弟共同參加科舉考試，俞忱落榜而死化為蠹蟲的描寫，真實而又荒唐，富有深意。《聊齋》中「異史氏曰」部分總是對小說正文所描寫的主角或主要事件發表評論或加以引申，而〈素秋〉中的「異史氏曰」部分既不評論男女主角，也不評論小說主要事件，而專議俞忱化為蠹蟲的情節，並且指出，耍筆桿子的沒有當官的命，因為考官是瞎子：「**管城子無食肉相，其來舊矣。……寧知糊眼主司，固衡命不衡文耶？**」就像孫悟空跳不出如來佛的手心一樣，蒲松齡總是離不開「科舉」情結。

「蠹蟲化人」是〈素秋〉的重要情節，是《聊齋》「主題氛圍」的重要組成部分，所以不管是寫愛情、寫官場還是寫世態，蒲松齡總是會身不由己地回到對「考不上舉人」一事的感歎上，甚至有點兒喧賓奪主。作家的身世遭遇總會影響到他的作品，這是一點兒辦法也沒有的。

14 鴿異

中華美鴿博覽會

〈鴿異〉描寫奇異珍貴的鴿子，描寫鴿神，雖然也描寫人物如張公子、貴官等，但一點兒不涉及他們的人生際遇，只圍繞他們和鴿子的關係做文章，所以這是一篇立意新穎的《聊齋》佳作，是文字版的「中華美鴿博覽會」，也是鏤金錯彩的名物志、韻致優美的哲理文。這樣的小說豈不比悲歡離合的小說更讓我們耳目一新？

小說開頭大肆渲染，一一列舉中國各地的著名鴿子：「**鴿類甚繁，晉有坤星，魯有鶴秀，黔有腋蜨，梁有翻跳，越有諸尖：皆異種也。又有靴頭、點子、大白、黑石、夫婦雀、花狗眼之類，名不可屈以指，惟好事者能辨之也。**」

接著，引出愛鴿人山東鄒平張幼量，他按照《鴿經》記載的各種異鴿，到處尋訪，力求把各種異鴿找全。他養鴿子像照料嬰兒一樣，冷了用甘草治療，熱了放些鹽粒。鴿子喜歡睡覺，但是睡的時間太長，就容易產生麻痺病甚至死亡。張公子在揚州用十兩銀子買來一隻鴿子，身子特別小，善於走路，放到地上，牠就不停地轉來轉去，不到累死不停止，所以需要有人用手握住牠，以免牠轉個不停；夜晚，把牠放到鴿群裡，讓牠驚醒那些貪睡的鴿子，避免得麻痺病。這種鴿子名叫「夜遊」。山東養鴿人家，沒有比得上張公子的，張公子也以此自豪。

《鴿經》於康熙三十六年（一六九七）公開發行，是總結千百年來養鴿經驗的重要專著。這本書提出鴿子「種類最繁，總分花色、飛放、翻跳三品」。〈鴿異〉開頭提到的各個省的著名鴿子，《鴿經》都做過介紹，如：山西名鴿坤星，鳳頭、金眼，背上有七顆銀色的星星；山東名鴿鶴秀，鳳頭、銀嘴、鴨掌，頭和尾巴是白色的；貴州名鴿腋蝶，白色的羽毛上有紫色花紋，兩腋有兩團錦羽，狀如蝴蝶；河南名鴿翻跳，可以飛到空中，像輪子一樣轉動；浙江名鴿諸尖非常小，嘴像大米粒，腳像麻雀爪。《鴿經》在介紹各種異鴿之後，對如何養鴿也有詳細說明。從〈鴿異〉的描寫推測，蒲松齡認真地研究過《鴿經》，再用浪漫的想像把《鴿經》中的幾種鴿子鋪排到小說裡。

一天夜裡，張公子坐在書齋中，忽然有位白衣青年敲門進來。

張公子問他姓名，回答說：「我是到處漂泊的人，姓名不值一提。我聽說您善於養鴿子，這也是我平生所好，我想看看您養的鴿子。」

張公子就把自己所有的鴿子放出來讓青年看，五顏六色，像天上的彩雲。青年笑著說：「人們說的果然不錯，公子真是養鴿養到家啦。我也有幾隻鴿子，您願意看看嗎？」張公子高興地跟著青年往外走，月色昏黃，野外景色荒涼蕭條，張公子暗暗懷疑、害怕。青年指著前面說：「請再走一段路，我的住處不遠了。」又走幾步，看到一個道院，只有兩間房。青年拉著張公子的手讓他進去，裡邊黑黑的，沒有點燈。

白衣青年站在院子裡學鴿子叫，忽然，兩隻鴿子飛出來，毛色純白，牠們飛到跟屋簷一般高時，邊飛邊鬥，每次相鬥，都要翻個筋斗。青年揮揮手臂，兩隻鴿子就翅膀相連，一起飛走了。《鴿經》中提到，河南名鴿翻跳飛到空中會像輪子一樣轉動，蒲松齡這裡把牠們寫成邊飛邊鬥，同時還翻筋斗。白衣青年又撮起嘴脣發出奇特的叫聲，又有兩隻鴿子飛出來，大的像野鴨子那麼大，小的只有拳頭大小。兩隻鴿子落到臺階上，像仙鶴似的跳舞。大的伸長脖子，張開的兩隻翅膀像屏風一樣，邊叫邊跳，邊轉邊舞，像是在逗引小的；小的上上下下地飛著、叫著，有時飛到大的頭頂，扇動翅膀，像燕子落到蒲葉上，聲音細碎，好像小娃娃搖響的撥浪鼓；大的伸著脖子不敢動，叫聲更急，聲音變得像敲磬一般。兩隻鴿子配合默契，間歇錯落都合乎節拍。過了一會兒，小的飛起來，大的又轉來轉去地引小的回來……這兩隻鴿子，小的像浙江名鴿諸尖，大的則像貴州名鴿腋蝶的放大版，尤其是那兩隻翅膀，就像蝴蝶翅膀一樣，是有些誇張的寫法。蒲松齡巧妙地用《鴿經》中兩個地區的名鴿組合成一組鴿子舞，寫得太妙了，太美了！

而欣賞《聊齋》文字之美，還是得讀原文：「少年立庭中，口中作鴿鳴。忽有兩鴿出：狀類常鴿，而毛純白；飛與簷齊，且鳴且鬥，每一撲，必作筋斗；少年揮之以肱，連翼而去。復撮口作異聲，又有兩鴿出：大者如鶩，小者裁如拳，集階上，學鶴舞。大者延頸立，張翼作屏，宛轉鳴跳，若引之；小者上下飛鳴，時集其頂，翼翩翩如燕子落蒲葉

上，聲細碎，類鼗鼓；大者伸頸不敢動，鳴愈急，聲變如磬。兩兩相和，間雜中節。既而小者飛起，大者又顛倒引呼之。」

古代作家有關鴿子的詩歌不多，也沒出現多少名句，南宋太學生為諷刺皇帝宋高宗養鴿子寫下的「萬鴿盤旋繞帝都，暮收朝放費工夫」算是比較有名的，而在小說裡把鴿子寫得這樣真切、這樣細緻、這樣優美生動的，只有蒲松齡。

青年向張公子展示的鴿子達到了美鴿的極致。先出來的兩隻白鴿雖然「**狀類常鴿**」，卻僅僅是「類」，實際上牠們善於表演，還會在空中翻筋斗。這兩隻鴿子似乎是美鴿表演的序幕，接下來，兩隻體型完全不同又互相映襯的鴿子出來，才是重頭戲。一隻極大，一隻極小，大有深意，因為大鴿子要協助小鴿子表演，兩隻鴿子先做鶴舞。為什麼要做鶴舞？因為傳說中鶴是最會跳舞的鳥兒，而今鴿舞也絕不遜色，說明鴿舞之優異。接著，是牠們自己精心編排的鴿舞，舞出了神韻，舞出了靈氣，舞出了特點，舞出了水準。像野鴨子那麼大的大鴿子張開寬大的翅膀，伸長脖子，形成屏風，像風帆一樣飄動、迴旋，又叫又跳；像拳頭那麼小的小鴿子繞著這架屏風邊飛邊舞邊叫。這段鴿舞，妙在鴿子邊舞邊鳴，鳴聲又變幻不定，有時像獨唱，有時像二重唱，抑揚頓挫，合乎節拍。這樣的描寫，真是動靜結合，靈婉輕快，跳脫佳妙。《聊齋》真是達到了「志異」之最。

張公子連聲誇讚：「您的鴿子太好了！」自己感覺望塵莫及。接著，他向白衣青年作揖，請求割愛。青年不同意。張公子再三請求，青年就把那一大一小兩隻鴿子呵斥走了，

〈鴿異〉

又撮起嘴唇發出叫聲，招呼兩隻白鴿出來，放在手上，對張公子說：「如果不嫌棄，就把這兩隻送給您吧。」張公子忙接過來賞玩，只見鴿子的眼睛映著月光，呈現出琥珀似的顏色，而且兩眼清澈透明，中間就好像沒有隔閡，黑眼珠圓圓的像胡椒粒。掀開翅膀，只見胸前腹部的肉像水晶一樣，晶瑩透亮，五臟六腑清晰可見。張公子知道這鴿子非常珍貴，可仍不知足，繼續苦苦索求其他鴿子。青年說：「還有兩種沒獻出來，現在我也不敢再請您看了。」兩人正在爭論不休，張公子的家人舉著火把來尋找主人。張公子回頭看白衣青年，發現青年突然變成一隻白鴿，沖上夜空飛走了。再看看眼前，哪有什麼院牆、房屋，只有一座小小的墳墓，旁邊種了兩棵柏樹。

白衣青年原來是鴿神。其實他一出現，蒲松齡就做了暗示。他身著白衣，暗示這是一隻大白鴿。張公子問他是誰，他自稱到處漂泊，更是妙語！整天在天上飛翔，豈能不算「漂泊」？

張公子跟家人抱著那兩隻白鴿，驚訝著，歎息著，回了家。張公子讓兩隻鴿子試飛，兩隻鴿子的馴服和奇異都像他最初看到的那樣，雖然不是鴿神那些鴿子裡最好的，但在人世間也絕無僅有。張公子對兩隻鴿子愛護備至，過了兩年，繁育了雄、雌白鴿各三隻，最要好的親戚朋友來求，張公子也不給。

張公子有位父執（父親的朋友）似乎對他的鴿子產生了興趣，其實是可憐的張公子想多了。他為什麼會想多？因為作為世家公子，他得遵守對待父執的禮儀。《禮記．曲禮》

對晚輩見到父執的禮數有明確規定：「見父之執，不謂之進，不敢進；不謂之退，不敢退；不問，不敢對。」這就要求晚輩對待父親的朋友要非常恭順才行。張公子的父執某公是貴官。他見到張公子，信口問了句：「養了多少鴿子呀？」其實這不過是長輩跟後輩沒話找話。一個身居高位的老人跟無所事事在家玩鴿子的侄子能有多少共同語言？他這樣說，並無討鴿子來養的雅興，而張公子卻為這句淡話展開了激烈的思想辯證。他先是以自己之心度父執之腹地想：父親的朋友是不是也喜愛鴿子？既然他問了，我就得送鴿子給他呀，可又捨不得。又想：長輩的要求怎麼可以拒絕？張公子這時想的是「長者之求」，我覺得可能還包含一層「貴官之求」，因為他養的鴿子「**雖戚好求之，不得也**」。難道在求他送鴿子的「戚好」裡面就沒有長輩？估計是沒有貴官吧。「**長者之求，不可重拂，且不敢以常鴿應**」，這幾句話有點兒皮裡陽秋，對張公子的心理寫得很委婉，但多少暗含點兒對他趨炎附勢的貶義。

張公子選了兩隻異種白鴿，裝到籠子裡，給某公送去。他自己認為，就是送一千兩銀子，也比不了這兩隻白鴿。蒲松齡想揶揄或挖苦的主要還不是張公子，而是那位一點兒風雅細胞也沒有的貴官。張公子誠惶誠恐地送鴿子，且連鴿子籠一起送，某公即使過去不曾養過鴿子，看到這麼美麗的鴿子，這麼精美的籠子，也可以養一養鴿，怡一怡情了吧？

然而真是「肉食者鄙」，這位貴官竟是焚琴煮鶴之徒。張公子以極愛之物送給不愛之人，結果就出現了令人尷尬的場面。張公子再見到某公，不由自主地流露出有恩於他的表情，某公卻一句感謝的話也沒有。張公子忍不住問道：「上次送給您的鴿子還好吧？」某公回答：「也還算肥美。」張公子大吃一驚，問：「您把牠們煮著吃了？」某公說：「是啊！」張公子大驚失色，說：「這不是一般的鴿子，是人們常說的『鞓韃』呀！」某公回想了一會兒，然後說：「味道倒也沒有什麼特別之處。」張公子悔恨不已，灰溜溜地回了家。

這段對話實在妙趣橫生：「**前禽佳否？**」「**亦肥美。**」張公子心目中千金不啻的名鴿，貴官卻說：「**味亦殊無異處。**」太妙了。

蒲松齡看來仔細研究過張萬鐘的《鴿經》，才把「鞓韃」作為被貴官下湯鍋的美鴿。「鞓韃」也作「韃鞓」，是一種什麼樣的鴿子呢？

《鴿經．花色》載：「韃鞓，夜分即鳴，聲可達旦，因以名之。雄聲高，雌聲低，高者如撾鼓，低者如沸湯，千百方止。」鞓韃是半夜就叫，一直叫到早上。雄鴿叫聲高，雌鴿叫聲低；雄鴿叫聲像敲鼓，雌鴿叫聲像水沸。牠們能叫上千百聲。鞓韃的飛翔高度不超過牆頭，是鴿子中個頭比較大的一種，再加上牠臟腑透明，很容易讓貴官把牠當成應該吃掉的美食，並得出「亦肥美」的結論。蒲松齡在這些地方非常細心，他不會讓張公子養那只跳舞的小鴿子再送給貴官，那肯定引不起貴官的口腹之欲。天才小說家即使在這些最微小的地方也頗動腦筋。

張公子灰心喪氣地從父執那兒回來，夜裡，夢到白衣青年來了，責備他說：「我以為您能愛護鴿子，才把子孫託付給您，您怎麼能讓牠們明珠暗投，葬身湯鍋呢？現在我要帶孩子們走啦。」說完，變成一隻白鴿，張公子所養的那些白鴿全都跟著牠，邊飛邊叫地離去了。天亮後，張公子去看鴿子，那些奇異的白鴿果然一隻也不見了。他懊恨不已，就把自己所養的鴿子分送朋友，幾天之內就送完了。張公子的舉動，說明他是真傷心、真灰心了。

張公子愛鴿，鴿神向他托以子孫，異鴿卻在俗世遭遇悲劇，被貴官丟到湯鍋煮了，還說味道沒什麼異常。小說前段寫異鴿之美，皎潔如月；後段寫世情之惡，暗黑如磐。悲劇就是將美好的事物毀滅給人看。異鴿的悲劇，發人深思，令人聯想到一切美好事物在惡勢力面前的不幸。我覺得蒲松齡寫〈鴿異〉，一方面是展示自己的博物知識，另一方面是調侃世情，而且主要不是諷刺出於對父執的尊重而使明珠暗投的張公子，而是調侃焚琴煮鶴的貴官。

根據考古和歷史文獻記載，中國人馴養鴿子已經有上千年歷史，或為觀賞，或用作信鴿。《開元天寶遺事》有「傳書鴿」的記載，說宰相張九齡年輕時，家裡養了很多鴿子，他和朋友書信往來，把信系在鴿子腿上，鴿子就能按照他要求的地點送去。張九齡把鴿子叫作「飛奴」。至於將飛鴿傳書用作軍事目的，更是早就有的事。而蒲松齡認為養鴿是文人雅事，拿鴿子當食物是焚琴煮鶴。

這個奇異的故事，寫的是真人假事。真人是誰？小說男主角張幼量。有研究者考證，

《鴿經》作者張萬鐘的弟弟張萬斛，字幼量，他就是一個按照《鴿經》養鴿子的人。張萬鐘是王士禛（又名王士禎）的岳父，張幼量是王士禛的叔岳父。王士禛於康熙五十年（一七一一）去世，他曾四次閱讀《聊齋》，寫下三十幾條評語。王士禛向蒲松齡要《聊齋》看，蒲松齡經過選擇給他抄送了一部分，王士禛有沒有看到《聊齋》中關於他叔岳父的故事呢？如果看到了，他又如何看待蒲松齡描寫他叔岳父把美麗的異鴿送給父執卻被吃掉的慘劇呢？這是一個值得研究的話題。遺憾的是，目前還沒找到相關記載。

15 石清虛

神奇太空石

《紅樓夢》和《聊齋》到底有沒有傳承關係，是我四十年來一直關注、研究的話題。一九九〇年代一次國際紅學研討會上，我做過《從〈聊齋志異〉到〈紅樓夢〉》的報告，提出幾條《聊齋》影響《紅樓夢》的論點，其中一條是《葬花吟》明顯受到了《聊齋》中〈絳妃〉一篇的影響。〈絳妃〉是寫蒲松齡夢中被花神請去寫一篇討伐風神的檄文，鮮花在風的摧殘下「朝榮夕悴」，對《葬花吟》中「花謝花飛花滿天」、「風刀霜劍嚴相逼」之句的影響，超過了唐寅的《落花詩》對《葬花吟》的影響。

二〇〇四年我出版《從〈聊齋志異〉到〈紅樓夢〉》，又從八個方面論述《聊齋》對《紅樓夢》的影響。遺憾的是，不管是那篇論文還是專著，都沒有提到〈真生〉和〈石清虛〉，從這兩個有趣的《聊齋》故事中，同樣能看出《紅樓夢》和《聊齋》的傳承關係。

〈石清虛〉是一部小型《石頭記》。石頭成了特殊的《聊齋》精靈。《聊齋》精靈千奇百怪，大自然有什麼生靈，《聊齋》就根據這種生靈的生物特點創造精靈，即所謂《聊齋》妖精。例如水妖，〈西湖主〉是兇惡的揚子鱷不可思議地變成國色天姿的美女，〈白秋練〉是國家一級保護動物白鱀豚變愛詩美女；例如飛鳥變賢妻，〈阿英〉是鸚鵡變賢妻，〈竹青〉是烏鴉變外室；例如植物裡花的故事，牡丹有〈葛巾〉中愛錯郎的葛巾、〈香玉〉中生死相戀的香玉，荷花有〈荷花三娘子〉中性情通達的荷花三娘子，菊花有〈黃英〉中全國連鎖鮮花企業CEO黃英。這些生靈的生物特點突出，例如花仙子身上帶著自然香氣。奇異的是，通常被認為沒有生命的石頭也進入《聊齋》演出了一段故事，〈石清虛〉就是如此。

順天人邢雲飛，喜歡各種奇異石頭，看到好的石頭，就會不惜重金買下。然而，真正有價值的東西不是用錢就能買到的，所以，他之後發現的這塊石頭是他偶然得到的，或者說是石頭自己讓他得到的。

有一天，他到河裡打魚，漁網沉重異常，撈上來一看，是一塊石頭，四面玲瓏剔透，像峰巒疊秀的微型山峰。他如獲至寶，回到家裡，雕了個紫檀底座，把石頭供在桌子上。特別奇異的是，每當天要下雨的時候，石頭上的很多小孔都有雲氣飄出，遠遠看去，好像塞了潔白的新棉花。這段原文精練而優美：「**石徑尺，四面玲瓏，峰巒疊秀。……每值天欲雨，則孔孔生雲，遙望如塞新絮。**」石頭在天將下雨的時候雲氣蒸騰，這一點非常重要，跟愛石人的名字聯繫到一起了。蒲松齡小說人物的命名特別有深意。愛石人叫「邢雲飛」，諧音「形雲飛」，形狀像雲彩在飛；他得到的石頭，天將下雨時孔竅裡有「**如塞新絮**」的雲氣，也是「形雲飛」，暗示愛石人要和石頭生死與共。

有個惡霸聽說邢雲飛有塊奇石，到邢家要求參觀，一看到石頭，二話不說，便拿起來交給隨他而來的健壯僕人，然後騎馬飛奔而去。邢雲飛無可奈何，只能頓足悲憤。這是石頭遭遇的第一次波折。惡霸沒有任何理由或藉口，說搶就搶。

石頭能在下雨時生成雲絮，已經夠奇異的了，它還能自擇主人，就更加奇怪了。這塊靈性之石雖然被惡霸搶走，卻堅決不到惡霸家。惡霸的僕人抱著石頭經過一條河，想在橋上歇一下，忽然失手將石頭掉到了河裡。真的是僕人失手嗎？當然不是，這是石頭神奇擇主的結果。惡霸氣壞了，鞭打僕人，出錢找會游泳的人下水搜尋。石頭明明當時就掉到了這條河裡，不會被沖走，可是一大群人在河裡搜了個遍，它也不見蹤跡。神奇的石頭來了個隱身法，就是不跟惡霸走，藏起來了。惡霸貼出告示懸賞：誰能找到石頭，賞重金！從此，每天在河裡尋找石頭的人摩肩接踵，但誰也找不到。人們總是說石頭是沒有感覺的，更沒有什麼感情，但是這塊石頭，就是有感情、有判斷、有愛憎，聰不聰明，神不神奇？

過了一陣子，邢雲飛來到石頭掉下的地方，望著河水傷心。只見河水清澈，石頭就在橋下淺水裡。邢雲飛大喜，脫衣下水，把石頭抱出來帶回家，仍然放到檀木座上。不過有了這次教訓，他不敢再把石頭擺在客廳，而是專門打掃了一間內室供奉石頭。他認為這樣石頭就安全了。

這是石頭經歷的第一次波折，這個波折說明了一個社會現象：匹夫無罪，懷璧其罪。善良的人，平凡的人，沒有權勢的人，雖然本身沒有罪過，但有了珍寶就有了罪過，連一塊石頭都保不住。石頭的主人不能保護石頭，石頭卻能自己保護自己，它在惡霸面前，在利慾薰心想借其發財的人面前，躲藏得無影無蹤，而愛它的人一來，它就現身了。石頭能擇主。

接著，第二個波折來了，進一步說明了石頭的神奇。

一天，有位老翁登門請求看石頭。邢雲飛謊稱道：「石頭被人搶走很長時間了。」老翁笑道：「不就在你房間裡嗎？」邢雲飛說：「您說在我房間裡，請進來看看有沒有。」二人進屋，石頭居然擺在客廳桌子上！邢雲飛驚呆了，一句話都說不出。老翁撫摸著石頭說：「這是我家的舊物，丟了很長時間了，現在才知道它在你這裡。我既然見到了，就請還給我吧。」

邢雲飛尷尬極了，跟老翁爭論到底誰是石頭的主人。老翁笑道：「既然你說是你家的東西，有什麼證據？」邢雲飛回答不出來。老翁說：「我可早就瞭解它了。這塊石頭前後共有九十二個孔竅，其中最大的小孔裡刻著五個字：『**清虛天石供**』。」

邢雲飛檢查石頭，果然看到最大的小孔中有字，比粟米還要細小，用盡目力才可辨認；又數石頭上的小孔，果然共有九十二個。邢雲飛無話可說，但堅持不還石頭。

老翁笑道：「誰家的東西，非得由你做主嗎！」說完，拱手告別。邢雲飛送他出門，再回到家裡，卻發現石頭不見了。他大驚，飛奔出門，卻見老翁正慢騰騰地走著，好像在等待邢雲飛追來。

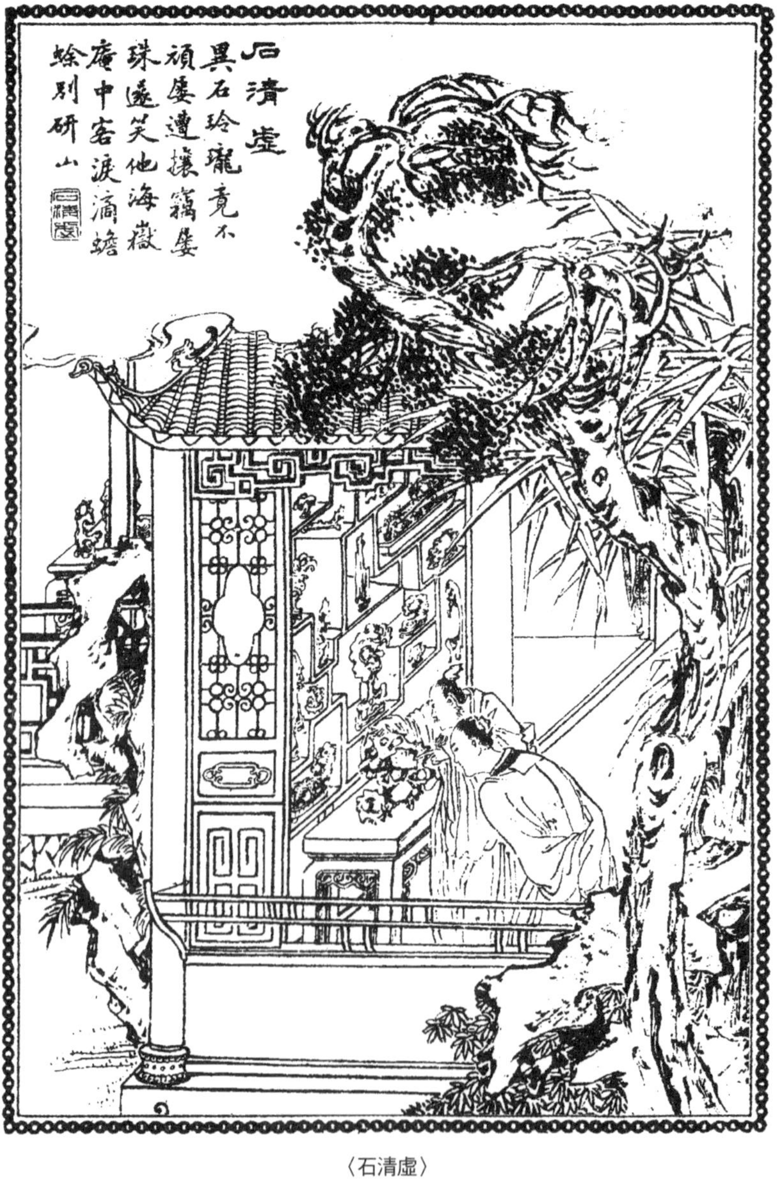
石清虛
異石玲瓏竟不
頑屢遭攘竊屢
珠還笑他海嶽
庵中客淚滴蟾
蜍別研山
石清虛

〈石清虛〉

邢雲飛一把拉住老翁的袖子，說：「請您把石頭還給我！」老翁說：「奇怪！我拿石頭了嗎？一尺多長的石頭，豈能握在手心、藏在袖子裡？」邢雲飛知道老翁是神人，便強行把他拉回家，跪倒在地，苦苦哀求。老翁說：「石頭到底是你家的還是我家的？」邢雲飛回答：「確實是您的，只是求您割愛。」老翁說：「既然如此，石頭還在原來的地方。」

邢雲飛進內室一看，石頭確實還待在原來的地方。他回到客廳感謝老翁。老翁說：「天下之寶，應當給愛它之人。這塊石頭能自擇主人，我也很高興。不過它出現得太早，命中的劫難還沒消除，我本來想帶走它，三年後再送給你。既然你一定要把它留下，得減三年壽命，這塊石頭才能永遠陪伴著你。你願意嗎？」

邢雲飛說：「我願意！」

老翁於是用兩指捏石頭上的小孔，堅硬的石頭居然軟如泥，小孔隨手而閉。老翁說：「現在石頭上小孔的數目，就是你的壽命。」說完就向他告辭。邢雲飛苦苦挽留，老翁堅決要走。邢雲飛問：「您老人家高姓大名？」老翁什麼也不說，就走了。

「**清虛天石供**」是什麼意思？研究者有不同解釋，有的說「清虛天」即月宮，「清虛天石供」是月宮中的石制供品。有的說「清虛天」是道教的清虛洞府，不過這個記載有點兒玄乎，《太平御覽．名山記》記載：「王屋山之洞，周回萬里，名曰小有清虛之天。」離河南王屋山一萬里，那得在哪兒？非洲？大洋洲？還有的說清虛工君的洞府在太行山南邊。我們不妨浪漫一點兒，把它看作太空靈石。

老翁既是來鑑定邢雲飛是否愛石如命的，也是來挑明清虛石和邢雲飛生死與共的關係的。石清虛是石頭的守護神，也可以說是石頭的靈魂。老翁是石清虛的「上級領導」。「邢雲飛」，其實就是石孔中「**如塞新絮**」的雲氣，所以邢雲飛才會與石頭生死與共。石能生絮，奇；石能擇主，更奇。

過了一年多，邢雲飛因事外出，夜有小偷入室，其他東西都沒丟，只有石頭被偷走了。邢雲飛回到家，懊喪欲死。他到處查訪，想出錢買回來，但石頭毫無蹤影。又過了幾年，他偶然來到報國寺，看到一個人正在賣石頭，走近一看，竟然是自家那塊丟失的石頭！

他向賣石頭的人認取。賣石頭的人不服，背著石頭跟邢雲飛到縣衙打官司。縣令問：「你們倆都說石頭是自己的，有什麼憑證？」賣石頭的人說：「我這塊石頭上有八十九個小孔。」看來，賣石頭的人數過。邢雲飛問賣石頭的人：「你還有其他證據嗎？」賣石頭的人說：「沒有。」邢雲飛說：「這塊石頭最大的小孔裡刻著『清虛天石供』字樣，還有三個似乎閉合的小孔，上面有手指印。」縣令讓吏員檢查，邢雲飛說的完全符合。縣令要杖責賣石的人，但賣石的人聲稱：「我是用二十兩銀子買的，不是偷的。」於是縣令把他放了。邢雲飛重新得到了石頭，把石頭包上錦緞，藏在匣子裡，時不時拿出來欣賞一番。每次賞石，他都要先焚異香，然後再把石頭請出來。邢雲飛以為這樣珍藏密斂，石頭就丟不了了。沒想到，更有勢力的人眼紅這塊石頭了。

某尚書知道了這塊奇石，讓人帶信給邢雲飛，要用一百兩銀子購買。邢雲飛說：「石頭比我的命還重要，一萬兩銀子也不賣！」尚書很生氣，一個小小老百姓，用這麼多銀子買你一塊破石頭還不賣？真是給臉不要臉！就用其他事誣陷邢雲飛。邢雲飛被收監，家人為了救他，只得典質田產。尚書托人給邢雲飛的兒子帶信：如果交出石頭，可以擺脫官司。邢雲飛說：「我寧可以死殉石，也絕對不跟石頭分離！」但邢妻悄悄和兒子商量，把石頭送到了尚書家。邢雲飛出獄後，知道石頭被送走了，於是打老婆、罵兒子，還幾次自殺，都被家人救了下來。比起盜賊、惡霸，尚書大人搶奪財物的手段更「高明」。在貪官汙吏那裡，真是有多大的權力，就有多大的負能量。邢雲飛，一個小小老百姓，怎麼能跟這種官員抗衡呢？

一天夜裡，邢雲飛夢到一個男子來到自己跟前，說：「我就是石清虛。您不要悲傷，我現在只不過跟您分離一年而已。明年八月二十日天亮時，您到海岱門，用兩貫錢就能把我贖回來。」邢雲飛高興極了，認真地記下石清虛說的日子。海岱門是哪兒？就是現在的崇文門。更有趣的是，那塊石頭在尚書家，下雨時從來不冒雲絮，時間一長，尚書也就不珍視它了。

這塊石頭妙不妙？你尚書大人有錢有勢，略施小技就能搶奪老百姓的東西，可是想看石頭美景，我偏不給你看！估計這位達官貴人也沒有琢磨石頭為什麼到自己這裡就不神奇了。第二年，尚書獲罪削職，不久就死了。活該！為了區區一塊石頭便費盡心思害人，其他罪行可想而知。被罷官之後很快死去，是他應有的下場。邢雲飛如期來到海岱門，恰好尚書的僕人把石頭偷出來賣，邢雲飛用兩貫錢就把石頭買回家了。

石頭屢次被搶奪、盜竊，屢次重回邢雲飛手中，說明石頭有感情、有愛憎，對不喜歡的人，絕對不給好臉色看！

邢雲飛八十九歲時，自己準備好棺材，囑咐兒子一定要把石頭跟他埋在一起。不久，邢雲飛果然去世了。兒子按照他的囑咐，把石頭埋在父親墓中。半年後，有盜墓賊把石頭偷走了。邢雲飛的兒子知道了，卻無處追究查問。過了兩天，邢雲飛的兒子跟僕人走在路上，忽然看到兩人跑得氣喘吁吁、汗流浹背，然後跪到地上，向著空中磕頭說：「邢先生，不要再逼我們了！我倆偷了石頭，只不過賣了四兩銀子。」邢雲飛的兒子便把那兩人捆起來送到縣衙，一審訊，他們就招供了。問：「石頭到哪兒去了？」回答：「在一個姓宮的人家裡。」

石頭被取回來，按說案件已經查清，應該物歸原主，沒想到，縣官卻喜歡上了石頭，愛不釋手，說：「先放到官衙倉庫保存吧！」唉，又來了一個覬覦神奇石頭的。縣官公然以存到官庫為名要把石頭納入私囊。小吏剛舉起石頭，石頭便一下子掉到地上，碎成數十片。眾人無不失色。縣官於是把兩個盜墓賊施以重刑，處以死罪。這是為什麼？我們常說悲劇是把美好的事物毀滅給人看。石頭有「寧為玉碎，不為瓦全」的精神，它寧可粉身碎骨，也不願跟隨縣官。

邢雲飛的兒子拾起石頭碎片，仍然埋到父親的墓中。

蒲松齡構思這個故事想說明什麼？我們看看「異史氏曰」：「異常好的東西往往是災禍的源頭。至於邢雲飛打算以身殉石，也真是太癡迷了。而最終石頭和人同命運、共始終，誰又能說石頭沒有情呢？古人說：『士為知己者死。』這句話並不過分。石頭尚且能這樣，何況人呢？」原文如下：

> 異史氏曰：物之尤者禍之府。至欲以身殉石，亦癡甚矣！而卒之石與人相終始，誰謂石無情哉？古人云：「士為知己者死。」非過也。石猶如此，而況人乎！

愛石、賞石，進而在石頭身上做文章，其實早就是中國文學的傳統。「石能言」是中國文學史上的常見主題。《左傳·昭公八年》記載，晉國有塊石頭曾說話，晉侯問師曠：「為什麼石頭能說話？」師曠回答：「石頭本身不能說話，恐怕是有人借石頭來說話。當權者昏庸無道，老百姓活不下去，石頭說話有什麼奇怪的？」

米芾是北宋四大書法家之一，酷愛奇石，稱其為「兄」，膜拜不已，被人稱為「米顛」，還有人把他拜石頭的事告到了皇帝那裡。蒲松齡崇拜米芾，曾寫過「若遇米南宮，僕僕不勝拜」。蒲松齡也非常愛石，現在蒲松齡故居還保留著當年他在綽然堂教書時擺的三星石、蛙鳴石，這些我都寫到了《幻由人生：蒲松齡傳》裡。他坐館三十年的尚書府有許多太湖石，我曾幾次到西鋪尚書府花園考察，還在文章裡面寫過「昔日尚書花園，今日社員豬圈」，那時還有人民公社。我看到蒲松齡喜歡的丈人石，是一塊一丈多高的石頭。《聊齋詩集》中的《逃暑石隱園》一詩中有這樣的詩句：「石丈猶堪文字友，薇花定結歡喜緣。」說明蒲松齡會拿石頭做文章，正如他會拿鮮花做文章。之後，他果然寫出了〈石清虛〉這篇與眾不同的作品。

〈石清虛〉其實是一部短篇的「石頭記」。「清虛天石」以奇石面目出現，又總是表現出超乎常人的靈性和智慧。惡霸、盜賊、尚書、縣官都想將奇石據為己有，他們本質上都是賊，只是表現方式不同：惡霸強取豪奪，盜賊入室偷竊，尚書和縣官以權謀私。

小說圍繞著這塊奇石，展開了一幅幅弱肉強食的社會現實圖景。弱小子民邢雲飛對黑惡勢力一籌莫展，只能束手待斃，是石頭保護了自己，也保護了邢雲飛。石頭屢次被搶奪，屢次重回邢雲飛手中，就像人間生死之交的好友歷經磨難總能重聚。對惡霸，石頭鑽到水裡，藏得無影無蹤，直到邢雲飛到來才驀然出現；對尚書，石頭就自掩光芒，不冒雲絮；對縣官，石頭寧可粉身碎骨也不「入庫」。就像仙境美女到人間尋找知音男子，石頭到人間也是為了尋找知音。邢雲飛愛石如命，寧可減掉壽數也要與石相伴；尚書索石，他就以命相殉。人和石之間上演了一幕幕相知相悅、相守終生的動人悲劇。石有情，石有義，石有骨氣，石有靈性。這塊有靈性的石頭無愧堂堂正正的偉丈夫，就是蒲松齡經常賞玩的那塊丈人石啊！

《聊齋》的「石頭記」和《紅樓夢》有什麼關係？我們知道，《紅樓夢》裡象徵著曹雪芹的那塊無材補天的石頭，變成通靈寶玉隨賈寶玉來到人間，記錄下賈寶玉的所見所聞，故《紅樓夢》又叫《石頭記》。曹雪芹為什麼以石頭自命、借石頭說話呢？這跟他的身世有關。「無材補天」是曹雪芹一生最慚恨的事。以「無材補天」之石自比，是《石頭記》一書的主旨，而《聊齋》早就用石頭本身創作出一個動人心弦的故事，給曹雪芹提供了參考。天才的作家總是會從前輩的隻言片語中獲得靈感，何況是一個有關石頭的悲歡離合的完整故事呢？

《聊齋》對《紅樓夢》的影響，再簡單說幾句：

一、《紅樓夢》原名《石頭記》，和〈石清虛〉有邏輯上的聯繫。

二、《紅樓夢》中的甄士隱／賈雨村、賈寶玉／甄寶玉，真真假假，和《聊齋》的〈真生〉中的真生／賈生有聯繫。

三、《紅樓夢》中的一僧一道和《聊齋》中的瘋僧、癲道、髒乞丐有必然聯繫。

四、寶黛的三世情、賈寶玉前身對林黛玉前身的甘露澆灌，和〈香玉〉中的六世情、黃生澆灌中藥讓香玉復活有必然聯繫。

五、《紅樓夢》的詩化愛情和《聊齋》中的〈連城〉〈宦娘〉有聯繫。

六、王熙鳳的殺伐決斷和《聊齋》人物仇大娘、細柳、辛十四娘有聯繫，尤其是王熙鳳借官府的停妻再娶案整治丈夫賈璉，跟細柳用偽金案教育兒子有密切聯繫。

七、細節描寫上，賈寶玉挨打喊姐妹不疼，跟《聊齋》的〈嬌娜〉中美女開刀孔生不疼有聯繫；〈王桂庵〉中王桂庵與芸娘金釧定情被賈璉和尤二姐模仿。

《紅樓夢》和《聊齋》，是中國古代小說的兩個高峰。《聊齋》在前，蒲松齡繼承前人的文化精華，曹雪芹繼承包括蒲松齡在內的前人的文化精華，這說明中國文化源遠流長，奔騰洶湧，不斷有高峰出現，哪個天才也不可能是從天上掉下來的，總得站到前人肩膀上，站在巨人肩膀上。說曹雪芹傳承蒲松齡，一點兒也不會貶低曹雪芹，反而證明了他的高明。

16 八大王

鱉王仗義，親王齷齪

山東人管鱉叫「王八」，而蒲松齡跟讀者玩文字遊戲，所謂「八大王」，其實就是「大王八」。〈八大王〉講的是巨鱉報恩的故事，初看似乎是講馮生因放生之德而得到厚報，實際是以寓言形式、春秋筆法，巧妙而有力地諷世刺時。巨鱉因為馮生的放生之恩，送給馮生鱉寶，使他成為巨富。王爺逼迫馮生休掉結髮妻子，娶公主的時候，馮生堅持「糟糠之妻不下堂」。高貴的王爺不僅不如馮生，還不如一隻巨鱉。

〈八大王〉的背景是甘肅臨洮，現屬定西市。馮生是富貴人家後裔，家境敗落。有人借了他的錢，無力償還，捕到一隻巨鱉送給他。鱉的額頭上有白點，模樣有些奇異，馮生便把牠放生了。這是《聊齋》報恩故事的開篇模式，後面發生的事情都跟這件善行有關。

有一天，馮生從女婿家回來，天近黃昏，走到了恒河[12]邊上，這時有個醉漢帶著兩個家僮，跌跌撞撞地走過來，遠遠望見馮生，問：「你是什麼人？」馮生漫不經心地說：「走

12 恒河：即恒水，古水名。《書．禹貢》冀州：「恒、衛既從。」《漢書．地理志》上曲陽：「《禹貢》恒水所出，東入滱。」即今河北曲陽北橫河。此處恐是蒲松齡誤書。

路的。」醉漢生氣地說：「難道你沒姓名，怎麼胡亂說自己是走路的？」馮生急著回家，不理醉漢，徑直走過去。醉漢更生氣，抓住他的衣服不讓他走，酒氣熏人。馮生竭力掙脫，卻掙不開，只好問：「那你叫什麼名字？」醉漢夢囈似的回答：「我是南都舊令尹。你要幹什麼？」

令尹是戰國時的官職，相當於相國。蒲松齡創作《聊齋》時哪裡還有什麼令尹？或許他是南都哪個地方的退休縣官？可是「南都」是中唐對四川成都的叫法。安史之亂後，唐肅宗收復兩京，還都長安，便把蜀郡改為成都府，建號南京，也叫南都。不管是時間還是地點，都跟甘肅不搭界。有研究者解釋，「南都舊令尹」是借用《蜀王本紀》中望帝杜宇用鱉靈為相的典故，暗示這個人是隻鱉。

馮生氣憤地說：「有你這等令尹，真辱沒這個世界！幸虧你是舊令尹，假如是新令尹，就要殺盡所有走路人啦！」醉漢氣極了，要動手打馮生。馮生口出大話：「我馮某不是挨打之輩！」醉漢聞言，馬上住手，一臉怒容瞬間變成歡喜，跌跌撞撞地下拜，說：「**是我恩主，唐突勿罪！**」醉漢爬起來，吩咐家僮：「快走，回去準備酒菜！」然後拉著馮生的手，一定要馮生跟自己走。馮生推辭不過，只好跟他走。走了一段路，看到一座華麗的房子，好像達官貴人的家。走進去，房內擺設更加貴重。醉漢稍微清醒了一點兒，馮生客氣地問：「請問，您到底是哪一位？」

醉漢說：「我說了，您別害怕，我是洮水八大王。剛才西山青童請我喝酒，不覺喝醉，冒犯尊顏，實在慚愧不安。」西山青童是何方神聖？他是中國古代神話傳說中的仙童，住在洞庭西山上。洮水八大王到西山青童那裡喝酒，自然能騰雲駕霧。馮生知道自己遇到了水中妖精，但看到八大王言辭懇切，也就不害怕了。

一會兒，豐盛的筵席擺好了。八大王親熱地拉馮生坐下，自己極為豪放地連飲幾大杯酒。馮生怕他再醉了繼續糾纏自己，就假裝喝醉了，站起來說要回家睡覺。八大王看透了他的心思，笑道：「您是不是怕我發酒瘋啊？請不要怕。大凡醉漢品行不端，並說隔了一夜就記不得，都是騙人，十個之中有九個都是故意犯錯的。我雖然被我的同類看不起，但還不敢對尊長發酒瘋。您為什麼這麼不肯賞臉？」這話說得很清楚，我不是您的同類，那當然是妖精了。

馮生重新入座，莊重地規勸八大王：「你既然知道醉酒不好，為什麼不改掉這個惡習呢？」八大王說：「老夫做令尹時，酗酒比現在還厲害。自從觸犯天帝，貶回島嶼，便盡力改掉陋習。現在快進棺材了，落魄潦倒不能飛黃騰達，老毛病就犯了。我自己也想不清楚，解決不了。現在，我一定聽您的教導。」他們傾心交談的工夫，遠處鐘聲響起。八大王起身，抓住馮生的胳膊說：「相聚太短暫，我存有一件東西，便用它來報答您的深恩厚德吧。這玩意兒不能總帶著，滿足了您的願望後就還給我。」

說完，從嘴裡吐出個一寸長的小人兒。八大王用指甲掐馮生胳膊，馮生的胳膊痛得像要裂開一樣。八大王趕緊把小人兒按在痛處，他一鬆手，小人兒就進到皮膚裡面，而八大王的指甲痕跡還在，按進小人兒的地方慢慢凸起，像一個小腫塊一樣。馮生驚奇地問：「怎麼回事？」八大王笑而不答，只是說：「您該回家啦。」送馮生出門，反身回去。

馮生回頭想再看一眼八大王，卻驚愕地發現：哪有什麼華麗房屋？哪有什麼村莊？原來自己正在河邊站著，河裡有隻巨鱉慢慢爬動，漸入深水。馮生驚愕良久，知道自己是遇到當年放生的鱉王了，而鱉王贈送的小人兒，肯定是世上傳說可以鑒寶的鱉寶。

鱉王報恩，報得豪爽，報得大方，送給馮生鱉寶，更見出鱉王的誠意。但蒲松齡並沒有像〈大力將軍〉那樣花很多筆墨描寫鱉王報恩的豪爽，而是用調侃之法，描寫鱉王如何發酒瘋。他的一言一行都令人忍俊不禁。他們一見面時，八大王問「何人」，馮生想趕快回家，就用「行道者」敷衍，八大王怒曰：「**寧無姓名，胡言行道者？**」多像侯寶林相聲裡的醉鬼，沒事找事，沒話找話，糾纏不休。接著，他捉住馮生不讓走，酒氣熏人，把醉漢缺乏理智的行為和特有的氣息勾畫了出來。蒲松齡借八大王之口詼諧地挖苦醉漢們「**醒則猶人，而醉則猶鱉**」的蠢相，「**凡醉人無行，謂隔夜不復記者，欺人耳。酒徒之不德，故犯者十九**」，則把世間酒徒借酒裝瘋的行為點得透透的，真是「世事洞明皆學問」。

從此，馮生眼力超常，凡有珠寶的地方，不管在多深的地下，他都能看到。以前根本不認識的稀世珍寶，也能隨口準確地說出名字。他先在自己家臥室地下挖出來幾百兩銀子，家裡馬上有錢花了。後來有人賣宅子，他看到這家屋下藏有無數銀子，便重金買來。從此，他富裕得能與王公媲美。像火齊石、木難珠這樣的無價珍寶，他也都收藏了。

〈八大王〉

馮生買到一面鏡子，背後有鳳鈕，環繞著水雲湘妃圖，光芒射出一里開外，人的鬍鬚、眉毛都數得清。如果遇到美人，拿鏡子一照，美人的影像就留在鏡中，磨也磨不掉。如果美人換妝重照，或者換個美人，前面的影像就消失了。奇怪不？蒲松齡早在那個時候就造出「照相機」來了。

當時肅王府的三公主美麗絕倫，馮生仰慕她的美名，恰好公主到崆峒山遊玩，他便埋伏在山中，待公主下車，把公主的影像照到了鏡子裡。美人在鏡中拈巾微笑，美麗的眼睛好像能動，嘴似乎要說話。馮生喜悅地珍藏起來，把鏡子擺到案頭，邀請妻子一起欣賞美麗的公主。馮生僅僅是對女性的美有觀賞之心，他對公主並沒有動歪心思，因為他在欣賞美麗的公主時還邀請妻子一起看，但這件事卻惹怒了高貴的王爺。

肅王，即肅莊王，明太祖朱元璋第十四子，子孫世襲，王府在蘭州。這位肅王是哪一代，不得而知。過了一年多馮妻把鏡子的事洩露出去，傳到了肅王府。王爺大怒，把馮生抓起來，把鏡子收了去，要砍馮生的頭。馮生暗地裡讓家人向王爺的管家送了一大筆銀子。

管家對王爺說：「王爺如果赦免馮生，天下的珍寶，他都能給您弄來。否則，只不過是讓他死了，對王爺您有什麼實際的好處呢？」王爺說：「那好辦啊，咱們抄他的家，把他家的珍寶收進王府，再把他全家流放了。」三公主說：「馮生已經偷看了我一年，就是殺他十次，我也擺脫不了這個汙點，不如把我嫁給他。」王爺不同意，公主關上門絕食。

王妃極力勸說王爺，王爺才釋放馮生，命管家告訴馮生娶公主為妻。公主下嫁，需要馮生休妻。馮生說：「糟糠之妻不下堂，我寧死也不敢從命。大王如果允許我贖罪，我願意傾家蕩產。」

「糟糠之妻不下堂」的典故出自《後漢書．宋弘傳》。宋弘是東漢著名大臣，官居大司空。漢光武帝劉秀的姐姐湖陽公主劉黃死了丈夫，光武帝問姐姐對朝中哪個大臣感興趣，他願意成全姐姐。湖陽公主說：「宋弘儀表堂堂，為人正派，朝中所有大臣都不如他。」光武帝說：「我給姐姐弄來當駙馬。」光武帝把宋弘叫來，讓湖陽公主坐在屏風後面，對宋弘說：「我聽說『貴易交，富易妻』，這是人之常情吧！」宋弘坦然回答：「臣聞『貧賤之知不可忘，糟糠之妻不下堂』。」光武帝對屏風後面的姐姐說：「你的婚事辦不成了。」馮生拿這話來堵王爺，王爺被氣暈了。小小老百姓，竟然不肯娶我高貴美麗的公主！他再次把馮生抓起來。王妃召馮妻進宮，想用毒酒害死她，給公主讓出嫡妻位置。馮妻進宮後，送給王妃一座珊瑚鏡臺。

所謂珊瑚鏡臺，就是珊瑚上面裝飾著鏡子的梳妝檯，價值連城。古代富豪喜歡拿珊瑚的大小炫耀財富，《世說新語》就寫過這樣的情節：石崇和王愷鬥富，拿起錘子把王愷家裡一株巨大的珊瑚樹敲碎了。

珊瑚鏡臺自然足夠大，也足夠貴重，王妃很喜歡。馮妻對王妃敘述事情經過，言辭溫和懇切。王妃很喜歡她，讓她參拜公主。公主也很喜歡她，兩人結為姐妹。然後，王妃讓馮妻到監獄裡說服馮生。馮生對妻子說：「王侯家的女兒，不能按照先來後到論定哪個是嫡妻，哪個是小妾。」舊俗王侯之女，不論先嫁後嫁，都是做嫡妻正室。馮生的意思很明確，我們是結髮夫妻，你是嫡妻，如果接受郡主，她只能做妾，王侯規矩就要改。馮妻不聽，回到家，準備了很多彩禮送到王府。送禮的隊伍千人，珍寶玉石之類，王府的人都叫不出名字。王爺大喜，馬上釋放馮生，把公主嫁給他。公主出嫁，把鏡子又帶了過來。

這段描寫說明，馮生的鏡子不僅照到了公主的美麗，也照出了王爺、王妃，以及整個王府的醜惡嘴臉，他們貪婪、驕橫、卑鄙、齷齪。馮生能活下來，取決於公主的傳統道德觀念，如果沒有公主的迂腐勁兒，八個馮生也都沒命了。有錢能使鬼推磨，有錢能使高貴的王爺把嬌貴的公主嫁給馮生做妾。在馮生聘公主的情節裡，普通書生馮生恪守道德理念，「糟糠之妻不下堂」，高貴的王爺、王妃卻是一副見錢眼開的勢利小人嘴臉。王爺不僅不如馮生，還不如鱉王，這是一篇多麼深刻的諷世佳作啊！

一天晚上，馮生獨寢，夢到八大王氣宇軒昂地走進來，說：「所贈之物應該還給我啦。帶的時間長了，會損害身體，耗人精血，減人壽命。」馮生答應歸還，留他喝酒。八大王說：「自從聽了您的教誨，我已經戒酒三年了。」八大王用嘴咬馮生的胳膊，馮生痛極而醒，一看，胳膊上的腫塊已經消失了，從此完全和正常人一樣。

蒲松齡把酗酒的人諷刺到了骨髓裡：

異史氏曰：醒則猶人，而醉則猶鱉，此酒人之大都也。顧鱉雖日習於酒狂乎，而不敢

> 忘恩，不敢無禮於長者，鱉不過人遠哉？若夫己氏則醒不如人，而醉不如鱉矣。古人有龜鑑，盍以為鱉鑑乎？

大意是：酒醒了還是個人，酒醉了就像個鱉，酒徒們大都是這個樣子。不過，鱉雖然習慣於天天發酒瘋，卻不敢忘恩負義，不敢對長者無禮，鱉不是遠遠超過人了嗎？至於有的人，醒著時不如人，醉酒時更不如鱉了。古人有「龜鑑」，為什麼不可以有「鱉鑑」？於是作了一篇《酒人賦》。

故事後面的《酒人賦》，對「酒人」做了精彩概括，曲盡「酒人」之態，是別緻的酒典，集古代酒文化之大成。蒲松齡是學者型作家，他寫某一種人、某一種事物，總會把古代已有的典故仔細研究一番，梳理一下。例如，他寫怕老婆，會收集中國古代著名的怕老婆故事；他寫悍婦撒潑，會收集中國古代著名的潑婦故事；他寫賭博，會收集中國古代著名的賭徒故事。

《聊齋》出現了好幾篇篇末賦，都是某類事物的典故集成。如，〈馬介甫〉附「悍婦典」，〈絳妃〉附「風典」，〈賭符〉附「賭典」，〈犬奸〉附「男女淫亂典」等。這些似乎多餘的篇末賦，形成了《聊齋》特有的典故寶庫。〈八大王〉篇末所附的「酒人賦」就起到了這樣的作用。酒能有什麼作用？它可以交杯成禮，聯姻配偶。蘇東坡稱酒是「釣詩鉤」和「掃愁帚」；陶淵明取下頭巾濾酒；張旭醉到把頭髮蘸進墨中，然後下筆如有神。

家了。《酒人賦》還羅列了大量文人墨客飲酒的狂態，以及酒徒酒後失德的醜態，都形容到家了。

據蘭州大學中文系教授張崇琛《聊齋叢考》，洮水八大王的後代子孫已經沒有了。甘肅研究生態的學者說洮水流域雖然沒有鱉，但是在這一帶出土的彩陶器皿上有龜鱉造型。一九九二年臨洮縣大王莊發現一塊酷似龜鱉的巨石，當地人把它叫作「八大王化身石」，並在那裡建了一座神龜園。

17 汪士秀

洞庭湖面踢足球

《聊齋》是中華文化經典，也像中華風俗的畫卷，古代民俗在《聊齋》中得到了奇妙的體現。〈汪士秀〉寫的不是普通的足球故事，我把它叫作「水族足球世界盃」。蹴鞠是中華民族的發明創造之一，發源地就在淄博。中國古代有種組織叫「圓社」，類似現在的足球俱樂部。《水滸傳》裡的高俅就是靠踢球做上高官的。

在《聊齋》故事裡，擅長踢足球的汪某遭遇翻船事故後得以不死，是因為他用足球技藝為水族服務。他跟兒子汪士秀偶然相遇並相認，也是因為汪士秀踢出了他們家族傳統的足球技法「流星拐」。〈汪士秀〉是一篇絕美絕佳的小小說，它描寫的「蹴鞠」，其實是魚妖特有的踢球遊戲，在月光下，在洞庭湖水面進行，踢的球是魚鰾。這篇小說真是奇文妙語，如詩如畫。

小說開頭先介紹汪士秀：「**汪士秀，廬州人，剛勇有力，能舉石舂。父子善蹴鞠。父四十余過錢塘，溺焉。**」簡單幾句話，資訊不少，概括為三個字，即「勇」、「球」、「水」。廬州（今安徽合肥）人汪士秀剛強、勇猛、力氣大，能舉起舂米的石臼。這一點相當重要，因為他「剛勇有力」，才有和魚妖展開殊死搏鬥的氣概和能力。汪士秀和父親都擅長踢足球，父親過錢塘江時翻船失蹤，其實是落水後成了魚妖的奴隸。汪士秀正是憑藉踢球絕技和父親相認，又憑著自己的「剛勇有力」戰勝魚妖的。小說開頭幾句話，就將矛盾預伏好了。

汪士秀的父親在錢塘江落水，八、九年後，汪士秀有事來到湖南，夜晚把船停泊在洞庭湖邊。他看到這樣的景色：「**時望月東升，澄江如練。**」「望月」是農曆十五的圓月，「澄江如練」是說明淨的江水好像一匹白色綢絹。這句話是從謝朓《晚登三山還望京邑》中的「澄江靜如練」借來的。

汪士秀正在看著像一匹白練的湖面，忽然發現有五個人從湖心冒出來，拿著一張碩大的席子，鋪在湖面上，差不多有半畝地大小。這些人紛紛把酒菜擺在席子上，杯盤碰撞，聽聲音又不像尋常人家使用的陶器、瓦器。擺設完畢，三個人坐在席上喝酒，兩個人站在旁邊伺候。坐著的三人中一位穿黃衣服，兩位穿白衣服，都戴著黑色頭巾，頭巾上端高高聳立，下端披到肩胛和後背，樣子十分古怪，不像當時人的裝束。當然啦，他們不會像當時的人，也不會像更早時期的人，因為他們根本就不是人，而是魚妖。

蒲松齡實際上是把平時見到的魚從頭部到背部那種流線型的深色輪廓描繪成了一直披到後背的頭巾，實在是妙。看來，從水裡冒出來的三個人，或者說三條魚，都有著黑色的背，而一條魚的肚子是黃色的，另外兩條魚的肚子是白色的。這應該都是長江流域的珍稀魚類，有的現在可能已經滅絕了。因為月光蒼茫，他們的模樣看不太清。伺候他們的人都穿著褐色衣服，一個少年，一個老頭。汪士秀聽到黃衣人說：「今天夜裡月色很好，可以開懷暢飲。」白衣人說：「今晚的風景，很像天寶年間南海海神廣利王在梨花島舉行宴會時的景象。」聽聽這話，喝酒的人居然參加過唐代的宴會，都上千年啦，看來他們不是神就是妖啊！

三人互相勸酒，舉杯痛飲，但聲音太小，他們說些什麼，汪士秀聽不太清。船家知道遇到妖怪了，都趕緊藏起來，一動也不敢動。汪士秀細看服侍他們的老頭，感覺很像父親，但說話聲音又不太像。二更將盡，一人忽然說：「趁著這麼好的月光，應該踢球玩玩。」伺候他們的少年立即沉到水裡，取出一個大圓球，有一抱大小，裡面好像貯滿了水銀，裡外通明。坐著的人都站了起來，黃衣人招呼侍酒老頭一起踢球。

老頭抬腳把圓球踢起一丈多高，圓球光芒搖曳，照花人眼。一會兒，圓球「砰」的一聲從遠處向汪士秀的船飛來，轉眼就掉到了船上。汪士秀不覺技癢，也不管有沒有妖怪，使出渾身本領用力猛踢了一腳，只覺得這個球不像普通的足球，異常輕軟。因為他太用力，好像把球踢破了。球飛起一丈多高，中間漏出一些光來，照到下面，像彩虹一樣。最後，球「嗤」的一聲飛快降落下來，像天空中劃過的彗星一樣掉到水中，波濤翻滾，熱浪沸騰，接著，聲音消失，球也不見了。

這段文字寫得太妙了，不能不欣賞一下：「**即見僮沒水中，取一圓出，大可盈抱，中**

如水銀滿貯，表裏通明。坐者盡起。黃衣人呼叟共蹴之。蹴起丈餘，光搖搖射人眼。俄而然遠起，飛墮舟中。汪技癢，極力踏去，覺異常輕軟。踏猛似破，騰尋丈；中有漏光，下射如虹，蚩然疾落；又如經天之彗，直投水中，滾滾作沸泡聲而滅。」

太美了，太妙了。蒲松齡是怎麼想出來的？可是，宴席上的人發怒了，說：「哪兒來的生人，膽敢敗壞我們踢球的雅興！」服侍他們的老頭卻笑了，說：「不錯不錯，這是我家祖傳絕技『流星拐』！」

「流星拐」是蹴鞠的高超技法：騰起左腳，用右腳從身後踢球。船上的生人怎麼可能知道你這老奴的祖傳絕技？這不是胡謅嗎？白衣人怪老頭亂開玩笑，氣憤地說：「球給踢破了，大家都很煩惱，你這老奴為什麼反倒這麼高興？趕緊跟小烏皮一起去把踢破球的狂徒抓來，不然，你腿上又得挨棍子了！」小烏皮是誰呢？當然是條墨魚。

汪士秀知道沒法逃走，也不害怕，提刀站在船上。一會兒，看到小童和老頭拿著兵器跳到船上。汪士秀定睛一看，那老頭正是他父親。連忙大聲疾呼：「老爹！孩兒在此！」老頭聞聲大驚，兩人四目相對，悲痛欲絕。小童一看此種情形，回轉身就走。老頭說：「兒子，快藏起來，不然咱們都得死了！」話沒說完，那三人倏忽間都跳到船上來了，臉面漆黑，眼睛比石榴還大，一把揪住老頭。汪士秀竭力跟他們爭奪。船劇烈搖動，纜繩一下子被扯斷了。汪士秀用刀砍向黃衣人，把他的臂膀砍了下來，黃衣者負傷逃走。一個白衣人朝汪士秀衝過來，汪士秀一刀剁在他的腦袋上。白衣人的腦袋掉到水裡，「咕咚」一

〈汪士秀〉

聲不見了。

汪士秀正想帶著父親連夜坐船返回，突然看到一張巨大的嘴巴伸出湖面，像水井一樣深闊，四面的湖水一個勁兒往巨嘴裡灌注，「砰砰」作響。一會兒，水又噴湧出來，巨浪滔天，似乎能與天上星斗相接，湖面所有的船都在劇烈搖晃，眼看就要翻船，船上的人都害怕極了。汪士秀看到船上有壓船的兩個石鼓，都重達百斤，他便舉起一個石鼓投向那個巨大的嘴巴，湖水激蕩，發出雷鳴般的響聲，隨後浪漸漸平息。汪士秀接著又把另一個石鼓投向那個巨大的嘴巴，湖上風波完全平靜下來。

這段原文也有必要欣賞一下：「**方謀夜渡，旋見巨喙出水面，深闊若井。四面湖水奔注，砰砰作響。俄一噴湧，則浪接星斗。萬舟簸蕩，湖人大恐。舟上有石鼓二，皆重百斤。汪舉一以投，激水雷鳴，浪漸消；又投其一，風波悉平。**」

汪士秀懷疑父親是鬼，父親說：「我本來就沒死。當時落到江裡的十九個人，都被魚妖吃了，我因為會踢球，才保全了性命。後來魚妖得罪了錢塘君，就搬到洞庭湖避難。那三人都是魚妖，他們踢的球就是魚鰾。」汪家父子團聚，非常高興，連夜划船離開洞庭湖。天亮後，他們發現船上有一隻四、五尺長的魚翅，才恍然大悟：這就是汪士秀夜間砍斷的黃衣人的臂膀。

汪士秀的父親落水後因踢球絕技而得以不死，變成魚妖的奴僕。汪士秀因家傳絕技

「流星拐」在夜月湖上和父親相認。魚妖踢足球的場面，好像一場酣暢淋漓的世界盃大賽，球如水銀，如射虹，如經天之彗。踢球的背景是清澄的湖面，蒼茫的月色。悠閒的飲酒、美妙的踢球之後，緊接著的是刀光劍影，緊張肉搏，殊死戰鬥，時而「**望月東升，澄江如練**」，時而「**浪接星斗，萬舟簸蕩**」，《聊齋》文字俊美雄奇，氣象萬千，好看至極。描寫水族球賽，恐怕在中國古代文學中極其少見，大文學家王士禛評論說：「此條亦恢詭。」

18 橘樹

樹猶如此

〈橘樹〉主要寫人樹之間的感應或者感情。小小孩童把樹當成捨不得離開的朋友，樹因為喜愛它的人到來而碩果累累，因為喜愛它的人離開而枯萎憔悴，樹猶如此，何況是人？人和人之間能有這麼純真的感情嗎？

陝西劉公擔任揚州興化縣縣令，有一位道士送給他一個小盆栽，是一棵細如手指的小橘樹。這叫什麼禮物？縣令推辭不要。劉公有個小女兒，只有六、七歲，恰好過生日，道士說：「這個不配供大人欣賞，算是給女公子祝賀生日吧。」縣令這才收下。小女孩兒一見小橘樹，非常喜歡，把它放到閨房裡，早晚精心照顧，唯恐小橘樹受到傷害。

劉公任職期滿要離開興化縣時，橘樹已長到一把粗，第一次結果。劉公整理行裝準備離開，因橘樹太重，打算丟下，小女孩兒抱著橘樹悲傷地哭了起來。家人騙她說：「我們只是暫時離開，不久還要回來。」小女孩兒相信了，不哭了，不過還是不放心，擔心橘樹放在盆裡，會被力氣大的人搬走，她親自看著家人把橘樹移栽到臺階下，才跟家人一起離開。

小女孩兒跟父親回了家，父親又擔任了什麼官職，到了什麼地方？蒲松齡一個字也不寫，似乎轉眼之間，小女孩兒就長成了大姑娘，要談婚論嫁了。她嫁給了姓莊的讀書人。莊某是丙戌年進士，丙戌年是什麼年？有研究者考證是康熙四十五年（一七〇六），此時蒲松齡已六十七歲。而這一年的進士中確實有位姓莊的，揚州人莊令輿，不過他考中進士後進了翰林院，並沒有擔任地方官職。蒲松齡張冠李戴，把他派到《聊齋》故事裡做地方官，而且恰好是當年岳父做過縣令的興化縣。他的妻子一聽說他到興化縣做縣令，大喜，想到自己心愛的橘樹，時間過去了十幾年，會不會已不復存在？等他們到了興化縣，「**橘已十圍**」。

所謂「圍」，通常指兩隻手的拇指和食指合掐，有二十多公分粗。如果是十圍，這棵樹樹圍二百多公分，是不是太粗了？我們暫且不跟蒲松齡算這筆細帳。這棵大橘樹「**實累累以千計**」，一直在縣衙服役的人都說：「自從劉公離開，這棵橘樹雖然長得繁茂，但總不結果，這還是它第一次結果。」夫人，也就是當年的小女孩兒驚奇得很。她的夫君在興化縣任職三年，橘樹年年果實累累，到了第四年，橘樹憔悴了，連花都沒開幾朵。夫人跟夫君說：「你在這個地方任職的時間不會太長啦。」到了秋天，莊縣令果然卸任了。

人樹感應，樹人相依，人樹情深。劉公女天真可愛，稚氣十足，對橘樹的深情，完全是孩子的愛護方式，戀樹之情，宛如圖畫。橘樹對劉公女的感情也完全是樹的報答方式：以上千美果歡迎劉公女複回，以憔悴無花感歎劉公女離去。人和樹可以如此，人和人之間

〈橘樹〉

如何？異史氏曰：「**橘其有夙緣於女與？何遇之巧也！其實也，似感恩，其不華也，似傷離。物猶如此，而況於人乎！**」橘樹難道和劉公女有夙緣嗎？事情為什麼這樣巧？橘樹結果好像報恩，不開花好像傷別離。草木這樣重情，何況人呢？

《世說新語》裡有件事非常有名：大司馬桓溫北征經過金城，看到他過去種的柳樹已長到十圍，感慨道：「木猶如此，人何以堪！」攀枝執條，泫然而泣。後來北周文學家庾信寫了著名的《枯樹賦》，裡面有「樹猶如此，人何以堪」一句，被後世經常引用。領兵打仗的大將軍桓溫，看到柳樹長得這麼大，感歎人生過得這麼快，樹是樹，人是人，樹和人之間並沒有感情交流。蒲松齡寫〈橘樹〉，則對「樹猶如此」有另外的感慨。

其實，樹和人有思想感情的交流乃至同步，早就有人寫過，那就是南朝著名文學家吳均《續齊諧記》的紫荊樹逸聞：京兆田真兄弟三人商量分家，其他財產都分配好了，只剩下堂前的一株紫荊樹，兄弟三人商量將其截為三段。沒想到第二天早上，那株樹就枯死了，好像被火燒了一樣。田真看了，大驚，對兩個弟弟說：「樹本同株，聽說將要被分為三段，自己先枯萎了，這是人不如樹啊！」於是悲傷哭泣，決定不再分樹了。這時紫荊樹應聲復活，枝葉扶疏，十分繁茂。兄弟三人決定不分家了，不再鬧矛盾，成了有名的和睦之家。

劉公的女兒愛護橘樹，完全是小女孩兒的童稚之心、童稚之態，其嬌癡寫得活靈活現。正因為她太小了，似乎無知卻一心護樹的行動，才更加純真可愛。橘樹感受到小女孩兒的愛而回報她，也就可以理解了。有研究專家解讀這篇短文，認為這原本是不可能發生的事，但是蒲松齡寫得生動合理，讀者才會相信它是真實的。而我，倒相信這件事可能是真的。為什麼？因為有切身的體會。當年我祖父院裡有棵杏樹，每年都結很多非常甜美的杏子，但是一九四五年，這棵杏樹沒開幾朵花，到了中秋節，祖父去世，這棵樹也枯死了。所以，我相信被認為不會有知覺和感情的樹，也會和人產生感應的。

19 趙城虎
獸中王給人當孝子

〈趙城虎〉是帶有童話色彩的《聊齋》故事。中國是崇拜老虎的國家，過去男孩兒要戴虎頭帽，穿虎頭鞋。古代文學拿虎做文章的很早就有。一般是寫虎有人性，虎能贖罪，《搜神記．蘇易》中蘇易為難產的老虎接生，此後老虎常給她送肉。《太平廣記》收集宋代之前的老虎故事七十多條：有的寫老虎像俠客一樣，不但不吃誤入虎穴的人，還把人救出來送回家；有的寫老虎用生鹿向人報恩；有的寫害人老虎在官員那裡低頭認罪。

從《搜神記》到《太平廣記》，虎有人性的寫法早就有了，〈趙城虎〉並沒有在文學領地冒險開荒，卻營造了優美而新穎的藝術天地，寫出了「**人畜相安，各無猜忌**」的有趣狀況。德國哲學家黑格爾說過：「真正的創造就是藝術想像的活動。」蒲松齡想像出以純粹虎的形象負荷優美的人性。老虎吃了趙城老太太的兒子之後，又像親兒子一樣對待老太太，生而能養，死而盡哀。曾經吃人的獸中王，變成了可愛的虎形義士。

趙城有個七十多歲的老太太，獨子被老虎吃了。老太太悲痛萬分，幾乎不想活了，哭哭啼啼地到縣衙告老虎的狀。縣令笑著說：「老虎怎麼可以用人間法律制裁？」老太太在公堂上放聲大哭，誰也沒法讓她住聲。縣令斥責她，她也不怕。縣令可憐她年老，不忍對她發火，就暫且答應給她抓老虎。老太太還是跪在地上不走，一定要縣令發出捉老虎的文書才肯離開。縣令無可奈何，只好問衙役：「誰能擔任捉拿老虎的任務？」恰好衙役李能喝得酩酊大醉，走到案前說：「我能捉拿老虎。」看到李能拿著捉老虎的公文下堂，老太太才離開。

這段情節很離奇，但又有合理的意涵。老太太失去兒子，不知道老虎不受人間法律約束，要求縣令捉虎，是因為她年老昏聵；衙役李能明知虎不可捉而接受捉虎的任務，是因為他喝醉了。離離奇奇，卻順理成章。「義虎」的故事，從一開始就以一系列巧合，變荒誕為合情合理。

李能酒醒後就後悔了，他以為是縣令玩的騙局，為了暫時擺脫老太太的糾纏，所以沒太在意，到期便拿著公文向縣令覆命。縣令生氣地說：「你自己說能捉拿老虎，怎容反悔？」李能張口結舌，只好請縣令下令徵集獵人跟他一起去捉虎。縣令集合了許多獵戶，跟李能日夜埋伏在山谷裡，希望捉到一隻老虎，不管牠是不是吃掉老太太兒子的那隻，總可以向縣令交差。可是等了一個多月，連老虎影子也沒見到。李能因為完不成任務，被縣令打了幾百板子，冤屈沒處說，跑到東郭嶽廟，跪地禱告，失聲痛哭。不一會兒，有隻斑斕猛虎邁著四方步進了廟門。李能一見百獸之王，嚇得魂不附體，怕被牠吃了。老虎進門後，蹲在廟門正中，既不看李能，也不東張西望，老老實實，似乎在等候發落。

〈趙城虎〉

李能說：「如果吃掉老太太兒子的是你，就低頭讓我把你捆起來。」李能拿出捆罪犯的繩子拴到老虎脖子上。老虎似乎有自疚之心，俯首貼耳，聽任李能把自己捆起來。李能牽著老虎穿街過市回到縣衙。縣衙的一次特殊審案開場了。

自古至今，拘捕老虎，聞所未聞，趙城縣偏偏就把老虎像捆一隻羊、一頭豬一樣捉拿歸案了。審判老虎更難，老虎能聽懂人話嗎？牠懂人間的法律嗎？縣令又懂「虎語」嗎？偏偏，審案順利進行了。縣令問老虎：「老太太的兒子是你吃掉的嗎？」老虎點了點頭。縣令又說：「殺人者死，這是從古到今的法令。老太太只有這一個兒子，卻被你吃了。老太太那麼大年紀，活不了多少日子了，你願意給她做兒子，為她養老送終的話，我就赦免你。」老虎又點點頭。

見到縣令後，老虎兩次點頭：第一次是「好漢做事好漢當」，對罪責供認不諱；第二次是一諾千金，答應像兒子一樣奉養老太太。

〈趙城虎〉的虎形義士意味多麼濃厚！牠外表是不折不扣的猛虎，內心卻像知錯就改、勇於擔當的俠客。縣令下令：「把老虎的繩子解開，把牠放了！」

老太太回家，一個勁兒埋怨縣令沒有殺死老虎給她兒子償命。第二天早上她起床，打開門，門口放著一隻死鹿。老太太知道是老虎送來的，既意外又欣慰。她把鹿肉和鹿皮賣了，買來柴米油鹽。從此以後，老虎常給老太太送來野味，老太太靠這些野味，日子過得還挺富足。有時，老虎還叼些金銀、布帛丟到老太太院子裡，也不知道老虎是從哪兒弄來的。

就像那句俗語：老太太從此過上了安逸的生活。讀者朋友有沒有像我一樣，心裡有點兒不太自在？老虎吃了兒子，是殺人兇手；殺人兇手再來奉養老人太，用山東話說，豈不是很「硌硬」（讓人不舒服）？如果在今天，大概沒人會接受，但趙城老太太接受了。她可能知道吃人是老虎的天性，無關道德，既然老虎知道改正錯誤，那就給牠一次機會吧。老虎對老太太的奉養超過了她兒子活著的時候，老太太心裡暗暗感激老虎。看來老虎還懂得一些心理學，牠知道老太太失去兒子的悲痛，固然是因為沒人能養活她，更重要的是，她非常寂寞。

老虎除了送肉之外，有時還來到老太太家，趴在屋簷下，活像一隻大貓，一趴一整天，好像兒子承歡膝下一樣，「**人畜相安，各無猜忌**」。這一段寫得格外有人情味兒。

這樣過了幾年，老太太死了。老虎來到老太太家中大聲吼叫，像兒子哭母親。老太太平日積累的錢財，用來辦喪事綽綽有餘。同族人把老太太風風光光地安葬了。老太太下葬，墳墓剛剛堆好，老虎突然旋風似的跑了進來，徑直跑到老太太墓前，雷鳴似的悲哀嚎叫，過了很長時間才離去，簡直像是孝子給母親送葬，趙城人就在東郊立了個「義虎祠」。這很不簡單，因為建祠祭祀，是人們對待先輩、神明的做法，這裡居然用到了老虎身上。

中國古代作家對老虎報恩的題材很感興趣。清代大詩人王士禛《池北偶談》卷二十中的《義虎》一篇，也寫得很生動。汾州孝義縣狐岐山多虎。明代嘉靖年間，有個樵夫失足墜入虎穴。傍晚時分，老虎叼著一隻麋鹿跳進穴內，用鹿肉餵完兩隻虎仔後，又把殘餘的鹿肉送給樵夫充饑。以後，日日這樣。老虎管飯管了一個多月，樵夫漸漸與老虎熟悉、融洽。

有一天，老虎背負兩隻虎仔出穴，然後又入穴，背著樵夫躍出，還把樵夫引到通往山外的大道。樵夫為感謝虎恩，約定某日城西郵亭下，獻豬款待。沒想到那回老虎去早了，被獵人生擒，送到縣衙。樵夫聞知，急忙跑到公堂上，抱著老虎痛哭。老虎也淚如雨下。縣令問明前因後果，便急忙給老虎鬆綁，來到郵亭下，投以小豬。老虎大口吃完了，向著樵夫再三回頭，戀戀不捨地離開了。為褒揚老虎義舉，縣令把郵亭改名為「義虎亭」。王士禛評〈趙城虎〉時說道，蒲松齡寫的老虎，跟他曾經寫過的贛州良富里老虎、王於一所記的孝義之虎，可以鼎足而三。「何於菟之多賢哉！」「於菟」是古代楚人對老虎的稱呼。

自古到清代，寫老虎的文字不少，而〈趙城虎〉致力於在「虎形義士」上做新文章，巧妙地把猛獸和人性相結合。趙城老虎從李能捉虎時「**蹲立門中**」，到老太太死後，「**直赴塚前，嗥鳴雷動**」，處處都是猛獸行為，卻包含了優美的人性。

當然啦，老虎像兒子一樣孝敬「失獨」的老人，這是蒲松齡的美好理想，可不要當真。《聊齋》點評家馮鎮巒認為，有好縣令，才能有老虎兒子。如果傻乎乎地認為老虎真的可以做兒子，那天下的爹娘早就給吃光了！「若教山君可作子，食盡人間爺娘多。」

20 鴞鳥

貪官就該剝皮楦草

鴞鳥是什麼？貓頭鷹。山東俗稱「夜貓子」，經常在夜間叫，叫聲令人毛骨悚然。山東俗話說：「夜貓子進宅，無事不來。」只要來，就沒好事，通常要死人。這麼不得人心的鳥兒，蒲松齡居然也拿來寫了個精彩的諷刺小品，讓貓頭鷹飛到官員酒席上說起符合百姓心理的話：「貪官剝皮。」

〈鴞鳥〉有明確的時代背景，有真實的歷史人物做根據。它寫的是康熙三十四年（一六九五）的事。這一年，清軍在西部邊塞和噶爾丹交戰，康熙皇帝下令，為應付戰事需要，不出征的親王、貝勒、大臣要捐助馬駝（馬匹和駱駝）；山東等省的巡撫和文武官員，如果願意捐助馬駝，可以得到好評，得到提升；罪犯也允許捐助馬駝贖罪。聖旨一出，官員認為升官發財的機會來了，大肆搜刮民間牲口。有個擔任長山縣令的楊某，確實因騾馬事件「罣誤」被免官。但小說家不是歷史學家，小說家要展開奇特的想像翅膀，將真實的歷史蒙上一層美麗的藝術外衣，使其更集中、更凝重，也更富於詩意和寓意。於是，一向被視為不祥之物的貓頭鷹出現了。

康熙皇帝要支持「西塞用兵」，貪官借國家有事謀取升官發財的機會，已成社會痼疾。長山縣令楊某，據記載叫楊傑，他趁「西塞用兵」之機搜刮財物，本地頭畜被他搶空。周村是商人所集之地，從全國各地到周村趕集的車馬眾多，楊縣令親自率健壯兵丁對商人明搶明奪，搶下幾百頭牲口。四面八方來的商人非常氣憤，又沒地方告他，因為他有冠冕堂皇的藉口，即皇帝的命令。恰好幾個縣的縣令都集中在濟南府。益都董縣令、萊蕪范縣令、新城孫縣令，住在同一個旅館。有兩個山西商人到旅店門口哭訴：「我們有四頭健壯的騾子，都被長山楊縣令搶走了，道路這麼遠，我們失去財產和腳力，家都回不了，請幾位縣令向長山縣令給說說情，還給我們吧。」三個縣令可憐他們，答應了，一起到長山縣令楊某住的地方。楊縣令看到同時來了好幾個鄰縣官員，便設宴招待。喝了一會兒酒，三個縣令替商人求情，讓楊縣令還回商人的騾子，楊縣令不聽。三人勸得更加懇切。

楊縣令舉起酒杯說：「我有一個酒令，各位按照我制定的規則對酒令，不能對上的要罰酒。這酒令要說出一個天上、一個地下、一個古人，左右兩邊要問拿著什麼東西，說了什麼話，隨問隨答。」接著他自己先開了頭：「**天上有月輪，地下有崑崙，有一古人劉伯倫。左問所執何物，答云：『手執酒杯。』右問口道何詞，答云：『道是酒杯之外不須提。』**」這個酒令較通俗，劉伯倫就是著名的嗜酒文人劉伶。楊縣令制定規則自然是早就想行酒令，而且不僅想好了酒令，還借酒令顧左右而言他，不提自己搶商人騾子的事，讓幾位同僚閉嘴，不要說喝酒之外的事。

萊蕪縣令范公說：「**天上有廣寒宮，地下有乾清宮，有一古人姜太公。手執釣魚竿，道是『願者上鉤』。**」廣寒宮是月宮；乾清宮是皇帝居住和處理政務的地方；姜太公是呂尚，因輔佐武王伐紂有功，受封在營丘，後來建立了齊國。傳說他在渭水釣魚，用直鉤，不用魚餌，所以有「願者上鉤」之語。范公看來比較溫文爾雅，他的酒令是對楊縣令的溫和勸說，告訴他，我們已經給你提了建議，讓你放了商人的牲口，至於放不放，還是你自己決定，願者上鉤。

新城孫縣令說：「**天上有天河，地下有黃河，有一古人是蕭何。手執一本《大清律》，他道是『贓官贓吏』。**」蕭何是幫助劉邦建立漢朝的大功臣，制定了很多被後世廣泛採用的法律。《大清律》是清朝順治四年（一六四七）頒佈的法律。蕭何不可能手執《大清律》，這有點兒張冠李戴，但是孫縣令的話漸漸切題，告訴楊縣令，你得小心，做貪官汙吏是有法律管著的。

新城這位縣令居然有些膽略。楊縣令聽了孫縣令的酒令面露慚愧之色，想了好久，說：「**天上有靈山，地下有泰山，有一古人是寒山。手執一帚，道是『各人自掃門前雪』。**」靈山是印度佛教聖地靈鷲山的簡稱，泰山是五嶽之首，寒山是唐代著名高僧，擅長寫詩。一帚，用的是前人「家有敝帚，享之千金」的典故。拿著掃帚幹嗎？關鍵是「各人自掃門前雪」，你們管好自己的事就行了，我的事不用你們管！

楊縣令一心想著升官發財，油鹽不進。同僚向他求情放幾頭騾子，都求不下來，他想要升官發財迫切到了寡廉鮮恥的地步。聽到楊縣令第二個酒令，三人面面相覷，說不出話。益都董縣令也沒繼續行酒令，這位縣令似乎有點兒多餘，他在整篇小說裡一句話也沒說。

這時，忽然有個翩翩少年「**傲岸而入，袍服華整，舉手作禮**」。幾個縣令客氣地拉他入座，給他斟了一大杯酒。少年笑說：「酒先不喝，聽說諸公在行雅令，我也獻獻醜。」眾人說：「請吧。」少年說：「**天上有玉帝，地下有皇帝，有一古人洪武朱皇帝。手執三尺劍，道是『貪官剝皮』**。」洪武朱皇帝，是明代開國皇帝朱元璋；手執三尺劍，用的是漢高祖「斬蛇起義」的典故，《史記》說劉邦「以布衣提三尺劍取天下」。而「貪官剝皮」確實是朱元璋頒佈的法令。明太祖開國時規定，把貪官斬首之後，還要剝皮楦草，將人皮稻草人立於官衙門口，以警誡後來者。「貪官剝皮」，痛快淋漓。三個縣令聽到這個酒令，都大笑。楊縣令惱羞成怒，罵道：「**何處狂生？敢爾！**」讓衙役們把少年抓起來。結果「**少年躍登几上，化為鴞，沖簾飛出，集庭樹間，回顧室中，作笑聲。主人擊之，且飛且笑而去**」。楊縣令抓起東西來打牠，牠一邊飛一邊笑，走了。

寫這個故事時，《聊齋》初步成書已十六年，蒲松齡仍在不遺餘力地收集、創作《聊齋》故事，而且特別關注現實生活和國計民生，目光越來越深沉犀利。這則有關真實歷史人物的荒誕故事，即「真人假事」，就是他晚年對人生的深刻思考。

他在「異史氏曰」部分進一步說明創作這個故事的用意：在徵集買馬的差役中，那些縣令中十個有七個家裡的庭院擠滿了牲畜，但是像這樣成百上千，能夠做起騾子生意的人，除了長山縣令，還真是不多呢。聖明的天子愛惜民力，拿百姓一件東西也會照價付錢，他哪裡知道下面奉命行事的官吏流毒竟會如此大啊！貓頭鷹所到之處，人們最討厭聽到牠笑，連孩子們也一起唾棄牠，認為不吉利，但這一次貓頭鷹的笑聲，和鳳凰的鳴叫又有什麼區別？原文如下：

異史氏曰：市馬之役，諸大令健畜盈庭者十之七，而千百為群，作騾馬賈者，長山外不數數見也。聖明天子愛惜民力，取一物必償其值，焉知奉行者流毒若此哉！鴞所至，人最厭其笑，兒女共唾之，以為不祥。此一笑，則何異於鳳鳴哉！

蒲松齡還是不敢直接把矛頭對準當世所謂聖明的皇帝，而且天下烏鴉一般黑，向楊縣令說情的衮衮諸公與楊縣令實際不過是五十步笑百步。這篇小說讓平時為老百姓所不齒的貓頭鷹用精練的語句表達了人們懲罰貪官的願望後，發出快意的笑聲翩翩而去。「貪官剝皮」，說出了老百姓的願望，而貓頭鷹的笑聲無異於鳳鳴。

從這篇小說能夠看出，酒令能夠操縱小說人物之間的關係。酒令有一個發展漸進的過程，《紅樓夢》中大觀園宴會上史太君的酒令、林黛玉的「紗窗也沒有紅娘報」，跟《聊齋》中的酒令有沒有傳承關係呢？

21 黎氏

後娘化狼

〈黎氏〉主要想說明「**士則無行，報亦慘矣**」。不負責任的父親謝中條，隨便把跟他野合的婦人領回家，這個所謂後娘隨後現出大灰狼的原形，把三個子女吃掉了。蒲松齡寫這麼淒慘的故事到底想說明什麼道理？說明擇偶的重要性。離奇的故事具有一定的現實意義。

山西龍門謝中條為人輕薄放蕩，品行不端。他三十幾歲時死了妻子，留下兩個男孩兒、一個女孩兒。孩子們早上哭，晚上叫，他被拖累得非常狼狽，很苦惱。他想再娶個妻子，但又高不成低不就，只得暫時雇了老媽子照顧孩子。

一天，謝中條慢慢走在山路上，忽然有個婦人出現在身後。他故意慢走接近那婦人，偷眼一看，是一個二十歲左右的漂亮女人。謝中條立即心生邪念，嬉皮笑臉地調戲道：「娘子一個人走路，不害怕嗎？」婦人只管走路，不回答他的話。謝中條又沒話找話：「娘子腳這麼小，走山路真難哩。」婦人看都不看他一眼。謝中條四處看看，見沒人，就靠近婦人，突然抓住她的手腕，把她拖到山溝，想強行與她歡愛。婦人憤怒地大喊：「哪兒來的強盜？野蠻地欺負人！」謝中條拖拉著婦人，就是不鬆手。婦人跌跌撞撞，被他糾纏得沒辦法，於是說：「你想與我歡愛就這樣對待我嗎？你放了我，我就順從你。」謝中條聽了，就和婦人一起去了一個僻靜的小山溝，躺到草坡上親熱起來。

事後，兩人互相欣賞，難分難捨。婦人問：「你叫什麼名字？住在什麼地方？」謝中條如實相告，又問婦人名字和住處。婦人說：「我姓黎，不幸早年死了丈夫。現在婆婆又死了，孤苦伶仃，無依無靠，所以常回娘家。」謝中條說：「我也死了老婆。妳能跟我一起過日子嗎？」婦人問：「你有子女沒有？」謝中條說：「實不相瞞，跟我相好的女人也不少，只是兒子哭女兒叫，實在讓人受不了。」婦人表示猶豫，說：「這倒是難事。看你衣服鞋襪的樣式不過一般，我自信可以做得來。但是繼母難做，恐怕受不了別人說三道四、指手畫腳。」謝中條說：「請不要有顧慮。妳跟我回家，我自己不說什麼，別人怎麼干涉？」婦人有些心動，又說：「我已經和你發生關係了，還有什麼不能依從你的？但是我有個兇悍的大伯哥，認為我奇貨可居，恐怕他不會答應，怎麼辦呢？」謝中條建議道：「妳跟我偷偷地跑了不就成了？咱們保密，誰也不告訴。」婦人說：「我也想得爛熟了，就怕我到你家，人多嘴雜，消息洩露出去，兩邊都不合適。」謝中條說：「小事一樁。家裡只有一個照顧孩子的孤老太太，把她打發走就是了。」黎氏立即高興起來，答應跟謝中條回家。

這一段包含了什麼資訊？謝中條品行不端，把子女看成難以忍受的負擔，以獵豔為樂。這是一個既尋花問柳又不負責任的父親，還是一個攔路施暴的流氓。奇怪的是，那個

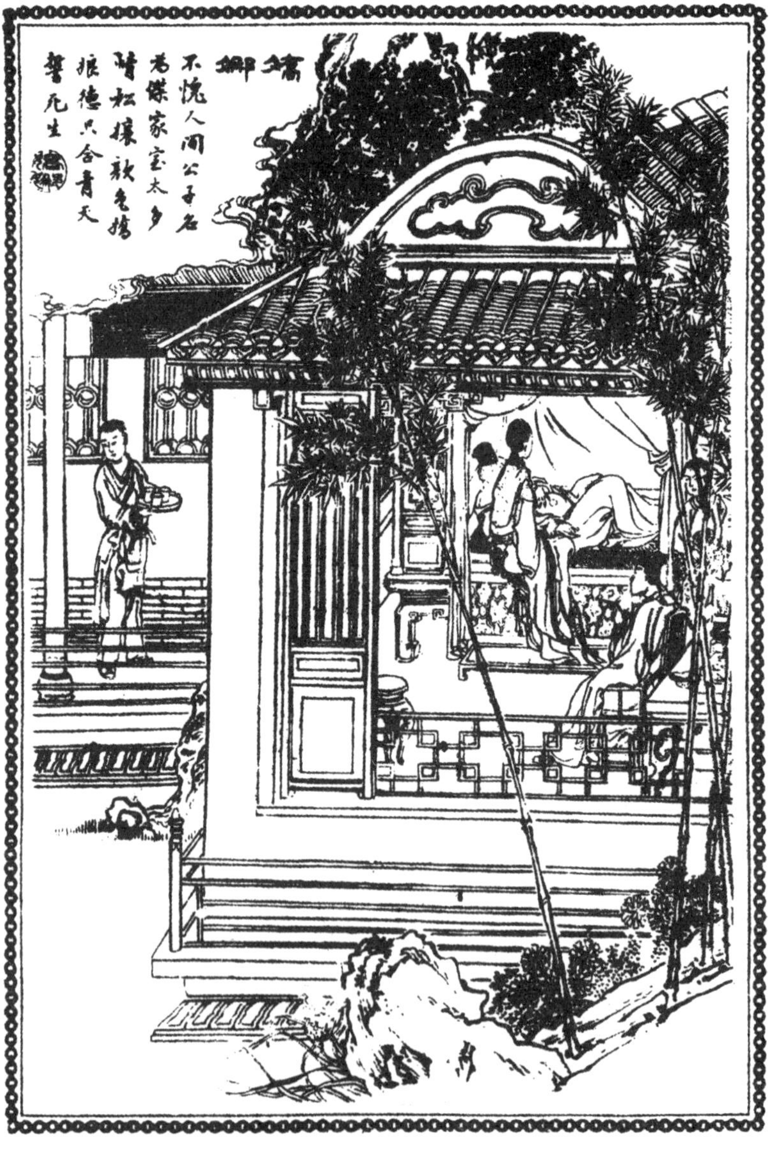

〈黎氏〉

被強暴的女人，居然來者不拒，欣然野合。兩個敗類還馬上談婚論嫁，女的狡猾地說，做後娘怕有人說閒話，謝中條馬上許願：「**我自不言，人何干與？**」明明白白地告訴這個女人，你怎麼對待我的兒女，我都不管，只要你我過得自在就成，等於承諾婦人可以肆意而為，天下還有這麼惡劣的父親嗎？

蒲松齡在〈荷花三娘子〉中說，動不動就野合，是牧豬奴辦的事，這種行為不會成就正當的婚姻，更不會花好月圓。謝中條即使把黎氏領回家，也不是正當的婚姻，不過把這對狗男女的放蕩野合搬到了危害子女的地方。

黎氏跟謝中條回家，先藏在外邊的房子裡。謝中條把照顧孩子的老媽子打發走之後，便清掃床鋪，迎接黎氏。兩人如膠似漆。黎氏成了家庭主婦，操持家務，為兒女補舊縫新，辛勤得很。謝中條自從得到黎氏，異常寵愛。他每天關上門跟黎氏廝守，不跟朋友來往，也不請客人進門，誰都不知道他有了新寵。過了一個多月，謝中條因事外出，怕有人來家裡看到黎氏，把家門反鎖後才上路。等他回來，打開家門，中門嚴嚴實實地關著，怎麼敲，也沒人答應。他撞開門進去，一個人影都沒有。他來到寢室門口，一隻大灰狼從門裡沖出來，幾乎把他嚇死。他進屋一看，兒子沒了，女兒也沒了，滿屋子血腥撲鼻。他反身去追那隻巨狼，早不知跑到哪兒去了。

在不負責任的父親謝中條的縱容下，黎氏一步一步實現殘害子女的計謀：老媽子被解雇，孩子沒有了唯一的成年人保護，黎氏做出賢妻良母的樣了，讓謝中條心安理得地將三個子女交付於「她」——得志便倡狂的中山狼。謝中條一走，「娘」關上門立刻變成了狼，把三個子女吃掉了！

異史氏曰：「**士則無行，報亦慘矣。再娶者，皆引狼入室耳，況將於野合逃竄中求賢婦哉！**」這裡有兩層勸世的意思：第一，涉及中下層人民普遍的家庭問題：千萬不要給子女娶後母；第二，擇偶要慎之又慎，萬不可從行為不檢和不知底細的人中求婦。

這個故事給我們的啟示主要有兩點：第一點，是數千年來宗法封建家庭尤其中下層家庭中相當觸目驚心的問題——「後娶」。這是一個古老而傳統的話題。古人似乎普遍認為，後母一定會虐待前妻所生的子女，已經形成了一種刻板印象。

漢代小說《說苑》寫道：孔子弟子閔子騫母親死後，父親娶了後妻，後妻又生了兩個兒子。父親發現，冬天閔子騫的衣服很單薄，後妻親生的兩個兒子卻穿得很暖和，就把後妻叫來說：「我娶你，是為了照顧我的兒子，你欺負我的兒子，也就是欺負我，你走吧。」閔子騫的父親要休妻，閔子騫跪下勸止，說：「母在一子單，母去四子寒。[13]」意思是說，後母在，我一個人受冷；趕走現在的後母，再娶個後母，我跟兄弟們都會受凍。千百年來，中國人不斷講著「蘆花絮衣」「母在一子單，母去四子寒」的故事，唱著「小白菜，地裡黃，三兩歲，沒了娘」的曲子，說明後母是重要的社會問題。

13 因閔子騫還有一同母兄弟，故此處稱「四子」。

《顏氏家訓》用尹吉甫聽後妻讒言放嫡子伯奇於野的故事，指出「假繼慘虐孤遺，離間骨肉」最值得警惕。當然在今天看來，這種「後母皆惡人」的觀點明顯過於偏頗，並不能反映全部的社會現實；但在當時，這種結論卻被視為一種「普遍真理」。

第二點，用時髦的文藝批評術語來說，〈黎氏〉寫出了人的異化。

但人異化為狼並非蒲松齡的創造發明，《太平廣記》就有兩則——

《廣異記．冀州刺史子》：刺史之子路遇一美女，先與之野合，後邀回家同居，最後被美女化成的大灰狼吃掉。這一則有點兒道理。

《宣室志．王含》：太原人王含發現母親行為奇怪，給她生麋鹿，「啖立盡」，最後母親化成狼破戶而出。這一則有點兒怪怪的，母親是狼，兒子是什麼？

蒲松齡寫〈黎氏〉顯然受到了這兩個故事的影響。但《聊齋》寫人異化為動物，總忘不了暗寓救世佛心。放蕩的謝中條，靠野合弄回個女人給孩子做後娘，後娘變狼，把孩子吃了。這是寓言式寫法，寫出父親只顧自己享受、對子女不負責任的行為給子女帶來了毀滅性的傷害。

我讀到〈黎氏〉時經常匆忙翻過，覺得三個孩子太可惜、太可憐，也太遺憾了——那隻惡狼怎麼不吃了那個引狼入室的傢伙呢？

22 向杲

變隻猛虎吃惡人

孔子告訴弟子：「苛政猛於虎也！」《聊齋》提出著名論點：「官虎吏狼。」〈向杲〉描寫良民受到欺壓沒地方申訴，想要得到公正，想要報仇，不得不變成老虎。人化虎的幻想，是善良民眾懲治凶頑的幻想，是無辜良民與殘民以逞的魑魅魍魎鬥爭的幻想。黑暗的社會把人逼成了虎，意義相當深刻。

向杲的哥哥向晟跟妓女波斯相好，割臂灑血發誓結為夫婦。因鴇母要價太高，婚約一直沒法履行。恰好鴇母要從良，打算先遣散波斯。這時，有錢有勢的莊公子想把波斯贖出來做妾。但波斯對鴇母說：「既然咱們願意一起離開水深火熱的妓院，如果讓我去做妾，跟做妓女又有多大差別？您就好人做到底，請選擇向生，讓我跟他過日子吧。」鴇母同意了，向晟就傾盡家產把波斯娶了回來。莊公子認為向晟奪走了心愛的女人，懷恨在心，路遇向晟，破口大罵。向晟反脣相譏，莊公子就嗾使家人用短棍把他狠狠打了一頓。向晟奄奄一息，莊家人一哄而散。向杲聽說哥哥被打，急忙趕去，哥哥已經死了。

向杲到太原郡告狀，莊公子花錢行賄，冤情得不到昭雪。向杲怒火中燒，既然殺兄之仇官府解決不了，那就自己解決！他每天懷裡揣著利刃，埋伏在莊公子經常走的山路邊的草叢裡，想攔路刺殺莊公子。久而久之，莊公子知道了向杲的打算，出門時戒備森嚴，又請了神箭手焦桐做保鏢。向杲沒法施行計畫，可他不甘心，仍然每天在莊公子常走的路上守候，等待時機下手。「**一日，方伏，雨暴作，上下沾濡，寒戰頗苦。既而烈風四起，冰雹繼至，身忽忽然痛癢，不能復覺**」，山嶺上原先有一座山神廟，向杲被暴雨、狂風、冰雹折磨得筋疲力盡，凍得直打哆嗦，就硬撐著爬起來，往山神廟跑去。他進了廟，發現一個平時熟識的道士正在那兒。先前，道士在村裡乞求齋飯時，向杲常給他飯吃，所以道士也認識向杲。道士看到向杲的衣服濕透了，就拿了件布袍給他，說：「先換上這件吧。」向杲接過布袍，換到身上，他覺得很冷，情不自禁地像狗似的蹲到地上，看看身上，全身長出虎毛，自己竟然變成了一隻老虎！一個七尺男兒，眨眼間變成了一隻斑斕猛虎！向杲還沒回過神來，這個驚天動地的變化就已經發生了。他想找道士問問怎麼回事，道士卻不見了。

這時向杲的心理是「驚恨」。他可能在想：我怎麼變成一隻大老虎了？我從此就成了嘯傲山林的猛獸啦？我的人生就此結束了嗎？我還有許多人生重任沒完成呢，例如說找莊公子報仇。但轉念一想：如果能夠抓住仇人吃了他的肉，那也不錯。向杲化虎後，這段人虎交替的心理，寫得多麼奇妙有趣，荒誕極了，卻又似乎確有其事。

向杲的心情和行為真切、細膩。道士贈布袍給向杲，是因為向杲的衣服濕了。向杲接過布袍披到身上，實際上是接過虎皮披到身上，他已經經歷了從人到虎的變化，所以，「**忍凍**

蹲若犬」，這已不是人的動作，而是老虎的動作。他低頭看到自己身上長出了虎毛時，知道自己變成了老虎，又驚又恨；接著想到，老虎可以吃人，這樣他就可以吃掉仇人了，一步一步寫來，多有邏輯性！蒲松齡寫的向杲，不是純粹的人，因為他有了猛虎外形，可也不是純粹的虎，因為他仍按人的思維進行複雜周密的思考。這時的向杲是什麼呢？是人還是虎？是非常別緻的、非常特殊的「虎形人」，老虎的外形，人的心理，實在太妙了！

接著，蒲松齡對已經變成老虎的向杲進行了更深細的人物心理刻畫：變成老虎的向杲下山來到剛才埋伏的地方，看見自己的屍體躺在草叢裡，這才醒悟：我作為人的前身已經死了，現在是作為老虎存在。他怕烏鴉和老鷹吃掉自己的屍體，就守在旁邊看護著。向杲現在還處於靈肉分離的狀態。幾千年來，從來沒有小說家寫過此類狀態。這樣的描寫太有意思，也太有韻味了。

其實，不管是人形的向杲，還是虎形的向杲，都是一回事，是壯士向杲兩種不同的互相補充、互相接力的存在形式。虎形向杲看到的人形向杲的屍體，其實不是屍體，而是一個暫時失去生命力、失去靈魂的軀殼。那個一心報仇的靈魂已附著到老虎身上。附著到老虎身上的壯士靈魂害怕自己的壯士軀殼葬身於烏鴉、老鷹嘴裡，便小心翼翼地守著。這真是一段靈肉分離的天才描寫。蒲松齡寫得奇妙而魔幻，細緻周詳，合情合理。古今中外，有哪位作家能把靈肉分離，把人的異化，把亦人亦虎，寫得如此絕妙，如此有哲理，如此有層次？只有蒲松齡。

變成老虎的向杲在路邊蹲守了一天，莊公子才經過這裡。莊公子跟保鏢非常警惕，他們知道向杲經常懷揣利刃埋伏在這兒準備報仇，但今天很好，讓莊公子心驚肉跳的壯士向杲忽然不見了。莊公子感覺似乎沒有生命危險了，但他和保鏢做夢也想不到，草叢裡還有一個不是向杲的「向杲」在蹲守著，比向杲更可怕、更有殺傷力，也更難提防。

當莊公子走近時，老虎突然從草叢中跳出來，把莊公子從馬上撲落在地，「咔嚓」一聲，把他的腦袋咬了下來。真是「**得仇人而食其肉，計亦良得**」。莊公子的保鏢、神箭手焦桐回馬射出一箭，正好射中老虎的肚子！老虎跌倒在地，死了。

可愛的老虎完成了壯士向杲一直想完成卻完不成的報仇重任，悲壯地死了，也可以說是合情合理地死了，不失時機地死了。老虎一死，向杲活了。草叢中毫無生氣的向杲漸漸甦醒，眼睛慢慢睜開，恍恍惚惚似乎只是做了個變成老虎的夢，但這又是對他的軀體產生很大影響的變異。他雖然醒了，意識還停留在老虎階段，身子也不能動，在草叢裡躺了一夜，才能走路，疲憊不堪地回了家。〈彭海秋〉寫丘生變成馬，快捷俐落，恢復成人，卻要經過比較漫長的過程。

〈向杲〉有點兒類似。不過從哲理意義上講，向杲不是像丘生那樣人變獸易，獸回歸人難，而是需要經歷從猛虎到壯士的心理調整，需要經歷從猛虎的激烈行為向普通人轉化的體質適應。蒲松齡寫得很合理。

因為向杲好幾個晚上都沒回家，家人正在害怕、猜疑，見他回來，都高興地過來慰

〈向杲〉

問。向杲躺在床上，呆頭呆腦，話都說不出來。這一點寫得很巧妙，向杲雖然恢復成人了，但是老虎的思維還殘留著一些，他雖然不再虎嘯山林，但要開口說人話，還得適應一段時間。過了一會兒，家人聽說莊公子被老虎咬死了，爭先恐後地跑到床前告訴向杲。向杲這才開口說話：「那隻老虎就是我啊。」他向家人敘述了自己變成老虎把莊公子腦袋咬下來的奇異經歷。這下子，向杲化虎報仇的事就傳開了。莊公子的兒子痛心父親慘死，聽說是向杲化虎把父親吃了，對向杲恨之入骨，就到官府告狀。官府因為人變老虎的事太離奇、太荒誕，沒有證據，便對莊家的訴狀不加理睬。向杲如願以償地給哥哥報了仇。

蒲松齡在「異史氏曰」部分說：「**壯士志酬，必不生返，此千古所悼恨也。借人之殺以為生，仙人之術何神哉！然天下事足髮者多矣。使怨者常為人，恨不令暫作虎！**」

從這個離奇的故事中，我們可以得到什麼啟示呢？

第一，〈向杲〉是深刻的刺貪刺虐佳作。和〈續黃粱〉、〈成仙〉、〈紅玉〉、〈夢狼〉一樣，都是寫黑心官吏和豪強對百姓的迫害。郭沫若說《聊齋》「寫鬼寫妖高人一等，刺貪刺虐入骨三分」，〈向杲〉勉強算虎妖報仇。

第二，人化虎是中國古代小說的傳統題材，蒲松齡將其發展到了極致。蒲松齡是學者型作家，他的作品有的取自前人作品，而且另闢蹊徑，寫出別樣風情，〈向杲〉就是典範。關於人化虎的小說，古已有之。六朝小說《述異記．封邵》、《齊諧記．薛道詢》、《神仙傳．欒巴》都是寫人化虎故事。特別是《述異記．封邵》寫父母官變成老虎吃老百姓，具有深刻的思想性。〈向杲〉跟這個故事有一定的關聯，但它更直接傳承的是唐代李複言的《續玄怪錄．張逢》。

張逢偶爾投身一片綠草地，變成「文彩爛然」的猛虎，因為不願意吃豬狗牛羊，就把福州錄事鄭糾吃了。張逢恢復人形後把變虎吃人的奇遇告訴眾人，被鄭糾的兒子聽到，「持刀將殺逢」，因為人化虎食人「非故殺」，而不了了之。向杲化虎跟張逢化虎情節幾乎相同，但蒲松齡推陳出新，把一個簡短的怪異故事，變成思想性很強、藝術性很高的古典小說名作。

張逢化虎是奇特的，又是偶然的。張逢遇到過使他必須變成老虎的情勢嗎？沒有。張逢假如沒有走到那片草地，就化不了虎。他到那片草地，完全是無目的的行為。張逢和鄭糾之間也沒有必須食之而後快的仇恨，僅僅是因為變成老虎的張逢嫌豬狗牛羊髒，才把鄭糾給吃了。他們之間並沒有仇恨，被吃掉的鄭糾也沒有什麼劣跡，簡直是個冤鬼。向杲化虎則完全不一樣。向杲化虎也是偶然，道士「以布袍授之」，向杲易袍後「身化為虎」。但向杲化虎又是必然和必需的：向杲的哥哥被惡霸莊公子所殺，官府受賄，「理不得伸」。莊公子知道向杲要伏擊他，請了「勇而善射」的焦桐做護衛。向杲想報仇，卻沒辦法，只有化成老虎才能把惡霸的腦袋咬下來。又因為人化虎的事荒誕而沒有根據，即使向杲明確承認「老虎就是我」，莊公子家人也拿他沒辦法。

本篇故事構思太妙了！向杲變虎，是因為道士的布袍，如果他再由道士變虎為人，那小說家就太缺少神思了。保鏢射虎，合情合理。〈向杲〉是中國小說史上「人虎換位元」最成功的作品。取材於古籍是小說家常做的事，只有理想主義和藝術天才互相碰撞，才能迸發出璀璨的光芒。

第三，人異化為動物，是不是中國文學獨有的？不是。古希臘神話中，神、人和動物常常互相變換。如天神宙斯變成牛，變成天鵝；《奧德修紀》（即《奧德賽》）中的巫女把人變成豬等。用小說形式寫人異化成動物，是二十世紀以來非常流行的，蒲松齡真是世界小說的先驅。二十世紀的小說主要是在荒誕、異化的主題下，將人異化為動物。例如，法蘭茲．卡夫卡的《蛻變》中，推銷員薩姆沙一覺醒來，發現自己變成了一隻碩大的蟲，背如堅甲，腹部脹大。蟲仍有人的意識，也更表現出人與人之間的冷漠、隔閡。哥倫比亞作家馬奎斯的《百年孤寂》，結尾寫阿瑪蘭塔．烏蘇拉和侄了小巴比洛尼亞亂倫，生下波恩地亞家族的第七代，一個長著豬尾巴的孩子。烏蘇拉死後，孩子被螞蟻拖入蟻穴。在拉美作家看來，魔幻現實就是拉美的現實。所以在比較文學研究中，《聊齋》和歐美文學「變形」方面的對比是一個重要課題。而像《聊齋》中的向杲這樣，在人異化為動物的描寫中隱藏這麼深刻的思想意蘊，歸根到底，還是和中國文學「文以載道」的傳統有關。

【後記】《聊齋》的前世今生

《聊齋》是一本什麼樣的書？蒲松齡在這本書裡寄託了什麼樣的理想追求？他寫這本書時經過了怎樣的艱難困苦？這本三百多年前的書和現代社會又有什麼聯繫？另外，什麼叫「聊齋」？什麼叫「志異」？

《聊齋》共有近五百篇故事，用文言寫成，篇幅有長有短，長的四千多字，短的只有一句話。人們通常把《聊齋》當作短篇小說集，其實《聊齋》中有近百篇散文。

《聊齋》在康熙十八年（一六七九），蒲松齡四十歲時初步成書，此後不斷修改增補，寫到他將近七十歲。我考察了四十年，一直沒找到第一手文獻資料，說明康熙十八年時《聊齋》到底有哪些篇目。但根據蒲松齡「聞則命筆」的習慣，參照他的生活經歷，可以推測初步成書時，《聊齋》只有百篇左右。除人間故事外，神、鬼、狐、妖、夢幻、離魂，這些志怪小說的構思模式都已具備，傳世名作〈畫皮〉、〈嬰寧〉、〈嬌娜〉、〈聶小倩〉、〈勞山道士〉也都有了。因為豐富多彩、天馬行空的構思模式和瑰麗奇詭、文采斐然的故事，《聊齋》從一開始就給蒲松齡帶來了巨大的聲譽。淄川文壇領袖高珩、唐夢賚給《聊齋》寫了序，蒲松齡自己寫了《聊齋自志》。《聊齋自志》寫出了創作《聊齋》

的動機、過程，以及創作中的苦悶。

《聊齋自志》表明，《聊齋》是蒲松齡抒發理想追求的書。蒲松齡憤世嫉俗，痛恨黑白顛倒、官虎吏狼，他寫小說，不是消閒遣悶，而是抒懷言志。他是以屈原式的憂國憂民之心，韓非子式的「孤憤」之志，李賀詩中牛鬼蛇神的想像，蘇軾「喜人談鬼」的愛好，在《搜神記》、《幽明錄》的志怪傳統上，用「鬼狐史」抒寫「磊塊愁」。

《聊齋自志》表明，《聊齋》的寫作經歷了長期艱苦的過程。從自己「喜人談鬼」，到朋友把自己知道的故事告訴他，各種社會現象的傳聞紛至遝來，積累越來越多。蒲松齡在描述這些萬花筒般的奇聞逸事時，寄託了自己的志向、抱負、胸懷，還有他對人生的理解。《聊齋自志》表明，創作《聊齋》，雖然受到社會冷落、朋友勸阻、世俗嘲笑，但蒲松齡一直堅持著，耗盡了畢生心血。

那麼，什麼叫「聊齋」？什麼叫「志異」？

不少人把「聊齋」說成「聊天的書齋」，看似合理，還符合小說是「街談巷議」「道聽塗說」的觀點。蒲松齡當然會在書齋跟朋友聊天，但說「聊齋就是聊天之齋」似乎有些表面化。蒲松齡從二十幾歲就在外做家庭教師掙錢養家，哪有閒工夫整天在家聊天？我認為「聊齋」既包含「書齋」的意思，也包含「聊齋先生」的意思。蘇聯漢學奠基者阿列克謝耶夫院士曾把「聊齋」翻譯成「聊以自慰的書齋」。二〇〇一年在第二屆國際聊齋學討論會上，俄羅斯漢學家、科學院院士李福清主持我的發言時，我們曾交換對「聊齋」一詞的看法，他引用他的恩師阿列克謝耶夫院士的話說：「『聊』的意思類似『姑且如此』吧。」

我贊同阿列克謝耶夫院士的觀點。在追求功名的路上一再遭受挫折的蒲松齡只能聊寄情於讀書，聊寄情於寫作，聊寄情于世人最不看重的「小道」——小說。我還認為「聊齋」的「聊」和屈原的《離騷》有關係。《離騷》的寫作緣起，如屈原自敘所說，是報國無門，想去天國而天門不開，只好「聊逍遙以相羊」，寫楚辭抒發胸懷。蒲松齡幾十年來叩科舉報國的天門而不開，只好聊鬼妖以自慰，他希望《聊齋》像《離騷》一樣有價值，像《離騷》一樣不朽。所以，《聊齋自志》開頭就和屈原類比：「披蘿帶荔，三閭氏感而為騷。」屈原憂國憂民，為追求真理九死而不悔，是歷代正直的知識分子的精神支柱，也是蒲松齡寫《聊齋》的重要思想基礎。

什麼叫「志異」？「志」是動詞，寫；「異」是名詞，新奇怪異的事。「志異」就是描寫新奇怪異的事。蒲松齡喜歡記錄世間千奇百怪的事，更喜歡虛構人世並不存在的事，用現代文藝理論來說，就是創造超現實的他界——神界、鬼界、妖界、夢幻、離魂，這是早期志怪小說家的構思模式，《聊齋》把它發揮到了極致。

郭沫若先生用一副對聯概括了《聊齋》的內容：

寫鬼寫妖高人一等

刺貪刺虐入骨三分

其實《聊齋》不只寫神鬼狐妖，還有相當一部分寫現實生活。《聊齋》是把神奇幻想和殘酷現實完美結合的藝術珍品。《聊齋》中那些典型的短篇小說，都有故事曲折、人物鮮活、語言生動的特點，既有趣又好看。魯迅先生在《中國小說史略》中總結為「用傳奇法，而以志怪」，就是說，蒲松齡把六朝志怪小說的傳統和唐傳奇的傳統都繼承和發揚了。

因為家境貧寒，蒲松齡生前無力印刷自己的書，《聊齋》以多種手抄本形式流傳。蒲松齡去世半個世紀後，乾隆三十一年（一七六六），有了「青柯亭刻本」。青柯亭本對《聊齋》的文字做了多處竄改，但保留了《聊齋》的基本面貌。這個刻本很快流行。根據青柯亭本做的注本、選本、評點本、插圖本不斷出現，直到清代道光年間，《聊齋》風行天下。頤和園長廊有《聊齋》彩繪，清朝宮廷有精美的《聊齋》圖冊，這套圖冊曾被沙俄軍隊搶走，現在已經回歸。

《聊齋》使中國短篇小說的藝術水準達到了空前高度。它不僅成為清代文學的奇葩，還和《詩經》、《楚辭》、《史記》、李白杜甫詩、蘇東坡辛稼軒詞、《紅樓夢》等一起，構成了中國文學史綿延不斷的藝術高峰。《聊齋》是最受戲劇界和影視界歡迎的古代小說集，早在道光年間就被搬上戲劇舞臺。全國許多劇種不斷改編《聊齋》故事，僅僅蒲松齡恩師施閏章斷案的故事〈胭脂〉就有京劇、越劇、評劇、川劇、秦腔、河北梆子、山東梆子、五音戲等演出。一九四九年以前，京劇、昆曲、越劇、評劇、川劇、秦腔、呂劇等大約二十個劇種已改編了一百多齣《聊齋》戲，其中京劇四十多齣，川劇六十多齣。梅蘭芳演過《牢獄鴛鴦》（〈胭脂〉），程硯秋演過〈羅剎海市〉，荀慧生演過〈西湖主〉，周信芳和歐陽予倩演過〈嫦娥〉，新鳳霞與趙麗蓉演過〈花為媒〉（《寄生》）。一九二二年商務印書館影戲部把〈珊瑚〉改為《孝婦羹》拍成電影，這是第一部《聊齋》電影。到一九四七年，又有八部《聊齋》電影問世。從一九四九年到一九九二年，一共拍了十六部《聊齋》故事片，如謝鐵驪導演的《古墓荒齋》。港臺也拍過多部《聊齋》電影，如張國榮、王祖賢主演的《倩女幽魂》。

一九九〇年代，福建電視臺錄製《聊齋》電視系列四十八部。進入二十一世紀，《聊齋》再度大熱，拍攝了多部《聊齋》影視作品，借「聊齋」金字招牌招攬市場，僅〈畫皮〉系列就創造了十多億元票房。《聊齋》不僅是中國文學的驕傲，還是世界文庫的東方瑰寶。到二十世紀末，《聊齋》已有英國、法國、德國、日本、俄羅斯、西班牙、葡萄牙、義大利、挪威、瑞典、捷克、匈牙利、羅馬尼亞、保加利亞、越南等二十多種外文譯本，成為世界人民瞭解中國封建社會的「清明上河圖」，被推崇為「漢語世界的《十日談》、《天方夜譚》」。《聊齋》還影響著其他國家的文學發展，日本近代著名小說家芥川龍之介曾創作過四篇取材於《聊齋》的小說；二十一世紀日本最有名的魔幻作家夢枕貘，其號稱「日本《聊齋》」的《陰陽師》賣了四百萬冊，《妖貓傳》也在中國走紅。

最理解和最欣賞《聊齋》的，當然還是聊齋先生的同胞。《聊齋》雖然是文言文，卻在中國家喻戶曉、婦孺皆知。蒲松齡去世二百多年後，蒲家莊村民集資，邀請中國工程院院士張錦秋擔任設計師，邀請我擔任文學顧問，由上海美術電影廠承建，蓋起一座按照〈席方平〉和〈羅剎海市〉構思的聊齋宮，每到節假日，遊人摩肩接踵，熱鬧非常。二十多年前我陪劉白羽先生參觀聊齋宮，這位走遍世界的散文家說，這座精美的中國「鄉村建築」可以跟美國迪士尼相媲美。

康熙十八年（一六七九），《聊齋》初步成書時，在子夜熒熒、寒齋瑟瑟中寫《聊齋自志》的蒲松齡曾感歎他的寫作像處於困境的吊月秋蟲、經霜寒雀，沒有多少人理解他。他引用杜甫《夢李白》中「魂來楓林青，魂返關塞黑」的詩句，說：「知我者，其在青林黑塞間乎？」現在我們可以回答了：

《聊齋》的知音世代不絕，《聊齋》的知音在五湖四海。

封建時代讀書人高官厚祿的理想追求，在窮秀才蒲松齡那裡終成泡影；以燦爛的中華傳統文化哺育，成為其中傑出代表的蒲松齡卻光芒四射。歷史畢竟是公正的。

一九四八年《聊齋》半部手稿在遼西發現，一直保存在遼寧省圖書館。二〇〇七年，在遼寧省人大常委會副主任、著名散文家王充閭先生的陪同下，我進入遼寧省圖書館戒備森嚴的地下書庫，戰戰兢兢地翻閱這半部手稿。我小心翼翼地摸著蒲松齡用瘦骨伶仃的手寫下的手稿，做夢也想不到，研究蒲松齡三十年還能跟三百多年前的研究物件有零距離的接觸！我的眼淚差點兒掉到這半部泛黃的手稿上。我想，在貧困中，在不得志中，在世人的不理解乃至諷刺中，蒲松齡堅定不移地寫《聊齋》，只是因為熱愛中華傳統文化，只是因為熱愛並且想要發揚中國小說傳統，只是為了實現文學理想，只是為了實現人生價值。再苦，再累，再心焦，再心酸，蒲松齡都忍受著，拚搏著。現在，隔了三個多世紀，《聊齋》魅力不減，造福中華民族，風行全世界。什麼叫偉大？這就是。什麼叫不朽？這就是！

【有意思的聊齋】
當代大師馬瑞芳品讀聊齋志異__妖卷

作　　者　馬瑞芳
美術設計　莊謹銘
內頁排版　高巧怡
行銷企劃　蕭浩仰、江紫涓
行銷統籌　駱漢琦
業務發行　邱紹溢
營運顧問　郭其彬
責任編輯　林芳吟
總 編 輯　李亞南
出　　版　漫遊者文化事業股份有限公司
地　　址　台北市103大同區重慶北路二段88號2樓之6
電　　話　(02) 2715-2022
傳　　真　(02) 2715-2021
服務信箱　service@azothbooks.com
網路書店　www.azothbooks.com
臉　　書　www.facebook.com/azothbooks.read

發　　行　大雁出版基地
地　　址　新北市231新店區北新路三段207-3號5樓
電　　話　(02) 8913-1005
訂單傳真　(02) 8913-1056
初版一刷　2025年6月
定　　價　台幣360元

ISBN　978-626-409-105-3

國家圖書館出版品預行編目 (CIP) 資料

當代大師馬瑞芳品讀聊齋志異 . 妖卷 / 馬瑞芳著 . -- 初版 . -- 臺北市 : 漫遊者文化事業股份有限公司出版 ; 新北市 : 大雁出版基地發行 , 2025.06
面；　公分 . -- (有意思的聊齋)
原簡體版題名 : 马瑞芳品读聊斋志异 . 妖卷
ISBN 978-626-409-105-3(平裝)
1.CST: 聊齋誌異 2.CST: 研究考訂
857.27　　114005989

清工筆彩繪插圖《聊齋圖說》之〈西湖主〉（一）

清工筆彩繪插圖《聊齋圖說》之〈西湖主〉（二）

清工筆彩繪插圖《聊齋圖說》之〈西湖主〉(三)

清工筆彩繪插圖《聊齋圖說》之〈西湖主〉(四)

清工筆彩繪插圖《聊齋圖說》之〈西湖主〉（五）

清工筆彩繪插圖《聊齋圖說》之〈西湖主〉（六）